KB165306

포피

포피

강희진 장편소설

나무옆의자

차 례

포피

코끼리 가족

코끼리,

제 삶을 어떻게 털어놓아야 할지……. 제가 비록 나이는 얼마 되지 않은 학생, 졸업을 한 학기 앞둔 석사 과정 중인 대학원생이지만 꽤 긴 얘기를 가지고 있습니다. 그런 사정을 어디서 듣고 당신이 연락했겠지만……. 그런데 시작이 문제죠. 그 왜 있잖아요. 긴사설을 풀어가려면 제법 근사하게 서막을 열어야 할 것 같은데. 그래야 독자들이, 이 놈의 사설에 철썩 엉겨 붙을 거잖아요. 별걸 다 신경 쓴다고요? 그래도 이왕에 들려주기로 마음먹었으니 사람들의 마음속에 짙은 자국을 남겨야죠. 당신도 절 어렵게 수소문해 찾아왔을 텐데요. 그런데…… 있잖아요. 뭐가 딱 떠오르지 않더라고요.

당신은 소설가라고 하셨죠? 소설가라니 제가 흥분되네요. 저도 한 땐 소설이라면 깜박 죽었거든요. 책상 위에 소설을 놓으면 괜히 긴장돼 화장실로 달려가 손부터 씻고 책을 펼치는 경건한 독자, 소설이라면 무턱대고 경배하는 좀 멍청한 사람들이 있잖아요. 그런 사람들은 대체로 한번 잡은 소설을 중간에 절대로 포기하지 않는 열렬한 독서광이죠. 그들은 자신의 지적인 열등감을 소설을 통해 채우려는 허영심 때문에 책이 약간 재미없고 지루해도 참고 읽는 편이죠. 그 때문에 소설이란 가상의 공간에 대해 무한한 동경을 가지고, 그것의 창조자를 턱없이 숭배하게 되죠. 아마 저도 그래서 당신의 제의에 선뜻 응한 걸 거예요.

소설은 그렇잖아요. 첫 문장이 소설의 성패를 좌우하는 경우가 있잖아요. 여자가 남자의 마음을 훔치는 것도 만나자마자 던지는 웃음이잖아요. 전혀 관심이 없는 척하면서 상대방의 마음속을 휘저어놓는 눈웃음 말이에요. 아, 당신도 그런 적이 있다고요. 하하! 그런 경험이 없는 남자가 오히려 불행한 거죠. 눈웃음으로 남자를 많이 홀렸냐고요? 물론이죠. 근데 막상 제가 좋아한 남자는 그런 게 잘 통하지 않았어요. 그럼, 어떻게 그 남자를 유혹했느냐고요. 여자가 남자를 낚는 법은 꼭 눈웃음만 있는 건 아니잖아요. 아무튼 뭐든지 시작이 중요하죠.

처음엔 저 벽에 붙어 있는 '메릴린 먼로'로 입을 열까도 생각해봤지만, 그건 영 아닌 것 같았어요. 저도 지하철 통풍구 위에 올라서서 하늘로 치솟는 치마를 손으로 누르는 여배우 사진이 왜 저기 붙어 있는지 모르겠어요. 우리 가게 사장님은 인텔리라 생각 없이 뭘 벽에 거는 분이 아니거든요. 저건 〈7년 만의 외출〉이란 영화의 광고 사진이라고 하더군요. 한 손님이 그랬어요. 1955년 작이라고 하니, 호랑이가 엄지로 코딱지 파내던 까마득한 옛날 영화죠. 그래서 흑백인가? 물론 메릴린 먼로가 세기의 배우라는 것쯤은 저도 알고 있죠. 하지만 흰 곰팡이가 구물구물 기어 다닐 것 같은 여기엔 아무래도……. 왜, 하필 흰 곰팡이냐고요? 실은 저 역시 흰 곰팡이를 본 게 아니라 느낌이 그냥 그래요. 사람은 누구나 자신이 생활하는 공간에 대한 느낌 같은 게 있잖아요.

옆방엔 쳐다만 봐도 부자가 될 것 같은 클림트의 황금빛 그림이 벽을 위협하고 있거든요. 정말, 룸 사이를 가로질러 놓은 석고 보드가 그림의 무게를 견디느라 진땀을 흘리고 있어요. 어떨 땐, 그림 속의 황금이 사방으로 흘러내려 벽면 전체가 금으로 물들어 제 몸뚱어리까지 누렇게 변해버릴 것 같다니까요. 그래서인지 어떤 손님은 옆방에만 들어간답니다. 거기에 만약 다른 손님이 있으면 나갈 때까지 바깥 대기실에서 기다리죠. 그 방에 앉아 클림트를 보면 잠자고 있던 세포가 꿈틀거리고, 입에 침이 고이고, 혓바닥의 돌기들이 장마 통의 파릇파릇한 이파리처럼 가쁜 숨을 몰아쉬면서 춤을 추고 일어난대요. 그래서 훨씬 흥분이 잘 된대요.

제 얘기를 하려니 괜히 긴장돼 딴전을 피웠네요. 하여간 뭐로 시작할까 하는 고민 때문에 한참을 망설였죠. 근데 문득 코끼리가 떠올랐어요. 코끼리란 놈이 불쑥 소리를 지르면서 기다란 코를 하늘로 향해 치켜들더군요. 동물원에서 본 장면 같았어요. 그냥 코끼리가 머릿속을 스쳐 지나간 것은 아니고, 단골손님이랑 코끼리에 관한 얘기를 했었죠. 코끼리가 어떻게 죽음을 맞이할까? 뜬금없이 웬 코끼리 죽음이냐고 하겠지만, TV에서 놈들의 얘기가 나왔지 뭐예요. 코끼리는, 다른 짐승의 수컷들처럼 자식을 소 닭 보듯, 닭 소 보듯, 나 몰라라 하고 내버려두는 상놈이 아니라, 사람처럼 부모가 보호해주고, 또한 그들 무리를 이끄는 코끼리 마을의 촌장이 있다는 얘기를 듣고 궁금해졌어

요. 그들이 자기 새끼를 어떻게 돌보고, 최후는 어떤 식으로 맞이하는
지. 전, 코끼리 가족의 삶보다 죽음이 궁금했죠. 죽음……. 삶은 그다
지 중요하지 않아요. 삶은, 사람이나 동물이나 죽니 사니 해도, 모두
그냥 그렇게 흘러가게 돼 있으니까요. 항상 죽음이 문제죠.

　세상에 죽음만큼 중요한 게 있다면 아마도 사랑일 거예요. 물론 제
경험에서 우러난 얘기죠. 제 삶에서 말입니다. 죽음과 사랑. 사랑과 죽
음. 둘은 제게 항상 붙어 다니는 쌍이죠. 서로 어울릴 것 같지 않은 두
놈이 저한테 왜 찰떡처럼 엉겨 있느냐고요. 저도 그걸 모르겠어요.

　인터넷 네이버 지식 검색에서 코끼리 죽음에 관한 글을 뒤져도 이
렇다 할 답을 찾을 수 없어, 궁금증이 더해졌죠. 그런데 오늘, 정확히
말하면 어젯밤에 단골손님이 일러주었어요. 왜, 오늘이라 했다가 어
제라고 하느냐고요? 당신 참 귀도 밝군요. 그걸 설명하려면……. 제
일이라는 것이 아르바이트이긴 해도, 저녁 늦게, 어떨 땐 자정이 가까
워져 시작하거든요. 어제 처음으로 받은 손님이 오후 열한시 삼십분
에 들어와, 얘기를 하고 나간 건 새벽 영시 삼십분이었거든요. 그러니
그 얘기를 들은 게 어제이기도 하고, 오늘이기도 하단 말이죠. 그 손님
은 올 때마다, 던킨도넛을 사 들고 와서 절 지명하는 단골이죠. '백과
사전'이란 닉네임을 가진 분인데. 뭐라더라, 무슨 국립과학연구소 직
원이라더군요. 뭘 연구하는지 몰라도 무척 아는 게 많은 사람이에요.
저도 이런저런 잡다한 지식이라면 남한테 지지 않는 사람이거든요.
전, 이래봬도 석사 과정 중이라고요. 물론 대학원생이라고 다 아는 게
많은 건 아니지만, 전 좀 유별난 데가 있어요.

　실은 제가 여기, 한국에서 태어난 게 아니라 열등감이 좀 심했어요.

좀이 아니라 많이 심했죠. 그래서 한동안, 아니 꽤 오랫동안 책을 손에 달고 다녔죠. 귀걸이를 달지 않으면 허전해 길거리서나 전철 안에서나 귓밥을 만지는 여자처럼, 저도 손에 책이 없으면 왠지 불안해 마른 침을 삼키기도 했어요. 어떨 땐 한 달 동안 도서관에 앉아 책만 읽다가 변비 때문에 병원 응급실에 실려 간 적도 있었어요. 지금 생각하면 좀 미련한 짓이었죠. 오전 아홉시부터 다음 날, 새벽 한시까지 줄창 책만 읽었으니, 밥 먹고 얼마간이라도 걷기 운동을 해줬어야 했는데.

그 덕분에 이런저런 잡다한 지식을 많이 섭렵한 편인데, 얼마 전 이 일을 시작하고부터 책읽기를 그만두었어요. 왜냐고요? 세상 사는 데 지식이란 게 오히려 거추장스러운 거더라고요. 어쨌든 책읽기를 통해 얻은 것도 많긴 했죠. 그 때문에 누구 앞에 나가도 당당하게 말할 자신도 생겼고요. 그러니까 당신의 부탁에도 별 망설임 없이 응한 거잖아요. 사실 지식이 중요한 게 아니고, 문제는 자신감이에요. 항상 뭘 하든지 자신감, 나도 할 수 있다는 자신감이 제일 중요한 거죠. 제 친구 중엔 남 앞에 나서기를 꺼리는 애가 한둘이 아니에요. 대학을 졸업했는데도 자신이 무식하다는, 괜한 자격지심이 그들을 괴롭히나 봐요.

그리고 무엇보다도 독서는 제게 한 남자의 모습을 덮어주었어요. 자나 깨나 머릿속을 맴도는 당신. 사랑이 뭔지 몰라도 난 당신 없이 살 수 없어요. 그런 남자가 있었죠. 흘러간 유행가처럼 식상한 표현이긴 해도 사실이에요. 책읽기는 그 남자의 얼굴을 지워주었죠. 처음부터 그런 건 아니고, 독서삼매경에 빠져 실다 보니 인간에게 사랑 말고 나쁜 즐거움도 있다는 걸 알겠더라고요. 그 남자만 있으면 아무것도 필요 없다고 믿고 산 적이 있었어요. 정말 그랬어요. 그 남자는 내 삶의 전부였죠.

한때 아니 꽤 긴 세월 동안 책에 파묻혀 살았어요. 그 남자를 생각
만 해도 아려오는 제 마음을 달래주었으니 얼마나 고마운 책인가요.
그래도 제 지식은 그 사람, 그 연구원을 당할 순 없더라고요. 그 사람
은, 다른 사람들이, 자기를 보고 걸어 다니는 사전이라고 한대요. 그
래서 제가 앞에 '백과'라는 수식어를 하나 붙여주었죠. 그 사람이 『사
이언스』인가, 뭔가 하는 잡지에서 읽었다는 자료는 코끼리, 한 마리
가 살아가는 얘기가 아니라 코끼리 가족에 대한 얘기였어요. 『사이언
스』라면 과학 잡지일 테고, 그럼 그 내용은 거짓이 아닐 텐데. 그게 참
말이라면 진짜 슬픈 얘기죠. 그 얘기를 떠올리니 갑자기 울컥……. 죄
송해요. 막상 제 얘기는 시작도 못 하고, 코끼리 얘긴 본론을 꺼내지도
못했는데. 그만 감정이 복받쳐, 정말로 미안해요. 물을 한잔 마시면 좀
나아지려나……. 연구원, 그 박사님은, 자기가 박사라고 말한 건 아니
지만, 제가 보기에는 박사 학위 몇 개는 가지고 있을 것 같았어요. 그
가 쏟아놓는 영화나 그림, 과학이나 심리학에 대한 식견은 상식 수준
이 아니었거든요.

여기 오는 손님들은 자신의 신분을 확실히 밝히지 않으려고 해요.
시간이 지나 단골이 되면 솔직히 털어놓지만, 그래도 끝까지 신상 정
보에 관해선 비밀을 유지하려는 손님도 적지 않아요. 또 새빨간 거짓
말로 절 속이려고 드는 경우도 더러 있고요. 전 모든 걸 감안해서 듣
죠. 저 사람이 하는 얘기가 새빨간 거짓말, 고춧가루 범벅일 수도 있
다. 뭐 그런 식이죠. 근데 보통 저는, 그들이 하는 얘기의 색깔을 금
방 간파하는 편이에요. 세상 풍파를 많이 겪어 그 정도는 감으로 알

수 있게 된 거죠. 어떤 손님의 말은 하도 빨개 코까지 얼얼할 정도예요. 가까이 다가가기만 해도 머리가 떵해지는 정말 매운 태양초 고춧가루 있잖아요. 더 웃긴 건 뭔 줄 알아요? 그런 구라, 새빨간 거짓말을 하고도 아주 진지해요. 누구를 바보로 아는지. 요즘은 그 색깔에 별로 신경도 쓰지 않아요. 어차피 흰색이나 빨강이나, 혹은 진짜 고춧가루라고 해도 매한가지죠. 하지만 전, 제 진심을 손님들에게 말하죠. 출생과 성장에 대한 것만 빼고요.

백과사전, 그가 읽은 코끼리 얘기는 이런 거였어요. 코끼리들은 대체로 여러 가족으로 구성된 무리를 이루어 생활한다는군요. 그건 사람들의 인생살이나 별반 다를 게 없는 것 같아요. 이들 중에 새끼들을 가진 부모 코끼리는, 자식들을 돌보는 데 온힘을 다하는데, 그 헌신성은 인간이 아이를 키우는 것보다 덜하진 않을 거라고 하데요. 또 인간보다 나은 점도, 한둘이 아니더라고요. 그럴 것도 같았어요. 인간이란 것들이 뭐가 그리 대단하겠어요? 재미있는 건 이 코끼리들의 우두머리 있잖아요. 우두머리는 다른 코끼리들을 지배하지 않는다고 하는군요. 멋있잖아요. 인간이나 유인원과는 비교할 수 없는 일이죠. 유인원 중에 보노보란 좀 특별한 종이 있기는 하지만……. 코끼리들은 가족 구성원별로 커다란 서식지 안에서 자유롭게 흩어져 살아간다는 거예요. 그럼, 우두머리인 촌장은 누가 할까요. 그건 그 사회에서 가장 나이가 많고 경험이 풍부한 암컷이 맡는다는군요. 동물 사회에서 암컷이 우두머리가 되는 경우는 흔한 일이죠. 그리고 그 촌장은 그냥 바지저고리가 아니래요. 명예직이 아니란 뜻이죠. 먹이가 부족해지면 여기저기 돌아다니면서 나무를 쓰러뜨려 키 작은 코끼리들이 먹을 수 있도록 배려하고, 동료들을 불러 함께 깊은 샘을 파서 물도 얻는다는 군요. 이들은 땅속으로 흐르는 수맥을 코로 찾아낸대요. 그뿐이 아니래요. 코끼리는, 촌장 코끼리는 상아를 노리고 총을 쏘아대는 밀렵꾼을 향해 돌진해 무리를 지키기도 한대요. 실제로, 그 흔적이 죽은 촌장 코끼리 몸속에 남아 있는 경우도 있다더군요. 놀라운 일이죠.

그런데 제가 궁금한 건 그런 게 아니에요. 전 그들의 죽음이 궁금했어요. 사는 건 아까도 말한 것처럼, 동물이나 인간이나, 이렇게 살아도, 저렇게 살아도, 대충대충 목숨은 그냥저냥 이어가기 마련이죠. 먹을 걸 목구멍으로 넘기면 죽지 않는 게 생명체잖아요. 그래서 삶은 허접한 거죠. 아니라고요. 인간은 다르다고요? 인간은 아니라고요? 그럼 아니겠죠. 소설가인 당신이 아니라고 하니……. 혹시 사랑이 있는 삶이라 그런 게 아닌가요? 사랑이 있다면 그것이 꼭 남녀 간의 사랑이 아니라고 해도 그게 있다면 삶은 절대로 허접할 수 없는 법이죠. 중요한 건 사랑이죠. 그게 꼭 에로스가 아니라고 해도 말입니다.

코끼리들이 먹이나 물이 부족해 다른 서식지를 찾아 먼 여행을 떠날 때, 먼 길을 떠날지 말지를 결정하는 것도 촌장 할머니 코끼리의 일이라고 하더군요. 먹이와 물 때문에 장소를 옮겨야겠지만, 그런 결정은 결코 쉬운 일이 아닌 모양이에요. 그 이유는 그 먼 여행길에 드리워진 죽음의 냄새 때문이라는군요. 그 여행에서 코끼리들이 죽음의 문제와 맞닥뜨리게 된다는 것을 촌장 할머니는 알고 있었던 거죠. 동족을, 가족을 원수로 만들어버리는 굶주림, 그 뒤를 따르는 죽음 말이에요. 도대체 사랑이 발붙일 곳 없도록 만드는 죽음 말입니다. 그게 또한 제 관심사이기도 했죠. 촌장 할머니가 그런 죽음의 냄새를 맡을 수 있도록 예민한 후각을 가진 것은 나이를 먹는 동안 수많은 여행을 했기 때문이라고 하는군요. 오랜 경험이 그런 코를 만들어준 거죠. 그리고 그 냄새는 항상 새끼 코끼리 때문이라는군요. 쳐다만 봐도 가슴이 미어지는, 눈망울에 눈물이 고여오는 어린것들. 그들이 촌장 할머니의 기억 밑바닥에 잠자고 있는, 그 고통스러운 냄새를 솔솔 피워 올려, 그의 발목에 돌덩이를 매단다고 하더군요. 그렇다고 먹을거리가 바닥난 숲 속에 머물 수도 없잖아요. 사면초가, 진퇴유곡……. 갑자기 가슴이 답답하네요. 이러다가 숨이 막힐 것 같아요. 죄송해요. 그 슬픈 얘기는 다음에 하죠.

물론 당신이 기대하는 것은 코끼리 얘기가 아니라, 제가 다른 손님에게는 결코 입을 연 적이 없는, 저의 출생과 성장, 특히 사랑에 관한 것이겠지만……. 약속한 대로 전, 당신에게 속 시원히 털어놓을 생각이에요. 당신이 믿건 말건, 제 속내를 버선목 뒤집듯이 까발릴 생각이죠. 그리고 참, 제 국적은 한국이에요. 저 같은 처지의 사람들을 소재로 소설을 쓰신다니, 그 정돈 알고 계시겠죠. 전 주민등록상으로도 그렇고, 실제로도 한국 사람이죠. 생김새도 영락없는 한국인이죠. 한국 사람들은 절 이방인 취급하지만, 그래서 제 친구들은 남 앞, 정확히 말해 한국 사람들 앞에 나서길 망설이죠. 하지만 전 자랑스러운 한국인입니다. 이건 거짓말이 아니라 제 진심입니다.

전 언제나 진심을 얘기하죠. 저는 한 번도 거짓말을 해본 적이 없답니다. 그건 아마 거짓말을 입에 달고 살아온 세 엄마에 대한 반발 때문인지도 모릅니다. 엄마는 언제나 거짓말이었죠. 새빨간 거짓말. 고춧가루도 그런 지독한 고춧가루는 없을 거예요. 완전히 고추를 빻는 방앗간이에요. 입만 열었다 하면. 자식이 부모한테 그런 심한 말을. 그것도 딸이 엄마를 그렇게 말하느냐고요? 제가 그랬잖아요. 전 진심을, 진실만을 말한다고요. 입에 발린 소리, 사탕발림은 못 해요. 그건 진짜로, 뒷간에 갔다가 뒤를 덜 닦고 나온 남의 엉덩이에 코를 박는 것처럼 역겨운 일이라고요. 더구나 엄마에 관해선, 당신이 믿든 말든, 당신 독자들이 믿건 말건. 사실 그것은 그다지 중요하지 않아요. 진실은 언제나 홀로 존재하는 외로운 거니까요! 그래서 진실이고, 받아들이기 힘든 거죠. 삼촌이 그렇게 된 건 순전히 엄마 때문이에요. 엄마의 새빨간 거짓말 때문이라고요. 엄마는 자신을 사랑한 사람을 폐인으로 만들었고, 결국 그 지경으로 내몰았어요. 제가 좀 흥분했나 봐요. 물 한모금만…….

죄송합니다. 목이 아프군요. 엊저녁에 무리했더니 말을 많이 하지 않았는데도 목이 정말 아프군요. 밤새 마신 비타500 여섯 병이 휘발유로 변해 콧구멍을 쑤셔요. 목구멍이 이제 그만, 좀 닥치라고 소리를 질러요. 누가 창으로 혓바닥을 찌르는 것 같아요. 혀가 감깁니다. 아마 제 일이 입을 사용하는 거라 그런지도 모르겠어요. 더 이상 혓바닥을 놀리는 건 힘들겠어요. 얼얼해요. 입에 아구창이 심해져 젤리 같은 약을 머금고 있을 때의 느낌 있잖아요. 그런 뻑뻑하고 얼얼한 기운이 주둥이 속을 감싸고 돌아 머리까지 약간 멍하네요. 호들갑이 아니냐고요? 아니에요. 아무리 자기 얘기라지만 그걸 넋두리로 쏟아낸다는 것은 생각보다 힘든 노동입니다. 또 말이 두서가 없고, 어법도 엉망이란 생각이 자꾸 들어요. 대학원생이란 사실이 좀 창피해요. 하지만 당신은 소설가라고 하니 당신이 독자에게 알아서 전하겠지요. 오늘은 이제 그만 끝내야겠어요. 다음에, 다시 얘기하죠. 잠깐만요. 벌써 일어서면 어떡해요. 키스는 하고 가야죠. 당신은 소설가이기 전에 손님으로 여기 왔다고 하셨잖아요. 입을 혹사해 얼얼할 때의 입맞춤도 별미예요. 괜찮다면 담배 한 대 피우고 시작할까요. 당신의 담배를 피우라고요? 고마워요. 하지만 저는 담배가 따로 있어요. 보세요. 여기 있잖아요.

키스 매니저

오늘은, 제 일에 관해 먼저 말씀드려야 할 것 같네요.

근데 머리가 너무 아프군요. 영화 〈매트릭스〉를 보면 주인공 네오가 유체 속으로 들어갔다가 나와 옷을 홀랑 벗고 침대에 누워 온몸에 침을 꽂고 있는 장면이 있잖아요. 그때 네오의 정신 상태가 지금 제 머릿속이랑 비슷했을 것 같아요. 뭐, 그런 느낌이에요.

새벽에 집으로 돌아가 한숨 잤는데, 잠결에 이상한 전화를 받았어요. 근데 잠에서 깨어나 아침 겸 점심을 먹으려는 순간, 그 전화가 꿈인지 생시인지 분명하지 않은 거예요. 중국에서 온 전화였고, 수화기에서 분명히 낯익은 목소리, 남자의 음성이 흘러나왔는데요. 이어 흐느낌, 비명 소리, 고함 소리가 들렸어요. 얼마나 놀랐는지……. 담배를 한 대 피울까요? 당신도 피워요.

또 꿈도 꾸었죠. 실은 그 꿈도 정확하지 않아요. 너무 불안해요. 조용한 연못, 너무 고요해서 긴장이 감도는 그런 수면 가운데서 뭐가 불쑥 튀어 오른 느낌 있잖아요. 그래도 좋은 점이 없는 건 아니에요. 당신을 만나기 전에 꽤 오랫동안 몹쓸 꿈에 시달렸어요. 근데, 그 꿈이 사라졌으니……. 당신 때문이냐고요. 잘 모르겠어요. 그런 것도 같고, 아닌 것도 같아요. 사라진 게 아니라, 잠시 어디로 숨었겠죠. 그게 금방 어디로 사라질 그런 꿈은 아니었거든요. 사설을 시작할게요. 담배를 피우니까 살 것 같아요. 머리가 맑아졌어요. 얼마나 오래갈지는 모르겠지만요.

당신 글을 읽을 독자도 대충 짐작했겠지만, 전 밤에 남자를 상대하는 아르바이트를 하고 있어요. 그럼 당신 독자들은 대뜸 매춘을 떠올리겠죠. 그건 꼭 당신 독자들의 상상력 빈곤 때문만은 아닐 거예요. 잘 알지도 못하는 남녀가 밤에, 그것도 조용한 방에서 만나 할 수 있는 일이란 게 뭐가 있겠어요. 저도 심리학을 공부한 사람이라 인간이 뭐 그리 고상한 존재가 아니라는 것쯤은 알고 있어요. 또한 남자와 여자가 암구는 것이 손가락질 받을 일은 아니죠. 암구는 게 뭐냐고요? 정들면 부처도 암군다는 속담 몰라요? 알겠다고요. 남녀가 마음이 동하면 암구고 싶은 것은 너무나 자연스러운 순리잖아요.

하지만 키스는 매춘이 아니에요. 따라서 키스방에서 일하는 웨이트리스들, 매니저들 역시 창녀는 아니라고요. 전, 키스 매니접니다. 어떤 이는 키스방을 매춘업소로 알고 있지만 그건 오해예요. 그러니까 키스방에서 암구는 일은 절대로 없어요. 물론 간판만 키스방이라고 하고, 실제론 성매매를 일삼아 말썽을 빚은 업소가 없는 것은 아니죠. 하지만 제가 일하는 곳은 그런 무늬만 키스방이 아니라, 그야말로 스킨십을 통해 화목한 사회 분위기 조성에 일조하겠다는 투철한 사명감을 가진 젊고 해박한 사장님이 운영하는 원조 키스방이에요. 당신도 저기 붙어 있는 경고문 보셨죠. 저희 키스방에는 손님이 요구해도 될 일과 절대로 되지 않는 일이 정해져 있답니다. 물론 경고문의 규칙이 꼭 지켜지는 건 아니죠. 저길 보면 키스가 사랑하거나 존경하는 일이라고 해놓고, 구체적인 행동에 대한 규정이 너무 엄격해요. 가벼운 스킨십과 대화만을 허용한다고 했잖아요. 그럼 진한 키스나 스킨십은 안 된다는 거잖아요. 그럼 누가 키스방에 오겠어요. 그리고 규칙이란 게 항상 대략의, 대충의 틀이잖아요. 현실 속에서 규칙은 항상 고무줄이죠. 길어졌다 짧아졌다. 키스방의 규칙도 그런 신축성이 있기 마련이지요. 하지만 그 고무줄의 신축성이란 게 무한대는 아니랍니다.

우리 사장님은 얼굴을 모자이크로 가리기는 했지만 TV에 나온 적도 있다니까요. 그만큼 자기 사업에 대한 프라이드와 사명감 같은 게 강한 사람이에요. 분명히 말하는데, 키스방은 매춘업소가 아니에요. 만약 키스방이 사창가랑 똑같이 갈보들이 모여 앉아, 자기 배설물을 토할 하수구를 찾아오는 오입쟁이들이나 기다리는 곳이라면 우리 사장님이 그런 자신감을 가질 수 있었겠어요. 앞으로 법원에서 엉뚱한 판결이 내려져 졸지에 날벼락을 맞을 수도 있겠지만……. 대딸방도 법원의 판결로 매춘업소로 변해버렸잖아요. 하지만 아직까지, 키스방에 대한 그런 법원의 판결은 없었다고 총무님이 그러더라고요. 저 역시 매춘업에 종사하는 고향 친구들이 적잖아 그런 뉴스에 꽤 신경을 쓰고 있답니다. 성매매특별법, 홀레금지법에 신경을 쓰지 않을 수 없어요.

사실 키스방에서 무슨 일이 벌어지고 있는지, 무엇을 하는지는 중요하지 않아요. 늘 사람들의 머릿속을 지배하는 건 사법부의 결정이 않아요. 준엄한 법이 여기를 교미하는 공간이라 하면 키스는 접붙는 일이 되는 거죠, 뭐. 전 개인적으로 흘레금지법이 국가보안법보다 더 악랄한 반인권적인 법이라고 믿고 있어요. 인권을 지키는 법이 아니라 인권을 짓밟는 법이란 거죠. 제가 좀 과격했나요? 죄송합니다. 좀 흥분했어요. 고향 친구들이 몸을 팔다가 경찰서에 잡혀갔거든요. 그 친군 그럴 수밖에 없는 사정이 있었는데. 걔들은 자신과 가족의 기본적인 권리, 인간적인 삶, 즉 인권, 특별법이 그토록 중요하게 여긴 인권 말입니다, 그것을 지키기 위해서 꼭, 반드시 몸을 팔아야 했고, 그 방법밖엔 다른 선택이 없었는데……. 국가권력이 개입해 교접은 안 된다, 교미를 하지 마라. 흘레는 짐승이나 하는 짓이다. 국민이 접을 붙든 사랑을 속삭이든, 그건 각자가 알아서 할 일이지. 존엄한 국가권력이 상붙는 일까지…… 점잖지 못하게……. 근데, 흘레금지법은 한국 말고도 일부 선진 국가에도 있다고 하니. 세상에 체통머리 없는, 방정맞은, 경박한 권력이 한둘이 아닌가 봐요. 하지만 키스방은 현재로선 성매매특별법에 저촉되지 않는 합법적인 공간이에요. 그것은 제가 이 일을 시작할 때, 중요한 고려 사항이었죠. 전, 가능한 한 대한민국 국민으로서 국가의 기본 질서인 법을 지키고 싶어요. 전, 아직 제 친구들처럼 절박한 상황이 아니라서. 그것이 비록 악법이라도. 특별법 얘기를 하니 다시 머리가 지끈지끈 아파오네요.

　좀 우스워요, 키스 매니저란 직업이. 남자와 여자가 음침한 방에서……. 저희 키스방은 유명 화가들의 명화나 유명 작가의 시가 벽에 걸려 있어, 그렇게 음침하진 않아요. 단지 현재 한국 사회에서, 키스를 내놓고 할 수 있는 게 아니니 음침하단 얘깁니다. 물론 대학이나 젊은

이들이 모인 곳에서 입을 맞대는 남녀가 없는 건 아니지만 유럽의 선진국처럼 키스가 공개적이고 자연스러운 행위가 아니란 뜻입니다. 하여간 쪽쪽 소리 나게 서로 입을 맞대고 빤다고요. 키스방에서의 키스는 쪼옥 쪼옥 쪽쪽 소리가 날 정도로 요란하죠. 발정 난 수캐가 암캐 엉덩이 따라다니듯이 키스방 찾아다니는 남자들은 입술만으론 성이 차지 않는지 귓바퀴에 젖가슴까지 쪽쪽 핥느라 정신이 없죠. 그러다가 흥분을 주체할 수 없는 남자들이 갑자기 매니저의 안다리를 걸어 소파에 쓰러뜨리긴 해도 단지 그뿐, 홀레금지법이 금하고 있는 접붙는 일은 절대로 일어나지 않아요. 당신이 봐서 알겠지만 여기서 관계를 한다면 정말 홀레가 될 수밖에 없어요. 그리고 키스 매니저들은 바보가 아니에요. 소리를 지르거나 벨만 눌러도 총무가 달려올 텐데…….

전 학교 도서관에서 책을 정리하는 아르바이트를 하면서 「구순기의 좌절 경험이 인격 형성에 미치는 영향」이란 졸업논문을 준비하고 있었는데, 심리학과 학부생 하나가 키스방에서 일한다는 소리를 듣고 호기심이 생겼어요. 더구나 제가 준비하는 논문이, 유아기 때 좌절된 빨기 욕망이 인간의 심리와 인격 형성에 미치는 영향을 구체적인 사례에 적용해 분석하는 내용이었으니까요. 참고로 저는 학부에서 불문학과 심리학을 공부했고, 대학원에선 심리학을 전공했어요. 어렵게 그 학부생을 찾아내 물었더니 자기는 소문이 나서 일을 그만두었대요.

그런데 그 일이 도서관의 아르바이트완 비교가 되지 않을 정도로 고수익이라더군요. 솔직히 말씀드리면 그 점이 이 일의 무시할 수 없는 매력이었죠. 제 친구들이 특별법에 걸릴 위험까지 무릅쓰고, 생판 낯선 남자들이 허리춤을 풀고 사흘 굶은 황새가 올미 본 듯 달려들어 그 요상한 물건을 들이밀고 헐떡거리는, 그야말로 흘레를 하는 것도 모두 그놈의 돈 때문이죠. 그들은 자신을 위해 돈이 필요했던 것이 아니라 가족을 위해 그 돈이 필요했던 겁니다. 그것도 아주 절박하게 말이죠. 그리고 그런 친구들을 보면서 전 두려움을 느꼈어요. 돈이 없으면 나도 저렇게 될지 모른다는 공포가 생기더라고요. 더구나 그때 그 남자 있잖아요. 제가 너무나 사랑했다는 남자 말이에요. 그 남자가 제 곁을 떠났어요. 그게 모두 돈 때문에 일어난 일이에요. 돈 때문에 서로에게 그런 큰 상처를 남기고 말았죠. 그 일을 생각하면 제 가슴이 미어져요.

제 친구들 말고, 다른 여대생들도 같은 이유로 키스 매니저가 됩니다. 편의점이나 식당에서 서빙을 해서 받는 시간당 페이와는 비교가 되지 않아요. 한국에선 대학이 서열화돼 있어 명문대학교 학생이 아니면 과외 자리도 쉽지 않잖아요. 제 경우는 설사 자리가 난다고 해도 자신이 없었어요. 왜냐고요? 실은 대학 때부터 과외를 해보려고 여러 번 시도를 해봤죠. 학부 시절 주위에서 친구들이 과외로 내가 도저히 상상할 수 없는 액수를 만지는 걸 봤거든요. 물론 그들은 공부나 취업에는 아예 관심이 없고 오직 돈벌이를 위해 학교 간판을 팔고 다니는 친구들이었지만요. 그때 제가 무슨 생각을 한 줄 알아요. 내가 한 달에 저만큼만 벌 수 있다면 이 년 동안 몸이 부서지도록 아르바이트해 내가 사랑하는 남자와 한국을 떠나는 꿈을 꾸었어요.

솔직히 너무 놀랐어요. 한국에서는 대학생들도 이런 식으로 거액을 만질 수 있구나. 그래서 저도 과외를 시작했죠. 처음엔 적은 액수를 받아야 한다기에 주겠다는 대로 받았어요. 실은 그 돈 역시 저한테는 적은 액수가 아니었어요. 하지만 어린 시절을 여기서 보내지 않은 제게는 중고등학생을 가르친다는 건 여간 어려운 일이 아니었어요. 독특한 억양은 노력으로 거의 극복했지만, 학생들을 데리고 공부를 시켜보면, 그런 억양 문제 말고, 더 큰 바위, 도저히 밀어낼 수 없는 거대한 돌덩이가 버티고 있어요. 뭐냐고요? 바로 문화적 차이, 인식의 갭이 분명히 느껴져요.

—엄마, 과외샘 대학생 맞아요?

첫 수업을 마치고 문을 나서면 이런 말이 종종 들렸어요.

—왜?

저를 배웅하고 문을 닫는 엄마의 목소리가 이어지죠.

—좀 이상해.

—뭐가?

—무슨 외국인한테 수업을 받는 것 같아.

—Y대 맞아. 여기 봐, 학생증도 복사해 왔던데…….

—하여간 다른 샘으로 바꿔줘요.

전, 학생들의 반응 때문에 개인정보의 누출을 각오하고 학생증 복사본을 먼저 제시하죠. 때로는 제가 떠난 후의 불쾌한 쑥덕거림만으로 끝나지 않고 학과 사무실로 전화를 걸어 그런 학생 있느냐는 문의 전화를 하는 경우도 있었어요. 조교들한테서 그런 전화가 왔더라는 얘기를 듣고 나면 자신이 더없이 부끄러워지고, 초라해지죠. 그 일 때문에 울었어요, 너무 많이. 부끄러움과 초라함 때문에 눈물이 났느냐고요. 아니에요. 저는 그런 것 때문에 울 만큼 근사한 삶을 살지 못했어요. 부끄러움과 초라함은 제 삶인데, 제 삶 그 자체인데 그것 때문에 눈물을 흘리겠어요. 제가 그런 것 때문에 울 수 있는 삶을 살았다면 당신이, 소설가이신 당신이 절 만나러 오지도 않았겠죠. 제가 운 이유는 그 돈을, 그런 큰돈을 만질 수 없단 절망감 때문이었죠. 그 돈만 있다면 나는 명문대도 포기하고 사랑하는 남자랑 떠날 수 있을 텐데. 물론 그 남자가 제게 함께 떠나자고 말한 건 아니었어요. 그냥 제 생각이 그랬어요. 그 돈이라면, 제가 가서 살고 싶은 나라 돈으로 바꾸면 엄청난 돈이 되더라고요. 상상할 수 없을 만큼 큰 돈 말이에요. 지금은 모르겠으나 당시 환율로 제가 계산기를 두드려봤어요. 저와 그 남자가 오랫동안 일하지 않고 편안하게 살 수도 있겠더라고요.

어떨 때, 저는 영원히 한국 국민이 될 수 없을지 모른다는 절망감으로 온몸에 소름이 돋은 적도 있었어요. 아무튼 전 꼭 대한민국 국민, 자랑스러운 시민으로 살고 싶거든요. 그래서 돈이 박해 친구들이 거들떠보지도 않는다는 초등학생 과외도 해봤죠. 하지만 크게 다르지 않았어요. 오히려 학교에서 주선해주는, 몸으로 때우는 아르바이트가 편하고 좋았어요. 그래도 대학생이라고 심한 일은 시키지 않거든요.

키스 매니저도 몸으로 하는 일이잖아요. 하지만 키스는 입으로만 하는 그런 단순 노동은 아니에요. 많은 손님들은 키스의 맛을 음미하지 못하는 편이죠. 키스를 섹스의 전초전 정도로 알고, 입이나 혀, 입술을 빨기보다는 신체의 다른 부위, 가령 유방이나 엉덩이, 허벅지를 더듬는 일에 더 몰두하죠. 몸을 만지고 핥는 것은 가게에서 허용된 스킨십이거든요. 왜, 그런 속담 있잖아요. 시루에 물은 채울망정 사랑은 못 채운다고, 딱 그 짝이에요. 여기는 그런 곳이죠. 본 게임은 시작도 못 하고 변죽만 울리다가 끝나는……. 그러니까 남자들이 가게 문지방이 닳도록 찾아오고, 또 찾아와도 막상 갈증은 해소되질 않고……. 원래 채울 수 없는 욕망이란 게 비 온 뒤 죽순 같은 거잖아요. 그러니 또 오고……. 아마 나중엔 키스방 앞에 갈증에 겨운 사내들이 장마에 구름 모이듯 모여, 장사진을 이룰 거예요. 과장된 표현이 재미있다고요? 키스방이 여기만 있는 것도 아닐 텐데. 뻥이 좀 심하다고요? 웃자고 한번 해본 말이죠, 뭐.

사실 진짜 키스 맛은 다른 데 있어요. 키스를 단순한 노동으로 이해하면 곤란해요. 키스를 만날, 날이면 날마다 아니 매시간 해봐요. 빨고, 핥고……. 딥 키스를 위해선 입, 주둥아리 주변의 신경 세포가 상당히 조직적으로 동원돼야 하고, 오직 혀의 움직임만을 위해서 적잖은 근육이 필요하다는 걸, 이놈을 해보면, 남자들의 입술과 맞대고 숨이 넘어갈 정도로 엉겨 붙어본 여자라면 금방 알 수 있어요. 한 사람, 애인과 키스를 길게 해도 코밑의 근육이 뭉칠 거예요. 실제로 퇴근해 식탁에 앉아 밥알을 씹으려고 턱을 움직이는 순간 자신이 엊저녁 혹은 새벽에 사용한 근육이 분명히 느껴져요. 처음엔 저만 예민해서 그런 줄 알았어요.

근데 이 일을 좀 한 매니저 하나가 자기 손으로 제 귀밑에 턱이 걸려 있는 뼈 있잖아요, 그곳부터 꾹꾹 누르면서 턱관절을 쓰다듬고, 뭉친 근육을 찾아 풀어주었어요. 또, 피로가 덜 오는 키스법도 알려주었고요. 남자의 혀를 자기 입으로 당겨 넣어 남자의 주둥이를 꼼짝 못 하게 하는 거죠. 그럼, 키스 후의 근육 피로가 고스란히 남자 쪽으로 간다나 어떻다나……. 손님이야 일주일에 한 번쯤 하는 키스라, 그 정도의 근육 뭉침은 저절로 해소될 수 있지만, 저희들처럼 하루에 도……. 그 매니저가 뼈의 이름까지 말하면서 세세하게 설을 풀길래, 의대생이냐고 물었더니, 자기는 하도 아파서 치과에 들렀고, 나중엔 치대생들이 보는 책을 펼쳐놓고 연구를 좀 했대요. 실제로 그렇게 해보니까 확실히 근육이 덜 뭉쳐 밤에 잠을 편히 잘 수 있었대요. 자신도 새로운 키스법을 만들어내지 못했다면 매니저 일을 그만두어야 할 만큼 턱이, 턱관절이 아팠대요. 통증 때문에 진통제까지 먹었고 턱관절이 탈구될 뻔했다니……. 그 매니저 말을 듣고 있으니 제 턱이 빠질 것 같았어요. 세상에 공짜 밥이 없다더니, 이 일도 직업병이 있더라고요.

하지만 전, 매니저 일을 하면서 키스가 성교랑은 다른 쾌락이, 깊은 맛이 있다는 걸 알았죠. 섹스는 전신을 사용하는 과격한 운동이니 그것은 그것대로 맛이 있겠죠. 또한 섹스의 측면에서 키스를 이해하자면 키스가 전위 운동임은 분명합니다. 하지만 키스는 또한 그것대로 나름의 독자적인 맛이 있는 거죠. 둘은 비교 대상이 아닙니다. 이런 진정한 키스의 맛을 아는 마니아들은 드문 편이죠. 그런 남자라면 여기를 자주 찾지도 않아요. 키스 자체로 갈등을 해소하고 나가니까요. 문제는, 키스가 상당히 많은 근육을 사용하는 중노동이란 점 외, 그것이 인간의 정서나 심리, 인격에 많은 영향을 준다는 거예요. 이 점을 고려한다면, 누구도 함부로, 이 행위를 성교로 건너가는 다리, 전위 운동 정도로 과소평가할 수 없겠죠.

제 말을 믿지 못하겠다고 말하는 독자가 있다면, 주변에 있는 아이들을 한번 유심히 관찰해보라고 하세요. 입을 그냥 두는 경우는 거의 없답니다. 유아들이 얼마나 빨기에 대한 집착이 강한지, 엄마가 젖가슴이나 젖병을 물리지 않을 때는 공갈 젖꼭지라도 물리잖아요. 그거라도 없으면 침을 질질 흘리고 난리가 나죠. 인간에게 빨고 깨무는 행위, 키스가 얼마나 중요하냐면, 그것이 결핍되었을 때 사람들이 얼마나 큰 정신적인 상처를 받는지 심리학을 조금만 공부해본 사람이라면 알 수 있어요. 아무튼 키스는 사람들이 생각하는 것처럼 단순한 입맞춤의 의미만은 아니에요.

그나저나 머리가 왜 이렇게 무거운지 모르겠어요. 말은 어제보다 더 두서없이 왔다 갔다, 엉키는 것 같고…… 꿈인지 현실인지 몰라도 그놈의 환영, 도깨비 때문이에요. 실은 도깨비 때문이 아니라……. 솔직히 고백하자면 전 말이나 글을 정확히 문법에 맞춰 하거나 쓰는 데는 약간 자신이 없어요. 어법도 마찬가지고요. 그래서 졸업논문도 친구의 도움을 받을 생각이에요. 사실 전, 초등학교도 중고등학교도 다니지 않고 검정고시로 대학에 직행했거든요?

제가, 왜 그토록 책읽기나 지식에 집착했는지 알겠어요? 제가 얼마나 허술한 대학생이었는지 알겠어요? 당신이 소설가라고 했으니 당신 독자에게 알아서 전해주세요. 아주 세련된 문체로……. 소설은 뭐라 뭐라 해도 문체의 예술이잖아요. 세련된 문체라고 해서 정지용이나 백석 혹은 서정주의 시처럼, 아주 깔끔한 그런 문체를 말하는 건 아니에요. 뭐라고 말하긴 그렇지만…… 독창적인 문체 말이죠. 전, 이 사회를 이해하기 위해 소설을 엄청나게 읽었죠. 그런데 하도 읽다 보니 엉뚱하게 예술로서 소설이 뭔지 감이 오더라고요. 아무도 말할 수 없는 자기만의 목소리, 문법도 어법도 무시할 수 있는 배짱, 참말도 거짓말처럼, 거짓도 참말처럼 설(說)을 풀 수 있는 능력, 중국산 고춧가루인지 국산 고춧가루인지 헷갈리게 만드는 언변, 대동강이 아니라 대한민국도 팔아먹을 수 있는 구라. 한마디로 경계를 허물 줄 아는 탁월한 이야기꾼. 뭐 그런 걸 말하는 거죠. 제가 외람되게, 건방진 얘기를 했죠? 국어 문법에도 자신이 없다면서…… 감히 주제넘게 소설을…… 그것도 소설가를 앞에 두고……. 죄송해요, 소설가가 되고 싶었지만 그런 재능이 없어 글을 쓸 수 없는 한 작가 지망생의 푸념, 하품이라고 여겨주세요. 넋두리라고요.

사실 저도 한때는 글을 써볼까도 생각해봤어요. 왜, 제겐 당신도 탐내 여기까지 찾아온 인생 역정, 남다른 인생 드라마가 있잖아요. 물론 아직 끝나지도 않았고, 앞으로 계속될 일이지만……. 나중에 소설은 아무나 쓸 수 있는 일이 아니란 걸 알고 포기했지만……. 글은 인생의 경험만으로 되는 게 아니잖아요. 소설을 읽다 보니 내용은 그다지 중요한 것 같지 않더라고요. 그렇잖아요, 소설에서 내용이 전부라면, 그럼 경험이 많은 사람이 장땡이죠. 경험만으로 소설이 될 것 같으면 제 친구들은 벌써 글쟁이, 작가, 그것도 유명 작가가 되었어야죠. 그들은 평균 열 권 이상의 인생 드라마를 가지고 있거든요. 더구나 그들이 겪은 드라마는 이 세상에는 존재하지 않는 것이라. 물론 저도 만만찮죠.

이제 머리만 무거운 게 아니군요. 흐느낌, 비명 소리, 고함 소리, 환청까지 들립니다. 실은 출근하기 전에 잠시 휴식을 취하려고 눈을 감았다가 환영도 봤어요. 아마 집에 그 남자가 없어서, 그런 환영인지 꿈인지를 보았을 거예요. 그가 집에 있을 땐 정말 행복했는데. 불쌍한 남

자. 왜, 불쌍하냐고요? 자기를 사랑한 여자를 굳이 마다하고 자기를 이용할 생각만 머리에 가득 차 있는 여자를 바보같이 사랑했으니 불쌍한 사람이죠. 전, 그 남자를 생각하면 가슴이 마구 뛰어요. 잘생긴 남자였어요. 영화배우 뺨치게 잘생긴 얼굴도 한국에서 고생을 많이 해서 삭았었죠. 그래도 워낙 바탕이 좋아 지나가는 여자들이 눈을 힐끔힐끔 흘깃거릴 정도는 됐죠. 왜, 한국 여자들은 꽃미남이라면 깜박 죽잖아요. 그 남자는 그런 미남이었어요. 그가 중국어로 뭐라고 중얼거릴 때는 영락없는 영화배우예요.

그 꿈인지 환영인지가 궁금하다고요? 그걸 저도 잘 모르겠어요. 거실에 불을 켜놓고 막 잠이 들었는데, 하얀 양귀비꽃이 곱게 핀 화분이 나란히 놓인 아파트 베란다가 보였어요. 그 양귀비꽃은 엄마 작품이에요. 양귀비는 엄마의 영혼 같은 꽃이에요. 세상에서 가장 아름다운 꽃이죠. 하얀 양귀비가 활짝 핀 들판을 내려다보고 있으면 숨이 막혀요. 전 어린 시절을 그런 곳에서 보냈거든요. 그러나 엄마에게 양귀비는 그냥 아름다운 꽃이 아니랍니다. 저한테도 양귀비는 그냥 눈부시게 황홀한 꽃만은 아니죠. 저 역시 양귀비를 무척 좋아했죠. 베란다에 핀 흰 꽃을 보고 있노라면, 어떨 땐 멍해지고 어떨 땐 얼이 빠져 나도 모르게 눈물이 나와요.

아무튼 베란다에 널어둔 빨래가 갑자기 벌떡 일어서는 거예요. 전, 또 시작이구나 했죠. 그건 여러 번 경험한 환영이거든요. 오늘, 자정이 넘었으니 어제군요. 엊저녁에 본 건 평소완 좀 다른 환영이었죠. 퇴근하고 돌아와서 잠결에 중국에서 걸려 온 전화까지 받은 마당이라 좀 긴장하고 있었어요. 우선 거실 구석 창가에 세워둔 전자 오르간, 그건 아파트 쓰레기 수거장에서 가져다 둔 거예요, 엄마가요. 엄마는 오르간을 정말 잘 쳤죠. 이걸 처음 주워 왔을 땐 거의 새 거였죠. 지금은 고장 났지만……. 그 위에 뭘 올려두었는데, 그게 뭔지 모를 형체로 변하더라고요.

전, 그냥 무시하고 눈을 감았어요. 그러자 세워둔 운동기구 근처에서 요란한 흐느낌이, 비명이, 고함이……. 귀가 아직도 멍해요. 놀라 눈을 번쩍 뜨고 베란다로 고개를 돌렸죠. 하얀 양귀비꽃 옆에 놓인 운동기구 위에 가느다란 사람의 팔 하나가 서 있었어요. 전자 오르간 위에 있는 건 노즈 같았어요. 사람의 코 말이에요. 전 그 코가 사랑하는 그 남자의 것인 줄 알고 일어나 뛰어나갈 뻔했죠. 그런데 자세히 보니, 그 남자의 오뚝한 콧날은 아니었어요. 좀 촌스러운 모양이었어요. 투박한 촌놈들 코 있잖아요. 제가 사랑한 그 남자도 시골 사람이긴 해도 얼굴은 촌티가 아니라 귀티가 흐르는 남자였거든요. 그럼 허깨비였냐고요? 허깨비……. 하지만…… 허깨비가 아니라 신체의 일부분이 떨어져 운동기구 위에…… 오르간 위에…… 환영이……. 어제 본 건 환영이 아니었어요. 분명히 사람의 팔뚝과 코를 봤어요.

역시 당신을 만나 제 얘기를 시작한 게 화근이었나 봐요. 그렇다고 한번 연 입을 다물 생각은 없으니 걱정하지 마세요. 당신이 돈을 지불하고 여기를 찾아오는 이상, 전 제 얘기를 읊조릴 생각이거든요. 그럼요, 소설가인 당신은, 당신 소설을 위해 제 얘기를 꼭 들어야겠죠.

기억의 지속

무슨 사설로 말문을 열어볼까요? 제 단골손님이 들고 온 주스부터 한잔하죠. 어젠 생크림이더니 오늘은 주스더라고요. 보통 하루 저녁에 이런 선물을 세 개 이상은 받아요. 전, 이래봬도 가게의 에이스거든요. 어떤 손님은 아이스크림을 딥 키스용으로 사 오기도 합니다. 무슨 말인지 대충 알겠다고요. 그래요. 서로 상대방의 입안에 있는 아이스크림을 꺼내 먹는 거죠. 키스방이니 당연한 놀이잖아요. 그런 걸 캔디 키스라고 불러요. 혀는 무엇보다도 미각을 느끼는 신체 부위잖아요. 특히 혓바닥 끝은 단맛이 모여 있는 곳이라, 아이스크림은 키스에 제격인 셈이죠. 당신도 해보고 싶다고요. 그럼, 당연히 해드려야죠. 지금 당장? 그건 아니라고요?

우선 당신 등 뒤에 있는 샤갈의 〈생일〉이란 그림 얘기부터 시작해보죠. 저희 키스방은 룸마다 '입맞춤'을 묘사한 큼직한 명화가 걸려 있는데, 그중 가장 동화적인 작품이 바로 저 〈생일〉이에요. 전, 샤갈이 왜, 무슨 생각으로 저런 그림을 그렸는지 제대로 이해가 되지 않았어요. 그래서 언젠가 총무님한테 물어봤죠. 총무는 가게 근처에 있는 미술 대학에 다니는 학생이에요. 그는 미술 전공이 아니라 미학 전공이라 그림에 관한 배경 지식이 상당해요. 그런데 총무의 설명은 제가 이미 알고 있는 내용이었어요.

샤갈은 베라라는 여자와 결혼을 하게 되었지요. 그 열흘 전이 샤갈의 생일이었다고 해요. 저 그림은 그가 자신의 생일날 모습을, 결혼 기념으로 그린 거죠. 그냥 편하게, 샤갈이 그날, 너무 기뻐 자신의 몸이 공중으로 붕 떠오른 느낌을 받았고, 그것을 회화로 표현했다고도 할 수 있겠죠. 실제로 〈생일〉은 무중력 상태에서의 사랑, 키스를 나누고 있는 듯한, 현실과 동떨어진 환상적인 그림이잖아요. 인물이 저렇게 기묘하게 목을 구부릴 순 없는 법이죠. 전, 그림을 키스 전의 흥분된 심리 상태를 묘사한 것으로 여겼어요. 샤갈이 연인과 나눈 첫 입맞춤의 감정일 거라고……. 누구에게나 처음 하는 경험은 황홀한 거잖아요.

그런데 저 그림을 제대로 이해시켜준 사람은 휴가 나온 군인이었죠. 정확히 말하면, 이해시켜준 것이 아니라 제 기억 속에 잠자고 있던 추억을 되살려준 거죠, 뭐. 제가 여기서 일한 지 열흘 만이었어요. 그 군인 때문에 전, 샤갈이 〈생일〉을 그렸을 때의 느낌을 어느 정도 짐작하게 되었죠.

당신 독자들은 이미 눈치챘겠지만, 저는 북한에서 살다가 중국을 거쳐 남한에 정착한 이주민이에요. 탈북자죠. 새터민이라고 부르기도 하죠. 전 이주민, 혹은 이주여성이란 표현이 마음에 들어요. 저희들은 좀 애매한 성격의 사람들이에요. 무슨 말이냐 하면, 다른 곳에서 왔다는 점에선 이방인이지만, 처음부터 한국인으로 태어났단 점에선 대한민국 국민이잖아요. 북한은 대한민국 헌법이 규정한 대한민국 영토이고, 그곳에서 태어난 사람 역시 대한민국의 법적인 권리를 가진 국민이에요. 하여간 어린 시절을 북한에서 남동생과 아버지, 어머니와 단란하게 살다가, 그 지옥 같은 아사가 북조선을 덮칠 무렵, 강을 건너 중국으로 갔죠. 저는 세상에서 가장 고립된 땅인 북한에서 태어났고, 초등학교도 제대로 다녀보지 않았고, 또한 어린 시절을 중국의 후미진 농촌에서 보냈기 때문에, 사람들은 제가 성에 대해 보수적일 거라고 생각하고 있어요. 당신도 그럴 거라고 믿었다고요? 당신 독자들도 마찬가지겠죠. 하지만 전, 엄마의 피를 받아서 그런지 모르겠으나, 아주 일찍 성에 눈을 떴답니다. 물론 제가 빠르게 성을 알게 된 것은 중국의 농촌 현실과 무관하진 않아요.

실제로 전, 중국의 농촌 마을에서 첫 키스를 경험했죠. 그건 뽀뽀가 아니라 어른들이 주고받는 진짜 키스였어요. 바로 그때의 키스, 그 느낌을 그 군인이 일깨워준 거죠. 기억에서 사라졌던……. 그때를 생각하면 지금도 아련합니다. 왜 아련하냐고요? 너무 오래전의 일이라……. 시간적으로 오래됐다는 얘기가 아니라 이후, 다른 경험이 많아, 그 첫 경험이 너무 멀고 희미하게 느껴진다는 말이죠.

중국 시골에선 지금이나 그때나 여자들이 많지 않죠. 그 나라도 산업화, 도시화로 젊은이들은 도시로 나가고, 시골에 남아 있는 사람들은 어중이떠중이들이죠. 모두가 그렇다는 얘긴 아니지만, 시골에선 사람 구실을 하는 사람은 드물다는 말입니다. 그건 한국도 마찬가지잖아요. 농사짓는 사람들이 장가를 못 가 중국이나 필리핀, 베트남이나 몽골, 심지어 캄보디아까지 여자들을 구하러 다니잖아요. 그래서 조만간 이런 국제결혼으로 태어난 2세, 코시안이라고 그러나요? 그들이 적지 않은 숫자가 될 거라고 하잖아요. 중국 변방에도 여자가 없어, 결혼을 못 하는 남자들이 깔려 있어요. 조선족뿐만 아니라 농촌은 거의가 비슷한 처지라고 들었어요. 그래서 그들은 북한에서 넘어오는 여자들을 표적으로 삼죠.

조선족 총각들의 입장에서 보자면 북한 여자들만큼 좋은 상대가 없을 거예요. 중국은 다민족 사회라 같은 나라인데도 언어가 달라 의사소통이 되지 않는 것은 보통이고, 문화가 달라 생각조차 딴판인 경우도 허다하죠. 또 서로를 이해하려는 노력도 거의 없어요. 제각각 살아가죠. 그래서 조선족 남자들은 중국에서 여자를 구하기도 힘들지만 어렵게 구한다고 해도 문화의 차이 때문에 함께 살기란 보통 일이 아니죠. 그러니 탈북자들은 그야말로 봉이죠. 더구나 탈북 여성들은 북한의 김일성 유일사상 덕분에 유교적 가부장제에 길들어 있어서 다루기가 쉽잖아요. 안성맞춤이죠. 또 굶어 죽어가는 나라에서 왔으니 조선족 남자들은 자신들의 우월한 지위를 이용해 그들을 포획하는 거죠.

중국으로 건너온 저희 모녀도 그들에겐 먹잇감으로 제격이었죠. 더구나 도강 도중에 아버지는 경비 초소 군인에게 붙잡혀 보위부로 끌려갔으니, 엄마와 저는 끈 떨어진 뒤웅박 신세였어요. 그 당시는 조선족들의 인심이 그렇게 야박할 때가 아니어서 엄마와 저는 중국 변방의 조선족 농가에 숨어 농사를 도와주면서 지냈어요. 얼마 후, 엄마는 아버지가 감옥살이를 하다가 죽었다는 얘기를 들었던 모양이에요. 그 소식을 엄마는 눈물도 제대로 흘리지 않고 남의 일처럼 그냥 담담하게 아버지가 돌아가셨다더라고만 전해주었어요. 그래서 전, 그 말뜻을 이해하는 데 꽤 시간이 걸렸어요.

다음 날 아침, 전 아버지가 죽었다는 말이었냐고 되물었죠. 엄마 때문인지 저 역시 눈물이 나오지 않았죠. 그녀가 눈물이 아니라 소리 내어 펑펑 울면서 분위기를 잡아주었으면 제 가슴에, 눈 속에, 고여 있는 눈물을 한껏 빼낼 수 있었을 텐데 말입니다. 솔직히 말하면, 아버지가 죽었다고 하면 울어야 하는 건지도 몰랐어요. 실제로 북한에선 하도 사람이 많이 죽어 나가니까 죽음이 그렇게 요란하지 않아요. 또 죽었나, 또 죽겠지, 언제 내 차례일까? 그 정도예요. 아사가 오기 전에도 마찬가지였어요. 허구한 날, 죽을 각오로, 일당백의 정신으로, 미제국주의와 남조선 괴뢰, 어쩌고저쩌고 시부렁대니 죽음이 늘 옆에 있죠, 뭐. 사람 목숨은 원래부터 파리 목숨이나 별반 다르지 않았죠.

그즈음에 북한에서 강을 넘어오는 사람이 많아져 엄마는 어떤 결정을 해야만 했어요. 무슨 결정이냐고요? 중국의 농가나 산속에 숨어 살던 북한 사람들이 중국 공안에 잡혀 북한으로 끌려 들어가는 일이 종종 있었어요. 탈북자가 많아지면서 생긴 일이죠. 그러니 우리도 언젠간 공안의 검문에 걸려 북한으로 송환돼 보위부 감옥에서 아버지처럼 죽음을 맞을 수도 있잖아요. 아버지가 그렇게 죽었다고 하니…… 죽음이 더더욱 가까이 다가와 있단 느낌이었죠. 죽음 자체는 그렇게 무서운 게 아니라고 해도, 그렇다고 넋 놓고 앉아 '죽음아, 날 잡아 잡수', 하고 기다릴 순 없잖아요. 어쨌든 살려고 노력은 해봐야죠. 당시 우리가 머물고 있던 집은 괜찮은 것 같았는데, 그걸 자신할 순 없었죠. 엄마한테 은혜를 입은 집주인이야 공안을 불러 와 모녀를 데려가라고 하지 않겠지만, 주위 사람들은 믿을 수 없었어요. 엄마가 그 집주인한테 무슨 고마운 일을 했냐고요? 그것이 궁금해요?

우리는 중국으로 넘어오는 길에 경험한 일 때문에 공포에 떨었어요.

—뛰어! 빨리!! 도망가라니까네!!

앞서 강을 건너는데 어둠 저쪽에서 아버지가 소리를 질렀어요. 망을 보면서 뒤를 따라오던 그가 군인한테 잡힌 겁니다.

—혜진아, 어마이 끌고 가! 가라니까네!!

제가 다시 돌아가려는 순간 아버지가 악을 써댔죠. 잠시 망설이다가 저는 뒤돌아 북으로 가는 엄마의 손목을 낚아채 중국을 향해 뛰었습니다. 꽁꽁 얼어 빙판으로 변한 강을 말이죠. 그것이 당신의 뜻이니까요. 아버지는 우리를 향해 달려오려는 군인의 바짓가랑이를 움켜쥐고 매달렸어요. 그게 어렴풋이 보였죠. 강 위로 드리워진 어둠이 걷히고 있었어요. 그때 제 주머니에서 뭐가 떨어졌어요. 얼음 위로. 어두운 빙판 위에 비누 같은 것이 굴렀어요. 아편 덩어리였죠.

—엄마, 앞만 보고 달려!

저는 소리를 지르면서 되돌아갔어요. 그것을 빙판 위에 버리고 떠날 순 없었습니다, 절대로. 저는 한참을 달려가 아편을 집었어요. 다행히 군인은 보이지 않았죠. 고개를 들었지요. 군인이 자신의 바짓가랑이를 움켜쥔 아버지를 소총 개머리판으로 내려치고 있었어요. 잠시후, 아버지가 널브러졌죠. 저는 아편을 챙겨 들고 뛰었어요.

—여보!

저는 달려가 떨고 있는 엄마를 끌고 강둑으로 올라갔어요. 이어 수풀을 헤치고 위로 올라서서 뒤를 돌아보았죠. 빙판에 드리워져 있던 어둠이 걷혀 있었어요. 저는 뒤쪽에서 나타난 군인 둘이 아버지의 다리를 하나씩 쥐고 끌고 가는 것을 보았어요. 그리고 난생 처음으로 중국 땅을 밟았어요.

우리는 그 공포 때문에 눈이 그렇게 많이 온 겨울인데도 깊은 산골짜기로 찾아 들어간 거였죠. 우리 모녀의 의식을 지배하고 있던 것은 단순히 국경 초소 군인들만이 아니었어요. 저와 엄마는 장마당에서 두부밥과 아편을 팔려고 역 근처를 지나다니다 안전원에게 끌려가는 사람들을 보았어요. 그들은 중국에서 잡혀 온 탈북자라고 사람들이 수군거렸어요. 짐승도 그런 식으로 다루지 않을 거예요.

우리는 중국 농가로 숨어들어 밥을 얻어먹으면서 닷새를 넘겼죠. 다른 곳으로 떠나려던 차에 사건이 터졌어요. 주인집 아들이 갑자기 토하고 설사를 하고 머리가 불덩이로 변해 한족인 남편이 아들 죽는다고 소리를 지르고 난리를 피웠죠. 작년에 마을에서 비슷한 증세로 아이들 몇 명이 죽었나 봐요. 그때, 엄마가 나선 겁니다. 제가 국경을 넘어올 때, 강바닥에 떨어뜨렸던 아편 덩어리를 엄마한테 내밀었죠. 큰어머니가 주더라면서…… 아편은 복통과 설사에 그만이거든요. 한족 남편은 아들을 지게에 지고 도저히 걸을 수조차 없는 길을 나서겠다는 것을, 조선족인 아내가 겨우겨우 달래 방에 도로 눕혔죠. 엄마가 그들 부부를 방에서 내쫓고 저랑 둘이서 아편 덩어리를 떼어내 녹여 아이에게 먹였어요. 밖에서 한족 남편은 중국말로 고함을 질러대고, 조선족 아내는 당신 소리 때문에 아들이 놀라 죽겠다고 제발 조용히 하라고 빌고, 난리가 났어요. 아마, 그때 한족 남편은 아들이 어떻게 되면 우리를 공안에 넘기겠다고 소리를 질렀을 겁니다.

아편을 풀어 먹이고 더운물로 그 아이의 몸을 닦아내는 동안 엄마는 내내 울었어요. 간간이 소리 내어 울기도 하고, 그냥 눈물만 흘리기도 하고……. 고향에 두고 온 동생 때문이었죠. 좀처럼 울지 않는 저도 눈물을 너무 흘려서 앞이 보이지 않았어요. 새벽이었나, 그랬을 겁니다. 조선족 아내가 방문을 열고 들어오는 순간, 아랫목의 아들과 제가 동시에 눈을 떴어요. 그녀의 남편은 의사를 데려오겠다며 기어이 길을 떠났다고 했습니다. 엄마는 한쪽 구석에 웅크리고 잠들어 있었죠. 그런데 문제는 그다음 일어났어요. 그 집 남자가 의사를 데리고 왔을 때, 또 다른 환자가 발생한 겁니다.

―엄마, 일어나! 일어나란 말이야!!

제가 흔들어도 엄마는 깨어나질 않았죠. 죽은 것 같진 않았는데 말입니다.

―엄마 왜 이래. 눈을 떠봐! 떠보란 말이야!

엄마는 식은땀을 흘리면서 헛소리까지 했어요. 실은 헛소리가 아니라 동생의 이름을 부른 겁니다.

―서…… 석…… 석진아.

그녀는 식은땀을 흘릴 뿐만 아니라 오한으로 몸까지 부들부들 떨면서 간절히 아들을 불렀어요. 그 집 남자는 기쁜 표정으로 완쾌된 자기 아들을 쳐다보면서 데려온 의사에게 엄마를 부탁했어요. 엄마를 제대로 한번 쳐다보지도 않고 말입니다.

―북조선에서 온 사람들임네까?

의사는 그렇게 말하고 자기가 들고 온 가방을 내려놓았어요. 그 의사는 조선족이었는지 조선말을 했어요.

―네, 그렇슴네다. 이 어마이가 우리 아들을 치료하느라 용을 너무

많이 썼나 봅네다.

조선족 아내가 의사에서 말했죠. 그 집 남자는 자기 아들을 안고 다른 방으로 가버렸습니다.

—덕분에 저희 아들은 살아나긴 했슴다. 그러니 이 어마이 꼭 좀 부탁드림네다.

조선족 아내는 사정을 했습니다. 그 말이 얼마나 고마웠던지 저는 눈물이 났습니다. 그 때문에 엄마에게 한마디 위로의 말도 남기지 않고 떠난 그 남편도 용서가 됐습니다. 처음 찾아온 중국 땅에서 엄마를 잃는다고 생각해보세요.

전 원래 교활하고 되바라진 년이라 겁 같은 것은 없지만 그래도 그때는 꼭 엄마가 필요했습니다. 의사는 알았다고 말하고 의료기기에서 온도계를 꺼내 엄마의 겨드랑이에 끼웠죠. 그리고 주사기를 꺼내 약을 넣었어요. 잠시 후 체온을 확인하고 주사를 놓았습니다. 이어 링거병을 벽의 낡은 옷걸이에 걸고 엄마의 손에 꽂아주었죠. 아마도 주인집 아들에게 놓아주려고 가져온 것인 모양입니다.

—이제 됐소, 괜찮을 테니.

의사는 말을 하면서 의료기기를 챙겼어요. 그러더니 일어나 나가려는 거예요.

—선생님, 우리 어마이를 살려주시라요.

나도 모르게 나가려는 의사의 발목을 잡았죠.

당시 엄마는 며칠 사이 당신에게 닥친 피로와 공포 때문에 쓰러진 거였어요. 남편 걱정, 아들 걱정, 남편을 따라 북한으로 돌아가지 못한 것에 대한 후회. 앞으로 일어날 일에 대한 두려움, 공포, 뭐 이런 게 쌓여 터진 거예요. 그리고 저한테도 똑같은 공포와 두려움이 엄습해 본능적으로 낯선 구원자의 발목을 잡은 거죠.

―눈도 많이 와 해거름 길이 험할 텐데 여기서 저녁 드시고 아침에 떠나시죠.

조선족 아내가 거들어주었죠. 그 의사는 하얀 눈 위에 드리워진 저녁놀과 저를 번갈아 한번 쳐다보더니 입을 뗐습니다.

―그럼, 할 수 없이 오늘 밤은 여기서…….

의사는 말을 하고 방에 도로 앉았습니다.

잠시 후 요란하게 차린 저녁상이 들어왔지만 밥을 먹을 수 없었습니다. 실로 몇 년 만에 만나는 화려한 밥상이었는데 말입니다. 정말 저를 덮친 공포는 대단한 것이었나 봅니다. 다만 저는 엄마처럼 자리에 눕지 않았을 뿐입니다. 만약 엄마가 그렇게 자리에 눕지 않았다면 제가 식은땀을 흘리면서 드러누웠을지 모릅니다. 아니 틀림없이 그랬을 겁니다. 당시 제가 의사로 온 그 남자의 얼굴을 보고 아무런 반응을 보이지 않은 것이 그날 엄마의 쓰러짐이 제게 얼마나 큰 충격인지를 말해주는 겁니다.

그날, 저는 밥도 먹는 둥 마는 둥 쓰러져 의사와 한방에서 잠이 들었죠. 환자인 엄마 옆에서요. 의사는 눈길을 걸어온 통에 피로했나 봅니다. 저 역시 혼자될지 모른다는 공포에 떨다가 긴장이 풀려 낯선 남자 옆에서 녹초가 되었죠.

―혜진아, 혜진아…….

저는 엄마가 부르는 소리를 듣고 눈을 떴죠. 의사는 옆에서 널브러져 있었습니다. 엄마는 방 안의 상황에 잠시 어리둥절하더니 링거 병을 보고 상황이 대충 짐작된다는 얼굴이었습니다. 잠시 후 바깥에서 문 두드리는 소리가 들렸죠. 조선족 여자가 밥상을 들고 들어와 엄마의 얼굴을 한번 보고는 의사를 깨우고 밝은 표정으로 나갔죠. 밥상에는 미음까지 놓여 있었습니다. 저는 엄마가 깨어났다는 안도감 때문에 수저를 먼저 들었습니다. 그리고 의사의 얼굴을 쳐다보고 순갈을 내렸죠. 왜 밥을 먹다 그만두었느냐고요? 좀 부끄러웠습니다.

그 당시까지만 해도 아직 세상의 풍파를 전면적으로 경험하기 전이라, 비록 일말이긴 해도 그런 감정이 남아 있었죠. 실은 부끄러움이 아니라 황홀경 같은 거였습니다. 웬 황홀경이냐고요? 난생 처음 만나는 얼굴이었습니다. 저는 살아오면서 그렇게 잘생긴 남자를 본 적이 없었거든요. 그 의사의 얼굴이 눈에 들어온 걸 보니 어머니가 쓰러져 중국 땅에서 고아가 될 수도 있다는 두려움에서 완전히 벗어난 모양이었습니다. 의사는 자리에서 일어나 거의 빈 병이 되어버린 링거 주사를 손목에서 뽑았죠. 그리고 우리는 나란히 앉아 밥을 먹었습니다. 엄마는 나중에 먹겠다고 말하고 돌아누웠습니다. 의사는 밥을 먹으면서 엄마를 몇 번이나 쳐다보았죠.

—왼손 한번 보자요?

그는 제가 순갈을 놓을 즘에 불쑥 제 왼손을 낚아챘습니다.

—이거 피를 뽑아야 하는데…….

그는 시커먼 제 손톱을 보더니 의료기기 통에서 침을 꺼냈습니다. 그리고 손가락에 놓았죠. 그 남자, 시골 의사가 내 운명의 지침을 돌려놓았습니다. 그날 손가락에서 제법 많은 피가 나왔고, 그 때문인지 손톱에 피가 돌고 살아난 느낌이었죠.

조선족 시골 의사가 돌아간 후, 엄마가 한족 남편에게 융숭한 대접을 받았습니다. 그 자리에서 어머니는 자신을 간호사라고 소개했죠. 물론 거짓말입니다. 그러나 얼마 지나지 않아 한족 남편이 이제 그 정도로 해주었으면 떠날 때가 되지 않았냐고 눈치를 주기 시작했어요. 그는 조선말로 은혜도 하루 이틀이지 말이야 하고 노골적으로 싫은 표정을 지었습니다.

실은 우리가 여기 농가로 들어왔을 때부터 엄마를 호시탐탐 노리는 홀아비가 있었어요. 제가 어린 시절이라 정확히 기억나지 않지만, 그때 엄마가 그들, 홀아비들에게 눈웃음을 친 것은 분명했어요. 엄마는 저들이 우리를 공안에 신고할지 모른다는 공포 때문에 그들에게 호의의 뜻을 담은 눈웃음을 친 것 같았어요. 왜 홀아비가 아니라 홀아비들이냐고요? 엄마에게 흑심을 품고 있었던 홀아비는 한 명 있었으나, 그의 형제가 여럿 있었어요. 모두 친형제는 아니고, 맏이와 막내는 아버지가 다른, 즉 씨가 다른 형제였고, 그 외는 사촌 간이었어요. 하지만 이들은 친형제처럼 함께 일하고, 먹을 것도 나누어 가지고 그랬어요. 그들은 대부분 혼기를 놓치고, 나이가 들어 늙은이에 가까운 사람들이었죠. 나이가 그렇다는 말이 아니라 생긴 모습이 그렇다는 뜻이에요. 어린아이 같은 우직 씨와 의사인 막내 삼촌은 달랐지만. 중국이나 한국이나 북한이나 농사일은 고된 거라 쌀독을 지키는 사람들은 금방 늙은이가 되죠.

그중 둘째는 많이, 셋째는 약간 모자랐는데, 셋째 우직 씨는 흰 피부에 꽤 잘생긴 얼굴로 늘 히죽히죽 웃고 다니고, 저만 보면 익살스러운 장난을 걸어 오는 엄청나게 재미난 사람이었어요. 특히 그는 가지

런한 치아가 무지하게 매력적이었고, 자신도 자신의 이가 고운 줄 알았는지 늘 칫솔을 들고 다녔어요. 지금 생각하면 보노보란 유인원을 닮은 얼굴이었죠. 늙은 맏형만이 유독 엄마한테 관심을 보였지만, 나중에 안 사실은 맏형뿐만 아니라 둘째, 셋째…… 막내만 남겨두고, 모두 엄마의 엉덩이를 훔쳐보면서 침을 흘린 모양인데, 맏이가 저 여자는 자기가 점찍어두었으니 함부로 넘보지 말라고 형제들에게 주의를 주었다고 했어요. 그들은 모두 장가를 가고 싶어 죽을 지경이었지만 동네에 여자가 없는지라 밤에 혼자 구들장을 지고 누워 용두질로 세월을 보낼 수밖에……. 속담에 용두질하고 신세타령한다는 말이 있잖아요. 그런데 이들은 너도나도 홀아비라 그런 한탄조차 쉽지 않았죠.

지금도 기억나는 일이 하나 있어요. 넷쨀가? 다섯쨀가? 비슷한 투로 자기 처지를 비관한 적이 있었어요. 이에 셋째가 '용두질하면서 사는 형제가 너뿐이냐'면서 뒷간 앞에 세워둔 똥 친 막대로 그를 죽도록 때리는 것을 본 적이 있었어요. 그때 맏이가 와서 말리지 않았다면 아마 무슨 일이 났을 거예요. 우직 씨가 그렇게 화를 낸 진짜 이유는 한참 뒤에 알았죠. 노총각은 그 집에만 있는 것이 아니었죠. 두 집 건너 한 명씩 장가 못 간 중늙은이들이 있었죠. 우리가 농가에 자리를 잡았을 때쯤에 홀아비 형제들 중 맏이와 막내가 찾아왔어요. 그 막내는 저와 엄마를 치료해준 의사였어요. 전 의사를 보자 어찌나 반가웠던지 눈물이 날 지경이었어요. 그들이 찾아온 핑계는 제 왼손 식지를 치료해준다는 거였죠. 피를 빼주지 않으면 시커먼 손톱이 썩을 수도 있다고 했어요. 하지만 썩을 거였으면 북한에서 일이 났어야죠.

저는 아무 말 없이 침으로 피를 빼는 시술을 받았습니다. 그 침 때문인지 시커면 손가락 색깔이 조금씩 돌아왔어요. 시술 후, 두 사람은 어려운 처지의 우리 모녀를 도와주었는데, 의사인 삼촌이 밥을 해줘 놀랐습니다. 남자가 밥을 하는 것은 북한에서는 상상도 할 수 없는 일 이죠. 더구나 막내 삼촌은 의사잖아요. 북한에선 대단히 고귀한 신분 이고, 시골에서는 의사를 구경하기도 힘들어요. 기껏 의사 역할을 하는 간호사 정도죠. 그런 신분의 사람들조차도 인민들보다 한참 위이고, 교원보다 높은 사람들이죠. 당시에는 그가 무면허인 줄 몰랐어요. 그리고 뒤에 안 사실이지만 중국 남자들은 부엌에서 밥을 하고 찬을 장만하는 걸 수치로 여기지 않는답니다. 그런 일은 북한 남자들은 말할 것도 없고, 연변의 조선족 남자들도 꺼립니다. 그런 걸 수치로 알고 있죠. 그 후로 형제들이 돌아가면서 찾아와 밥도 해주고 찬거리도 가져다 놓고 갔는데, 올 때마다 사람이 달랐죠. 다만 맏이만 바뀌지 않았습니다. 그리고 맏이 앞에서 동생들은 엄마를 바로 쳐다보지도 못했죠. 어떨 때는 아예 고개를 돌리고 밥을 먹어 우리가 불편할 정도였습니다. 막내 의사는 그들과 함께 오지 않아도 꼭꼭 찾아와 손가락에서 피를 뽑아주었죠.

저는 어릴 때, 이들, 특히 멍청한 둘째가 밭일이나 산에 나무를 하러 가서 몰래 용두질을 하는 것을 숨어서 훔쳐본 적도 있었고, 동네 총각 둘이서 번갈아 가며 소 엉덩이에 대고 그 짓을 하는 것까지 목격했어요. 그런 장면을 처음 봤을 때는 한동안 충격으로 멍하게 지내기도 했으나, 첫 키스를 경험하고 나서부터 그들을 이해하게 되었고, 오히려 그런 장면이 있으면 눈을 감고 못 본 체하고 피해 다니기보다는 그 일이 끝날 때까지 몰래 숨어서 관찰하는 버릇까지 생겼어요. 태도가 바뀌자 그런 장면들이 자연스럽게 보이더라고요. 모두 지난 일이지만 아직도 그렇게 살아가고 있을 그들을 생각하면…… 측은한 마음이 들어요.

엄마는 북한으로 끌려가지 않기 위해 우리가 살던 주인집 아줌마를 중신아비로 내세워, 그 집의 맏형과 조촐한 결혼식을 올리고 살림을 차렸어요. 저도 그 집에 들어가 중국 공안이나 북한 보위부의 추적에서 자유롭게 되었죠. 실은 자유롭게 된 것이 아니라 마음이 편하게된 거죠. 왜냐하면 엄마가 결혼할 때, 우리가 형제들이 함께 사는 그큰 집으로 들어가면 중국 호적을 하나 사서 저를 한국으로 치면 초등학교에 해당하는 학교에 넣어주겠다고까지 했어요. 하지만 그 약속은 제대로 지켜지지 않았고, 엄마 역시 중국 국적을 취득하지 못했죠. 물론 형제들이 단합해 중국 공안의 검문 같은 것을 막아주었고, 그 덕에 근처에 숨어 산에서 농사를 지으면서 살던 탈북자들이 북한으로 끌려간다는 소식이 들렸을 때도, 우리 모녀는 별 두려움 없이 지낼 수있었어요.

엄마는 결혼하고 난 후, 저를 학교에 입학시키려고 무진 애를 썼어요. 하지만 새아빠는 그게 생각보다 돈이 많이 드는 일이라면서 차일피일 미루다가 결국에는 엄마가 이런 식으로 우리 모녀를 우습게 취급하면 떠나겠다고 으름장을 놓아 학교를 다닐 수 있었지만, 그렇게 길게 가진 않았어요. 다만 그때 막내 삼촌이 학교에 온 것은 잊을 수없어요. 그날은 아마도 생활과 건강, 뭐 그런 혹은 그 비슷한 수업이 있었을 겁니다. 근데 불쑥 삼촌이 교실로 들어온 겁니다. 그리고 위생에 관한 이런저런 얘기를 했는데, 그의 모습이 그렇게 멋있을 수가 없었습니다. 그날 수업이 끝나고 그와 함께 집으로 돌아오면서 삼촌은 자신이 의과대학을 다닌 적이 없는 무면허 의사라서 학교 선생님이 부탁해도 그런 자리에 나가지 않을 생각이었는데, 저 때문에 왔다고 했습니다. 비록 삼촌이 무면허 의사였지만 이후로 제게 좋은 의사의 모습은 늘 삼촌이었습니다.

항상 그놈의 공안 때문이었죠. 그래서 초등교육을 다 받을 수도 없었죠. 또 지금 생각해보면, 초등학교 저학년으로 입학해 동생들이랑 같은 반에서 수업하는 것은 썩 유쾌한 일은 아니었습니다. 사실, 전 북한에 있을 때도 유치원이나 인민학교를 제대로 다니지 못했거든요. 원래 북한은 모든 교육이 유럽의 부자 나라들처럼 무상으로 이루어지기 때문에 가난해도 학교에 다닐 수 있는데, 제가 학교를 갈 때쯤에 교육 시스템이 거의 붕괴돼버렸죠. 동네 사람들 말로는 교원들이 월급을 못 받아 학교에 출근하지 않고 산으로 들로 칡뿌리나 머루, 다래 등의 먹을거리를 찾아, 혹은 돈이 될 만한 짐승이나 뱀을 잡으러 다닌다고 하더라고요.

설사 학교 체제가 온전히 돌아갔다고 해도 제가 편안하게 학교에 가서 공부나 하고 있을 상황이 아니었죠. 동네에선 아이들이 하나둘씩 죽어 나갔고, 금방 그 숫자가 늘어났어요. 사람들이 말은 하지 않았지만 그 재앙이 언제 자신에게 닥칠지 모른다는 공포로 주눅이 들어 있는 마당에……. 전, 조선에서도 중국에서도 제대로 학교를 다녀보지 못하고, 어린 시절을 보냈죠. 산으로 들로 엄마의 시동생들, 굳이 촌수를 따지면 의붓삼촌들을 따라다녔죠. 특히 마음에 들었던 이는 유달리 잘생긴 얼굴의 막내 삼촌이었어요.

그는 학교에 가지 못하는 저에게 중국어, 읽기와 쓰기, 셈하기 등을 가르쳐주었고, 이런저런 재미난 얘기를 많이 들려주었어요. 지금도, 바보인 둘째와 코미디언 같은 셋째 우직 씨와 막내 삼촌이 함께 놀러 다녔던, 끝이 보이지 않는 중국의 그 들판과 아름다운 산들, 물고기가 지천으로 뛰놀던 넓은 강가가 어제 본 것처럼 머릿속에 선해요. 제 인생에서 가장 행복했던 시절을 누가 물어본다면 서슴지 않고 전 그때라고 말할 겁니다. 끝도 없이 펼쳐진 해바라기 밭, 가을이 되면 그놈들의 머리를 잘라내 말리고 씨를 털어내던 일. 엄마는 남편을 어떻게 설득했는지 제법 많은 양귀비를 심어 열매에서 즙을 받아 생아편을 만들었어요.

그곳은 북한에서처럼 죽어 관도 없이 거적때기에 돌돌 말려 손수레에 실려 산으로 가는 친구도 없었고, 부모가 모두 죽어 꽃제비가 돼버린 친구들을 보면서 언제 자신도 저렇게 될지 모른다는 공포에 떨지 않아도 됐고, 주먹밥 하나를 두고 코피가 터지게 동생과 싸워 빼앗았지만 차마 목이 메어 넘길 수 없는…… 가난과 배고픔, 하루 지나면 죽어 나가는 동무들, 동네 사람들…… 우선, 그런 현실이 눈앞에서 사라졌다는 사실이 좋았죠. 또다시 그런 곳으로 끌려갈 위험이 사라졌다는 사실도 한동안 믿기지 않았죠. 엄마가 결혼하기 전에 농가에서 숨어 살 땐, 언제 다시 북으로 잡혀가 굶어 죽을지도 모른다는 생각에, 자다가도 바깥에서 요란한 바람 소리만 들려도 눈을 떴죠.

그때 우리의 신세를 노래한 듯한 시가, 함경도 정주 출신의 시인, 백석의 「남신의주 유동 박시봉방」입니다. 그 시는 식민지 시대 가족을 잃은 사람의 처지를 읊은 거라 우리의 상황과 완전히 일치하는 것은 아니죠. 하지만 시의 흐름을 따라가다 보면 영락없이 당시 저와 엄마의 상황을 그대로 노래한 듯합니다.

> ……이리하여 나는 이 습내 나는 춥고, 누긋한 방에서
> 낮이나 밤이나 나는 나 혼자도 너무 많은 것같이 생각하며,
> 딜옹배기에 북덕불이라도 담겨 오면,
> 이것을 안고 손을 쬐며 재 우에 뜻없이 글자를 쓰기도 하며,
> 또 문밖에 나가지두 않구 자리에 누워서,
> 머리에 손깍지벼개를 하고 굴기도 하면서,
> 나는 내 슬픔이며 어리석음이며를 소처럼 연하여 쌔김질하는 것이었다.
> 내 가슴이 꽉 메어 올 적이며,
> 내 눈에 뜨거운 것이 핑 괴일 적이며,
> 또 내 스스로 화끈 낯이 붉도록 부끄러울 적이며,
> 나는 내 슬픔과 어리석음에 눌리어 죽을 수밖에 없는 것을 느끼는 것
> 이었다……

한국에 와서 대학을 가기 위해 수능을 공부하다가 이 시를 처음 읽고, 중국에서 있었던 일이 생각나서 얼마나 울었던지……. 여기서 시적 화자인 '내'가 '딜옹배기', 질그릇을 어디서 빌려 불을 피운 모양인데, 저희 모녀도 방이 하도 추워 주인집에서 버린 질그릇을, 금이 가서 엄마가 철사로 아가리를 단단히 묶어 화로로 사용했거든요. 얼마 뒤, 엄마의 새 남편 될 사람이 그걸 버리고, 넓고 커서 그 위에 불을 피우면 주변이 훈훈해지는 화로를 갖다 주었지만요. 그런데 시에서 화자

는 굳고 정한 갈매나무라는 나무를 생각하면서 삶의 희망을 찾았는데, 우리 모녀에게 구원을 준 사람은 의붓아버지였죠.

그는 굳고 정한 사람이 아니라 아랫도리에 딸랑 매달려 있는 호두 두 알을 쓰지 못해 안달 난 남정네였죠. 엄마는 자신의 펑퍼짐한 엉덩이 속에 양의 창자처럼 구불구불 꼬여 박혀 있는 그것 때문에 우리가 살았다고 했죠. 삼촌들이 많이 생겨 누군가가 나를 잡으러 와도, 그들이 꼭 지켜줄 것 같았어요. 바보 삼촌과 코미디언인 삼촌은 제가 북한 군인들에게 끌려가는 것을 가만히 보고만 있지 않을 거란 확신이 들었어요. 언젠가 그것을 물었을 때도 그들은 분명히 대답했어요. 바보 삼촌은 자신의 몸을 던져 북한 군인들과 싸우겠다고……. 코미디언 삼촌은 자신이 대신 북한으로 끌려가겠다고……. 막내 삼촌도 자신이 나서서 제가 자기 조카라는 것을 증명해준다고 했어요. 그는 아주 조리 있는 중국말로 공안들을 따돌려줄 것 같았어요. 그는 중국어를 잘했거든요.

중국의 농촌 사정 때문에 일찍 성에 눈을 뜬 저는 저도 모르게 막내 삼촌을 무지 좋아하게 되었죠. 제 왼손 식지에 침을 놓아줄 때, 그 잘생긴 얼굴을 곁눈질하다가 그만 마음을 도둑맞았다고나 할까? 차츰 시간이 흘러 정을 빼앗기고 나자 그가 눈앞에 없으면 얼굴이 머릿속에 선하고, 그를 떠올리면 가슴이 뭉클해졌어요. 원래 소녀의 첫사랑은 무서운 법이잖아요. 우리는 나이 차이가 많이 났으나, 만약 마음만 통한다면 그것이 결혼에 장애 요소가 되지는 않을 거란 생각도 들더라고요. 중국의 농촌 현실을 생각한다면 열네 살 정도야. 저는 매일 삼촌들과 함께 그동안 형제들이 힘을 합쳐 일궈놓은 산속의 밭으로 일하러 다녔죠. 특히 가을이면 쳐다만 보고 있어도 노란 병아리로 변해 버릴 것 같은 해바라기들······. 길가에 굴러가는 돌멩이만 봐도 웃음이 터져 나온다는 소녀 시절이었으니······ 그 노란 꽃잎들을 보고 흥분하지 않을 수 없었죠.

지금도 당시 막내 삼촌하고 놀다가 크게 다칠 뻔한 장면 하나가 뚜렷이 기억납니다. 낫을 들고 삼촌의 목에 올라타고 노란 해바라기 목을 쳤는데, 한번은 낫을 휘두르려다가 앞으로 꼬꾸라져 넘어졌어요. 그때 삼촌이 제가 다칠까 봐 몸을 앞으로 급하게 숙이는 통에 함께 땅바닥에 뒹굴고 말았어요. 근데 그 자세가 묘하게 남녀의 행위 때처럼 돼버려 저는 아찔한 황홀경을 맛보았죠. 전 이미 아이가 아니었어요.

그러던 어느 날이었어요. 밭일을 하던 막내 삼촌이 둘째와 셋째가 잠시 자리를 비우자 잽싸게 집에서 가져온 광주리 하나를 들고 숲 속으로 숨어들었어요. 삼촌은 의사이긴 해도 무면허라 내놓고 영업을 할 수 없는 처지여서 평소에는 다른 형제들처럼 농사를 지었죠. 전, 무슨 일인지 궁금해 몰래 삼촌의 뒤를 따라갔죠. 처음에 그는 몇 번 뒤를 돌아보더니 나중엔 사람들의 눈치 같은 것은 아랑곳하지 않고 걸었어요. 이곳은 산속이긴 해도 평지가 많아 동네 사람들이 너도나도 밭을 만들어 곡식을 심었죠. 그는 서둘러 논밭을 지나 산으로 올라가 동굴 근처에 다다랐어요. 그러곤 주위를 살피더니 안으로 들어갔죠. 그곳은 삼촌들과 몇 번 놀러 온 적이 있는 꽤 깊은 동굴이었죠. 거긴 함부로 들어가면 안 되는 곳이었어요.

엄마가 결혼하고, 삼촌들 모두랑 산으로 야유회를 나온 적이 있었어요. 바로 그곳이었어요. 그때 의붓아버지는 어디서 구했는지 엄마에게 결혼 예물로 화장품 통을 건넸고, 그 속에는 립스틱 두 개가 들어 있었어요. 엄마도 신기해 화장품 통에 든 손거울을 쳐다보면서 립스틱을 입술에 발랐죠. 삼촌들은 엄마의 입술을 신기한 듯 바라보고 있는데, 둘째 바보 삼촌이 화장품 통에서 립스틱을 꺼냈고, 의붓아버지가 뭐라고 나무라자 그것을 들고 동굴 속으로 들어가버렸어요. 이에 놀란 형제들이 그를 잡으러 갔고, 한동안 동굴 속으로 사라진 삼촌을 찾는다고 소동이 났어요. 엄마는 형제들이 소란을 피우건 말건 립스틱을 바른 입술이 비친 손거울을 내려다보는 데 정신이 없었어요. 그녀는 평생 처음으로 립스틱을 발라보는 거니까 그럴 수도 있었죠. 이후, 얼마 동안 엄마는 립스틱을 들고 다니면서 밭일을 하다가도 그 것을 입술에 발랐죠. 실은 저도 엄마의 붉은 입술이 예뻐 무지 칠해보고 싶었죠.

둘째가 셋째 손에 끌려 동굴을 나왔어요. 나중에 안 사실이지만 둘째 삼촌은 바보이긴 해도 어두운 동굴 속을 환하게 꿰뚫고 있었어요. 그때 의붓아버지는 제게 혹시 이 근처로 놀러 오는 일이 있더라도, 저 동굴 속으론 절대로 들어가지 말라고 단단히 주의를 주었어요. 동굴 속으로 갔다가 길을 잃고, 죽은 사람도 있대요.

막내 삼촌은 망설이지도 않고 곧바로 동굴 속으로 걸어 들어갔어요. 그 속엔 누군가 있는 것이 분명했죠. 그가 누군지 몰라도 환자는 아닌 것 같았어요. 삼촌의 손에 들린 광주리 속엔 의료기기가 아니라 밥과 약간의 찬이 들어 있었거든요. 집에서 몰래 그것들을 준비하는 삼촌이 좀 이상하단 생각이 들었죠. 왜냐면 점심은, 셋째 삼촌이 지게에 지고 와서 나누어 먹기 때문에 따로 준비할 필요가 없었거든요. 저도 동굴 앞으로 다가가 잠시 망설이다가 동굴 안으로 들어갔죠. 그 속에서 잘못되면 죽을 수도 있다는 의붓아버지의 말이 떠오르긴 했지만, 삼촌이 들어갔는데, 설마 죽기야 하겠냐는 생각이 들었어요.

의붓아버지의 말이 거짓이 아니라는 것을 아는 데는 많은 시간이 걸리지 않았어요. 동굴 안으로 들어서자 금방 여러 갈래의 길이 펼쳐지고 앞으로 나갈 수 없을 정도로 어두웠죠. 그런데 한쪽 길에서 불빛이 잠깐 보였다가 사라져, 그건 삼촌의 손에 들린 손전등일 거라고 믿고, 그쪽으로 걸어 들어가자 어느새 불빛은 보이지 않고 또 다른 갈림길에 봉착했어요. 이번에는 세 갈래 길과 맞닥뜨린 겁니다. 전 그중 가운뎃길로 들어가 그만 길을 잃게 되었죠. 한참을 어둠 속에서 헤매다가 돌부리에 넘어져 쓰러졌고, 그만 잠이 들어버렸어요. 길을 잃었다는 사실에 너무 놀라 충격을 받았는지, 넘어지면서 정신을 잃었는지……

얼마나 잤을까요. 어디서 거친 여자의 목소리가 들렸죠. 그것은 엄마가 결혼하고, 밤마다 지르는 소리였어요. 전, 그게 무슨 음성인지 금방 알아차렸죠. 중국 변방에 사는, 나이 들어 여자 구경 못 한 남자들은 저 소리를 듣고 싶어 환장을 했다는 걸 그때 이미 알고 있었죠. 간간이 남자의 음성도 섞여 있었어요. 막내 삼촌의 목소리일 거란 느낌이 들었죠. 남녀가 박자를 맞춰 내지른 숨소리는 이내 사그라지더니 먼저 여자의 목소리가 들렸어요.

—그 집 사람들이 찾지 않갔습네까?

중국말이 아니라 약간 거친 조선말, 저희 지방 억양이었어요.

—여기 있는 줄 어케 알간? 안다고 해도 여긴 들어서기 위험한 동

굴임네다.

막내 삼촌의 목소리였죠.

—좀만 시간을 가지고 준비하고 나왔으면 좋았을 긴데…….

그의 말이 이어졌습니다. 목소리가 동굴 벽을 울렸지만 말은 정확히 들렸죠. 저들이 근처에 있었습니다. 아마 서로 벽을 사이에 두고 있었던 모양입니다.

—그 집엔 도저히 있을 수가 없어서…… 짐승도 아니고…… 더러운 되놈의 새끼들…… 어케 잠자리를 형제들이 돌아가면서…… 어떤 날은 하룻밤에 네 형제랑 한 번씩…… 만일 아이가 들어서면 어느 놈의 씬지도 모를 판입네다. 또, 모두들 그동안 얼마나 여자에 궁했던지 힘들이 장사라요. 밤이 지나고 나면 낮 동안 내내 누워 있었습네다. 시어머니란 년은 잘 알아들을 수도 없는 중국말로 돈을 얼마나 주고 데려왔는데, 밤낮을 잠만 잔다고 투정이고.

여자는 아마 한족에게 팔러 갔던 모양입니다. 탈북자들 중에 더러 그런 여자가 있다고 들었습니다.

—아바이가 남조선으로 넘어간 건 확실한 긴지?

—맞습네다. 제가 북쪽에 있을 때, 장마당에서 중국 상인한테 핸드폰 빌려 통화까지 했습네다. 핸드폰 번호를 가르쳐주지 않았습네까?

—아직 통화가…… 좀만 더 기달려봐야겠습네다.

—마이 기달렸잖습네까.

—내가 어디 부탁해놓았으니.

—우파 씨랑 그냥 바로 가면 아이 되겠습네까?

—남조선으로 간다는 게 그리 간단하지 않슴다.

―우쨌든 우파 씨가 끝까지 절 남조선까지 데려다주는 겁네다.

―물론임다.

―저도 남조선에 도착하면 우파 씨랑 결혼하갔단 약속 꼭 지킬 겁네다. 거긴 조선 사람은 특별히 대우한다고 하니…… 가기만 하면.

―고맙슴다. 우리 남조선 가서 행복하게 살아봅시다.

―여부가 있갔슴네까. 우파 씬 제 생명의 은인인데, 우파 씨 아니었슴 산속을 다니다가 중국 공안에게 걸려 북송돼 죽었을지도. 아님 호랑이 밥이 되었든지.

―요즘 호랑이가 어디 있간요.

갑자기 여자가 웃다가 이내 울먹였습니다. 이어 주위가 조용해지더라고요. 그리고 제가 동굴 속에서 어떻게 나왔는지 모르겠습니다. 막내 삼촌이 절 발견하고 데리고 나왔는지, 아니면 혼자서 걸어 나왔는지, 어쩌면 여기 동굴의 지형을 자기 손바닥 손금 보듯이 훤히 아는, 둘째 바보 삼촌이 절 찾아내 끌고 나왔는지 알 수 없어요. 그 순간의 기억이 영화 필름의 한 부분이 잘려 나갔다가 다시 이어진 것처럼 그래요. 왜 그런지 모르겠어요. 만약 제가 기절했다고 해도 나중에 집으로 돌아와 그 얘기를 들었다면 머릿속에서 당시 상황이 복원돼 기억이 일관된 흐름을 가질 텐데.

실은 동굴에서의 일 뿐만 아니라, 더러 그런 흐릿하거나 어설프게 연결된 과거가 적지 않아요. 북쪽에서 보낸 어린 시절이 정확히 기억나질 않아요. 어떤 과거는 빛이 바래 아예 하얗게 변해버렸어요. 전 상당히 기억력이 좋은 편에 속하거든요. 북한이나 중국에서 초등교육도 받지 못한, 제가 한국에 와서 초·중등교육을 큰 어려움 없이 끝내고,

대학에 대학원까지 진학할 수 있었던 것도 순전히 기억력 때문이죠. 그런 걸로 미뤄 제게 중국에서의 추억은, 북한에서의 악몽은, 그것은 분명히 악몽입니다, 그 악몽은…… 뭐라고 할까? 트라우마가 분명해요. 맞아요. 트라우마, 적절한 표현이군요.

그날 동굴에서 들은 막내 삼촌과 탈북 여성의 일은 커다란 충격이었죠. 아직도 그때의 느낌이 분명히 남아 있어요. 하늘이 무너져 내리는 것 같았던…… 절망감, 배신감, 패배감, 뭐…… 그런 감정이 전신을 휘감고 돌았죠. 그리고 동굴에서 나오고 나서 무지 아팠던 것은 분명요. 고열과 설사, 복통에 두통, 삼촌들은 조카가 죽는다고 야단법석이었고, 코미디언 삼촌이 무면허 가짜 의사 말고 진짜 의사를 데려오라고 소란을 피웠지만, 막상 엄마는 차분하게 남편에 삼촌까지 방에서 내쫓고 아편을, 성냥 끝에 매달린 화약만큼 아주 적은 양을 떼어 숟갈 위에 놓고, 불에 녹이고, 벌꿀을 섞어 제 입속으로 밀어 넣었죠. 그러자 제 의식이 몽롱해지고, 엄마의 얼굴이 희미하게 보이다가 안개 속으로 사라졌습니다. 그리고 뒷날 아침 감쪽같이 눈을 떴죠. 고열도, 설사도, 복통도, 두통도 송두리째 사라졌고요. 그런데 당시 일들이 파편이 되어 어디로 날아가버렸는지……. 사실 배신감, 절망감, 이런 표현은 좀 우습죠. 더구나 충격에 몸져누웠던 건 코미디처럼 황당한 일이죠. 왜냐면 삼촌이 저랑 무슨 약조를 한 것도 아니고. 그렇다고 둘이서 연애 감정을 공유한 적도 없으니.

제가 첫 키스를 말하다가 그만 당신이 듣고 싶었던 얘기를 시작했군요. 하여간 그런 우두망찰한 상황 속에서 키스의 경험이 이루어졌죠. 그래도 그 강렬한 느낌 때문에 아직까지 머릿속에 각인돼 있어요.

동굴 사건이 있고, 얼마 뒤인지 모르겠어요. 바로 그날이었는지, 아니면 그다음 날이었는지, 아니면 열흘 뒤인지, 아니면 한 달 뒤인지, 그도 저도 아닐 수도 있어요. 실제론, 일 년 뒤일 수도 있고……. 하여간 제 머릿속엔 그 일이 동굴 속 일과 붙어 있어요. 왠지 모르겠어요. 머릿속 사전은 우리가 사용하는 국어사전과는 배열 자체가 다르다고 하잖아요. 서로 연관성이 있는 단어끼리 붙어 있는 거죠. 가령 바늘을 제시하면, 반응어로 실, 핀, 날카롭다, 꿰매다……. 아마 그런 걸 거예요. 사설이, 서론이 너무 길었네요. 전 원래 말이 많은 여자, 수다쟁이죠. 여자들이 다 그렇다고요. 아니에요. 전, 좀 유달리 말이 많아요. 대학원에선 제가 '죽이는 말발, 박학다식의 따발총 수다'로 통했어요. 왜 그렇게 말을 많이 하느냐고요? 모르죠, 왜 그런지? 당신이 한번 맞혀보세요. 그리고 수다쟁이가 그렇게 나쁜 건 아니잖아요, 뭐.

그 일이 있은 지 얼마 후 저는 다시 동굴 근처에 가게 되었어요. 셋째 삼촌인 우직 씨가 립스틱을 들고 나타났어요. 그는 제가 밭일을 하면서도 입술을 빨갛게 칠하는 엄마를 주의 깊게 관찰하는 걸 보고, 립스틱을 무지 발라보고 싶어 한다는 걸 알고 있었나 봐요. 그걸 보는 순간 흥분했죠. 그때까지 막내 삼촌을 잃은 슬픔으로 멍하니 지냈던 상태였던가? 분명하지 않아요. 삼촌을 잃은 슬픔에서 완전히 벗어난 것도 같고……. 그게 뭐랄까? 실제로, 막내 삼촌을 잃은 건 한 번이 아니에요. 그 뒤에, 또다시 그를 잃었기 때문에, 이 시기가 더욱 종잡을 수 없이 헷갈려요. 제가 재빨리 셋째 삼촌의 손에서 립스틱을 빼앗아 입술로 가져갔어요. 그러자 그는 뒷주머니에서 손거울을 꺼내 얼굴 앞으로 들이밀었고, 이어 어디서 꺾어 왔는지 머리카락 사이에 작고 예쁜 해바라기 꽃을 꽂아주는 것도 잊지 않았죠. 잠시 후, 립스틱을 잔뜩 바른 입술에 남자의 입술이 천천히 다가왔어요. 그때, 저는 이미 성숙한 처녀가 돼 있었어요. 그건 셋째 삼촌의 입술이 다가올 때 알았죠. 그 입술이 엄마나 가족의 입맞춤이 아니라 남자의 것으로 느껴졌어요. 제 인생에서 그런 살가운 입맞춤은 없었어요. 모르죠. 아주 어린 시절, 아사가 북조선 변방을 덮치기 전, 저도 제대로 기억 못 하는 그 평화로운 시절 그런 입맞춤이 있었는지도……. 전 입술의 마주침 정도일 거라고 여겼는데, 입술 안으로 혓바닥이 밀려들어 왔어요.

처음에는 무척 놀랐죠. 보노보를 키우는 사육사들 있잖아요. 그들이 당하기도 한다는 곤욕을 저는, 그 첫 키스에서 당한 거죠. 그러니 충격이었죠. 보노보란 영장류는 키스뿐만 아니라 섹스, 그것도 다양한 종류의 섹스, 이성애, 동성애를 모두 즐긴다고 하잖아요. 이놈들은 만나면 인사를 섹스로 한대요. 인간 식으로 말하면 그룹 섹스, 스와핑이 일상화된 거죠. 섹스가 주는 친밀감 때문인지 놈들은 자신의 사촌 격인 침팬지들처럼 공격적이지도 않고, 인간처럼 가부장 중심의 문화도 아니라는군요. 그들의 암놈들은 지나친 섹스 때문에 생식기가 비대하게 진화됐다고 하니……. 동물원에서 사육사가 보노보를 안으면 놈들은 가벼운 입맞춤을 시도한대요. 무심코 그것을 받아주기라도 하면 놈은 자신의 혀를 사람의 입속으로 집어넣어, 사육사를 당혹스럽게 만든대요.

하지만 삼촌의 혀는 제게 그런 난감함이나 황당함은 아니었죠. 천천히 들어오는 그것은 놀라움의 대상이었지만, 또한 경이로움 그 자체였어요. 키스가 꽤 오랫동안 계속되자 저는 자신도 모르게 삼촌을 끌어안았고, 황홀감에 젖어 온몸을 부르르 떨기까지 했죠. 그리고 키스 내내 막내 삼촌을 생각했던 것 같아요. 아니 막내 삼촌을 생각했고, 나중에 몸이 달아올라 부르르 떨기 전에 분명히 그라고 믿었어요. 지금 생각하면 놀라운 일이죠. 그 아름다웠던 첫 키스 역시 의식의 밑바닥으로 가라앉아버렸는데, 그 군인이 황홀했던 추억을 되살려준 거죠.

키스방을 찾아온 휴가 나온 그 군인 이야기로 다시 돌아갈까요. 그래야 샤갈의 〈생일〉에 대한 얘기를 마저 끝내죠. 중국인 형제들로부터 밤마다 돌림빵을 당해 동굴로 숨어든 탈북 여자와, 그를 도와준 막내 삼촌의 드라마가 궁금하다고요? 밤마다……. 제가 밤마다라고 했나요? 아무튼, 그들의 얘긴 모두 듣게 될 테니. 우선 손님으로 찾아온 군인의 방문기부터…….

그 군인은 단골은 아니었고, 그때는 일을 시작한 지 얼마 되지 않은지라 단골손님, 지명이 있을 수가 없었죠. 그래서 저를 랜덤으로 선택한 군인과 한참 정신없이 빨고 있었죠. 저는 일을 한 지 열흘밖에 되지 않았지만 키스에 약간 자신감이 붙은 상태였죠. 하지만 키스의 기술을 아직 터득하기 전이라, 입속이나 입, 입술 언저리에서 턱까지 연결되어 잘 발달해 있는 근육들을 효과적으로 사용할 줄 몰라 좀 힘든 노역이었죠. 그러니 정확히 말하면 자신감이 아니라 겁이 좀 덜 났다고 하는 표현이 맞을 겁니다. 한동안은 키스보다는 이런 가게에 출근한다는 사실 자체가 무척 두려웠죠. 그 때문에 긴장을 풀려고 담배를 입에 달고 살았죠.

아무튼 그 군인이 숨을 몰아쉬면서 빨다가 아랫도리가 후끈 달아올랐는지 허리띠를 만졌어요. 여기서 손님들이 마스터베이션하는 것은 가능하다고 말씀드렸나요? 물론 그걸 여자한테 해달라면 안 되죠, 그렇잖아요? 돈 사만 원 내고 들어와, 여자, 저를 포함한 대부분의 매니저들이 나름 미모를 가진 여대생인데…… 그런 것까지 해달라고 하면, 말이 되겠어요. 그런 건 핸플방이라고 따로 있잖아요. 그곳은, 매니저들이 남자들의 거시기를 쥐고, 흔들고, 빨고, 방정을 떨다가 물을 빼준다고 하더군요. 매니저 입장에선 손님들이 호흡을 가다듬어 허리띠나 아랫도리에 손이 가면 좋아하거든요. 왜냐고요? 바지를 풀면 자위행위로 이어지고, 사정을 하고 나면, 일이 마무리될 거잖아요. 남자들은 양귀비 열매에 칼집을 내면 흘러내리는 우윳빛 즙액을 쏟고 나면 흥분이 가라앉고 여자가 그 순간부터 돌멩이로 보이나 봐요. 그러면 키스방 매니저의 임무는 끝나는 거죠. 시원하게, 유쾌하게.

알고 보니 군인이 허리띠를 푸는 건 전주곡이었어요. 정말, 기가 막혀! 허리띠는 마스터베이션을 위한 게 아니라 긴장을 풀고 본격적으로 한번 빨아보잔 의미였어요. 매니저 입장에서 보자면 부담스러운 손님을 만난 겁니다. 군인은 숨을 한 번 몰아쉬더니, 자신의 혀 돌기로 제 혀의 돌기를 탐하더라고요. 혀는 강하게 회전운동을 하면서 후두까지 접촉하고, 이어 구강 내 점막을 살살이 뒤졌어요. 그런 키스는 처음이었죠. 보통 미숙한 손님이 이 정도로 요란하게 혀를 좌우상하로 놀리면 제 혀나 입술을 깨물기 십상이죠. 키스방에서 일한 지 삼일째 인가 그런 경험이 있었어요. 제가 마구잡이로 들어오는 혀를 막다, 그만 남자의 그것을 심하게 물어버린 곤혹스러운 일이었죠. 그런데 군인은 전혀 그런 미숙함이 없어, 제가 그의 혀를 막기는커녕 혀를 핥느라 정신이 없었어요. 빨고, 비비고, 가볍게 깨물고, 위태로운 줄타기로 묘기처럼 혀를 움직여…… 프렌치 키스부터 시작해 롱 키스를 거쳐 와이드 스페이스 키스(wide space kiss)까지, 예술이라고 해야 할 만큼 완벽한 테크닉이었죠.

사실 두 사람의 깊은 키스는, 치아라는 이물질의 방해를 효과적으로 피하는 기술이 필요하거든요. 군인은 천부적으로 타고난 것인지, 오랜 키스의 경험으로 익힌 것인지 알 수 없지만…… 한마디로 훌륭했어요. 타고난 것 같았어요. 세상일은 뭐든지 유전자 속에 새겨져 있어야 꾼이 되는 거죠. 꾼들은 만들어지는 게 아니라 타고나는 법이죠. 시간이 지나고 흥분이 되자 그 군인은 저의 혀를 자기 입 속으로 가져가 쭉쭉…… 어떤 기분이랄까? 뭐랄까? 제 혀가 그 군인의 스테이크가 된 기분이었어요. 피가 흐르듯, 축축하고, 물렁물렁한 역겨움, 그 단계를 넘어서자 제 몸이 후끈 달아올랐죠. 순간, 전 자신도 모르게…… 남자의 거기를 더듬었어요. 그러자 금방 거시기가 손에 들어왔어요. 그 군인은 허리띠를 푼 상태였거든요. 전 당연히 발기돼 있을 줄 알았는데 멀쩡했어요. 저도 놀라 정신을 차렸죠. 여긴 키스방이고, 이 남자는 키스방 손님이다. 그리고 기억의 밑바닥에 숨어 있던 셋째 삼촌과의 첫 경험이 되살아난 겁니다.

그 삼촌은 실은 고자였어요. 완전히 발기부전이었던 모양이에요. 그 때문에 형제들이 용두질이란 말을 꺼내면 그것조차 할 수 없는 자신의 처지 때문인지 과민하게 반응을 보였던 겁니다. 옛말에 고자는 아래로 못하고, 입으로 물어뜯기만 한다잖아요. 삼촌은 혀가 자신의 성기였죠. 그래서 전 군인도 혹시 고자가 아닐까 의심을 했죠. 연인끼리 키스로 서로의 혀를 상대방의 입속에 넣고, 지분거리면서 애타게 만들면 뇌에서 행위를 수행하는 근육으로 메시지가 전달되죠. 그러면 몸 안의 신경계가 반응하고 엄청난 수의 신경 자극이 몸으로 전달됩니다. 키스는, 호르몬, 신경, 근육들의 광대한 대오를 깨우는 기상나팔인 셈이죠. 뇌는 인간의 중앙 통제실 같은 것이잖아요. 생식기 역시 이 부분의 통제권 안에 있는 기관이라……. 제가 군인을 괜히 고자라고 생각한 게 아닙니다. 한동안 군인과의 키스를 즐겼죠. 즐겼다는 표현이 적절할 겁니다. 서로에게 쾌락을 주었으니……. 키스로 느끼는 오르가슴이었죠. 키스방의 키스는 보통 이런 즐거움보다 역겨운 일이거든요. 그만큼 남자들은 키스에 미숙하죠. 군인은 오랫동안 힘 있고, 부드럽고, 끈덕지게……. 어쨌든 그의 여러 가지 종류의 키스가 얼마나 집요했던지 혀가 빠질 것 같았고, 얼얼해 한동안 정신을 차릴 수 없었어요. 저는, 이 남자가 셋째 삼촌처럼 고자라서 자신의 혀로 성행위를 하기 위해 여기 왔구나, 하는 생각이 들었고, 그것 때문에 약간 측은한 마음이 생겨 혀뿌리가 흔들리는 느낌에도 참아주었죠. 또한 그게 전적으로 고통만은 아니었거든요.

군인과의 그것은, 혀를 자신의 입속에 집어넣고, 포크로 스테이크를 뒤집듯이 돌려대는, 그야말로 제 입속에 있는 박테리아, 타액까지 상대에게로 넘어가고 그쪽이 가지고 있을 수 있는 위험한 병균까지 내 입속으로 이동할 만큼 깊고 음탕한 키스였습니다. 그런 생각도 잠시, 남자는 키스를 끝냈는지 자신의 허리띠 속으로 손을 넣고, 이제 막 깨어난 성기를 꺼냈어요. 셋째 삼촌처럼 고자가 아니었죠. 하긴 고자였다면 군대를 갈 수 있었겠어요. 그는 주둥이로 성교를 하러 온 게 아니라 정말 입을 탐하러 여길 온 거였죠. 바지를 내린 군인이 손으로 자기 자지를 쥐고 막 피스톤 운동을 하려 들자, 경찰이 들이닥쳤습니다. 뒤에 총무가 따라 들어와 영장 보자고 소리를 지르고, 가관이 아니었어요. 경찰이 묻더라고요.

—뭘 했어요?

—빨았어요. 입만.

저도 세 번째 당한 일이라 두려움 없이 말했죠. 열흘 만에 경찰이 세 번이나 왔어요. 항상 그렇게 경찰이 자주 오는 건 아닌데, 제가 일을 시작할 때는 유달리 단속이 많았죠.

처음 이런 일을 당했을 때, 그러니까 일을 시작한 첫날이에요, 그때는 얼마나 놀랐는지 말까지 더듬거렸죠. 당장 경찰서에 끌려가는 줄 알고, 몸을 팔다가 잡혀간 친구들처럼……. 그러자 뒤에 섰던 총무님이 그러더군요, 긴장하지 말고 한 대로만 말씀드리라고……. 한 대로란 말은 룸에서 한 대로란 뜻이 아니라, 미리 총무에게 교육받은 대로란 의미였어요. 실제로도 여기서 일하는 매니저들, 여대생들은 가게에서 제시하는 수위 이상은, 본인들이 넘어가길 싫어하죠. 그래서 자신감을 갖고 빨았다고 했죠. 한 번, 경찰에게 그런 검문을 당한 이후로는, 경찰이 무섭지도 않았어요. 보통 그렇게 대답하면 어떤 경찰은 거수경례까지 하고, '일 보시는데, 죄송했습니다' 혹은 '프라이버시를 침해해서 죄송합니다', 좀 어린 순경은 '근무 중, 이상무'라고 하고 물러가거든요. 그런데 그날 그 경찰은 예의도 없이 대뜸 되묻더군요.

—혹시 주둥이 말고, 아랫도릴 빨진 않았습니까?

전 펄쩍 뛰었죠.

―순경 아저씨, 도대체 무슨 말씀 하시는 거예요! 여기가 러브호텔인 줄 아세요?

그러자 경찰관은 약간 인상을 찡그리더군요. 그 순간 한쪽에 앉아 있던 군인이 혼잣말로 상소리를 하더라고요. 그제야 함께 있던 남자가 군인이란 걸 깨달은 경찰관은 목례를 하고 거수경례까지 붙이더라고요.

―죄…… 죄송…… 정말 죄송합니다.

경찰관은 먼저 말을 더듬었죠. 그리고 문까지 조용히 닫아주고 떠났습니다. 아마 그는 문득 자신의 군대 생활이 생각난 모양이었어요. 경찰관이 나가자 흥이 깨진 군인이 잠시 멍하게 앉았다가 벌떡 일어났어요. 그러곤 다짜고짜 '아이, 씹팔'이라고 다시 욕을 뱉더니 바깥으로 나갔어요.

―아저씨, 돈 돌려줘요. 저 제대로 빨지도 못했어요.

그는 큰 소리로 총무에게 돈을 환불해달라고 했죠.

―무슨 말씀이에요. 룸에 들어간 지가 언젠데요. 아저씬 빨지도 않고 바로 싸요? 방금 용두질하고 있었잖아요.

―제대로 못 빨았다니까요.

―군인 아저씨 시치미 뗄 걸 떼야죠. 쭉쭉 빠는 소리가 바깥까지 들렸는데요!

두 사람은 한동안 옥신각신했어요. 전, 방을 치우면서 그 소리를 들었죠. 잠시 후 인터폰이 울리더니 총무가 나와보라고 하더군요. 밖으로 나가니까 총무가 얼마나 빨았는지 묻더라고요. 제가 손님의 얼굴을 빤히 쳐다봤죠. 그러니까 그 군인은 잠시 머쓱한 표정을 짓더니, 그럼 반만 환불해달라고 하더라고요. 전, 그냥 방으로 들어갔죠. 왜냐면 일을 마치면, 그 방은 매니저가 치워야 하거든요. 바깥에서 그 군인이 나가는 소리가 들렸어요.

전 샤갈의 그림 〈생일〉을 쳐다봤어요. 그 순간 제 머릿속에는 '살바도르 달리'의 그림 한 점이 지나갔어요. 한국에 와서 중등 과정을 공부하면서 미술 교과서에서 봤던 그림이었어요. 시계가 햇빛을 받은 엿가락처럼 쭈욱 늘어져 나뭇가지나 상자 혹은 반쪽짜리 사람 얼굴 같은 데 걸려 있는 그림, 〈기억의 지속〉이란 놀라운 작품 말이에요. 인과관계가 전혀 맞지 않는 이런 유의 그림을 어떻게 이해해야 할지 당혹스러웠던 적이 있었습니다. 그런데, 그 그림 속의 해변에 널려 있는 건 시계가 아니라 사람들의 시체였어요. 이어, 또 다른 달리의 작품인 〈내란의 예감〉도 떠올랐죠. 사막 같은 곳에 살점이며 뼈들이 마구 흩어져 있고, 사람인지 괴물인지가 하늘을 향해 오만상을 찌푸린 그 소름끼치는 걸작 있잖아요. 두 작품이, 샤갈의 〈생일〉처럼 현실을 묘사하지 않았다는 유사성 때문에 이들 그림이 떠오른 건 아니었습니다. 전 샤갈이 저 작품을 그릴 때 자신의 머릿속에 떠오른 건 달리가 받은 느낌, 굶주림과 죽음의 영상일 거라고 믿어요. 〈생일〉은 그림의 배경 설명처럼 사랑의 환희를 묘사한 게 아니라 죽음의 공포를 표현한 겁니다. 전, 실제로 고자 삼촌과의 키스에서 그런 공포를 느꼈습니다. 어린 나이인데도 모든 생명체가 근원적으로 가진 죽음에 대한 두려움이 전신을 휘감고 돌았습니다. 제 어린 시절은 항상 죽음이었죠. 죽음이 항상 옆에 있었잖아요. 저한테 죽음은 절대로 낯선 기억이 아니에요. 제가 그 일을 기억에서 지운 건 우연이 아니었어요.

향기, 독, 아편, 고구마

뭘 사가지고 왔군요. 음료수랑 과자라고요? 고마워요. 다른 단골손님들도 그래요, 서로 얼굴이 익으면 그냥 오기가 머쓱한가 봐요. 이것저것 들고 들어와요. 당신도 그러시네요. 어쨌든 고마워요. 선물을 받는 건 좋은 일이죠. 그럼 얘기를 시작할까요?

얼마 전, 제 집 거실 한쪽 구석에 놓인 고장 난 전자 오르간 위에 있었던 건 노즈가 맞더군요. 사람의 코였습니다. 삼촌처럼 잘생긴 코가 아니라 투박한 시골 아이들 것 말입니다. 엊저녁에 분명히 봤죠. 근데 왜, 코가 거기에 있었을까요? 더구나 코가 하나가 아니라 여럿이 나타났죠. 중국에서 전화가 또 왔어요. 꿈속에서도 전화를 받았어요. 잠시 중국어가 흘러나오고 이어 흐느낌, 비명 소리, 고함 소리가 여전히 들렸어요, 어제 저녁에.

처음엔 코란 게, 좀 섬뜩했으나 시간이 지나자 그런대로 봐줄 만했습니다. 사람의 코가 참 귀엽잖아요. 특히 잘생긴 코는……. 서로 입을, 입술을 맞대고 빨다 보면 실수든 의도적이든 코를 핥는 경우가 종종 있거든요. 제 단골손님 중, 한 명은 콧날이 너무 오뚝해 저도 모르게 입술로 거기부터 핥다가 아래로 내려갑니다. 노즈 키스로 시작하는 거죠. 그 손님도 처음에는 당황하다가 요즘은 아예 룸으로 들어서면 코를 먼저 들이밀죠. 하여간 전 한참을 생각했습니다. 코는 기본적으로 뭘 하는 겁니까? 냄새를 맡는 기관 아닌가요? 그러다가 문득 보들레르의 시, 「향기」가 떠올랐습니다. 제가 학부 시절 불문학을 전공했다는 말씀 드렸나요? 보들레르의 작품은 제 영혼의 안식처였어요.

살아 있는 향주머니, 규방의 향로,
그녀의 탄력 있고 묵직한 머리칼에서
야생의 사향 냄새 피어오르고,

당신은, 소설가이신 당신은, 「향기」를 알고 계시겠죠. 보들레르는 난봉꾼, 진짜 예술가죠. 작가는 모두 난봉꾼이라고요? 난봉꾼들이라면 그의 시를 모를 리가 없다고요? 그렇겠죠, 보들레르만큼 여자의 육체를 탐하고, 노래한 시인이 어디 있겠어요. 그는 여자를 노래하는 데 그치지 않고, 영적인 구원이 몸에 있다고 믿었던 모양입니다.

당신은 제가 저희 키스방의 에이스란 사실을…… 알고 계세요? 홈피에서 보셨어요? 당신이 그걸 안 봤을 리가 없죠. 하지만 제 키스 실력은 저희 가게에서만 알아주는 건 아니에요. 알고 있다고요? 그럼, 당신은, 참새가 방앗간을 기웃거리듯 키스방 문지방을 들락거리는 마니아들이 만든 인터넷 사이트, '키스 마니아'에 들어가보셨군요. 봤다고요? 거기 회원들이 저에 대해 뭐라고 휘갈겨두었던가요? 말씀하기 뭐하다고요? 괜찮아요. 전, 그들이 뭐라고 자판을 두드리더라도 상처 받지 않아요. 알고 있어요. 그들 중에는 자판에 독을 바른 침을 장전해 마구 쏘아대는 사람도 있다는 것을……. 하지만 전 상처를 하도 받아 가슴에 굳은살이 박인 사람이라, 그런 침은 들어가지도 않아요.

그럼 제가 말하죠, 뭐. 그런 거잖아요. 매니저 포피는 눈에 띄게 미인이 아니다. 미인이 아닌 것이…… 그들의 표현대로라면, 약간 투박한 얼굴인데…… 에이스로 등극했다는 거 아닌가요? 제가 못생긴 얼굴은 아니라고요? 굳이 그렇게 말하지 않아도 괜찮아요. 얼굴이 완전히 아닌 여자는 여기서 일할 수 없죠. 그렇잖아요. 얼굴이 못생겼다면 분위기가 생명인 키스방에서 일할 수 있겠어요? 키스는 소프트한 접촉이고, 이런 접촉에서 흥이 살리면 여자가 어느 정도 얼굴이 받쳐줘야죠. 키스가 시작되기 전, 룸의 분위기는 여자의 얼굴이 좌우하는 법이죠. 웃기만 해도 주위가 환해지는 여자 있잖아요. 웃음 하나로 시든 주위의 분위기가 물에 담근 꽃송이처럼 확 피어나게 만드는 여자 말이에요. 그런 여자가 키스 매니저로 제격인지도 모르죠. 남자들이 돈까지 지불하고 들어와 낯짝이 엉망인 여자의 입술을 맞추고 싶겠어요. 생각해보세요. 여기는 삽입과 피스톤 운동을 통해 배설 욕구를 채우는 곳도 아니잖아요. 그런데 제가, 키스 마니아들로부터 투박하다는 소리까지 듣는 제가, 어떻게 에이스, 그 어렵다는 에이스로 등극할 수 있었을까요? 당신도 그게 궁금하셨죠. 보아하니 소설가이신 당신도 이런 곳을 적잖게 들락거린 것 같은데……. 제가 말한 것처럼 문지방이 닳도록은 아니지만 좀 다녔다고요? 그럼 제가 에이스가 된 게 궁금하겠네요? 비결이 뭘까요?

제가 일을 시작하기 전, 이 알바가 돈이 꽤 된다는 말을 듣고 심리학과 학부생인 후배를 찾아다녔다고 했죠. 그 친구에게 단도직입적으로 물었죠. 돈을 좀 벌고 싶다고……. 그랬더니 절 아래위로 훑어보더라고요. 그러곤 대뜸 그러더라고요.

―그 일 아무나 못 해요.

―돈이 꼭 필요해서…….

약간 사정하는 조로, 제가 다시 말했죠. 그랬더니 그년이 뭐란 줄 알아요?

―키스방에서 일한다고 모두가 돈 벌 수 있는 건 아니에요.

그 말뜻을 여기 와서 알았죠. 에이스가 먼저 먹고, 나머지를 다른 매니저들이 나누어 먹죠. 사실은 면접을 볼 때, 사장님도 제 얼굴을 보고, 크게 내키지 않는 표정이었죠. 제가 대학원생이라고 했더니 '그럼, 손님들을 잘 다루겠네'라고 하면서 마지못해 한번 일해보라고 했어요. 여기는 전화 예약이 필수라 더더욱 에이스가 독식하죠. 왜냐면 에이스가 예약이 마감됐다면, 다른 매니저로 바꿔 예약하는 경우는 드물거든요. 키스방은 능력이 뛰어난 사람이 다 먹는 방식이에요. 여기서 능력은 자신이 기른 것이라기보다는 타고난 거죠. 솔직히 말해 인간의 능력은 처음부터 타고나는 거잖아요. 아름다움도 다른 사람을 움직일 수 있다는 측면에서 능력이죠. 아무리 남한의 성형수술 기술이 발달했다고 하지만 들어서기만 해도 주변이 밝아지는 양귀비꽃 같은 미소를 쉽게 만들 수 있겠어요?

그런 점에서 보자면 자본주의가 상당히 불합리한 제도예요. 태어난 대로 살아야 하니까요. 실은 북쪽도 마찬가지예요. 농민의 자식으로 태어났다면 평생 농장일만 하다가 흙에 묻히는 거죠. 그게 '붉은 기'를 지키는 일이에요. 물론 저희 큰아버지 같은 좀 특별한 사람이 없는 건 아니지만…….

　제가 어떻게 여기서 에이스가 될 수 있었냐고요? 심리학과 후배와 얘기를 할 때, 제 가방 속에는 보들레르 시집이 들어 있었어요. 전, '묵직한 머리칼에서, 야생의 사향 냄새 피어오르고……'라는 구절에서 착상을 얻었죠. 당신은 보들레르를 좋아하는 난봉꾼이라고 했으니……. 그렇게 말하지는 않았다고요? 아무튼 보들레르는 유달리 매춘부들과의 사랑을 즐겼잖아요. 그의 시를 보면 시인이 여인의 체취에, 대단히 집착한 걸 알 수 있죠. 보들레르는 감각 중 특별히 후각이 예민했던 모양이에요. 그는 냄새를 통해, 여자의 머리카락 속에 자신의 코를 묻고 끝도 없는 상상의 나래를 펼쳤잖아요.

　　펼쳐진 어둠의 정자 같은 푸른 머리여,
　　그대 내게 무한한 둥근 푸름을 돌려주고,
　　비틀어 꼬여 내린 그대 머리타래의 솜털로 뒤덮인 기슭에서
　　나는 타는 듯이 취한다, 야자수 기름, 사향.
　　그리고 역청 뒤섞인 향기에.

　「머리타래」란 시가 머릿속을 지날 때, 이렇게 하면 되지 않을까 하는 생각이 들었어요. 향기에 대한 몰입, 체취에 대한 집착은 보들레르의 후각이 남달라 그런 것만은 아닐 겁니다.

　전 후배한테 퇴짜를 맞아도 괜찮으니, 아는 키스방을 소개해달라

고 했죠. 처음 소개받은 곳은 여기가 아니라 강남에 있는 키스방이었어요. 그곳에서 총무랑 면접을 봤죠. 그는 이런저런 잡다한 얘기를 하더니 키스방은 대딸방이나 대떡방과는 다르다고 하더군요. 대딸방, 일명 핸플방이라고 하는 여대생 마사지는 알고 있었죠. 근데 대떡방은 처음 듣는 말이었죠. 제가 총무한테 대떡방이 뭐하는 데냐고 물었더니, 떡방앗간도 모르느냐고 하더라고요. 제가 약간 난감한 표정을 짓자, 절구질 안 당해봤냐고 묻더라고요. 어쨌든 키스방은 그런 것들과는 격이 좀 다르다고 해요. 특히 강남 손님들은 좀 유별나서 얼굴이 안 되면 곤란하다고 노골적으로 말하더라고요. 제가 하도 간절히 일을 하게 해달라고 했더니, 그럼 연락드릴 테니 집에 가서 기다려보라고 하더군요.

한동안 연락이 없어, 포기하고 졸업논문 자료를 찾으며 대학 도서관에서 책을 정리하고 있었죠. 딱, 일주일 뒤에 다른 곳에서 면접을 보러 올 생각이 있느냐고 연락이 왔어요. 그곳이 바로 여기죠. 사장님은 절 채용해 재미 좀 봤습니다. 한마디로 봉 잡았죠. 키스방에서 가장 큰 골칫거리는 매니저, 웨이트리스를 구하는 일이거든요. 항상 매니저가 문제를 일으키죠. 손님이 좀 붙으면 돈을 더 달라…… 심심하면 출근 안 해…… 늙은 손님한테 양탈을 부려 손님이 매니저를 죽이겠다고 윗도리를 벗게 만들고…… 그 때문에 대기실에서 기다리던 손님이 다 도망가고…… 손님 혀를 물어, 총무에 사장까지 나서 치료비에 위자료까지 앞에 놓고, 손이 발이 되도록 빌게 하질 않나…… 손님이 떠나고 나서 강간당했다고 난리를 피우질 않나…… 종류도 가지가지, 사연도 가지가지, 그런 곳이 키스방이죠.

저희 사장님은 인텔리라 얼굴이 좀 떨어져도 가방끈이 길거나, 면접 때에 학식과 인품이 느껴지면 기회를 주는 편이죠. 키스방 매니저만큼 참을성이 필요한 직업은 없을 거예요. 저도 아마 그런 이유로 채용된 것 같아요. 전, 키스방에서 향수를 사용하기로 마음먹고, 도서관에서 향수에 관한 책을 뒤져 방법을 익혔죠. 향수의 힘이라고 해야 할까? 향수가, 사람의 영혼을 파고드는 매력, 그 향기를 갈망하도록 만드는 묘한 마력이 있다는 걸 진작 알고 있었죠. 보들레르를 읽기 전 북쪽에 있을 때부터.

엄마는 양귀비 열매에 칼집을 내고 받아 건조한 생아편을 그대로 가지고 있지 않았어요. 아버지가 농장에 일을 나가면 생아편을 물에 넣고 약한 불에 끓였죠. 그럼, 무거운 불순물은 바닥으로 가라앉고 불필요한 찌꺼기들은 위로 떠오르면서 물에 풀리죠. 물위의 불순물은 얇은 무명천으로 떠내고 은은한 불에 계속 끓이면 투명한 갈색을 띤 액체 아편이 남죠. 이 정제 과정에서 나오는 야릇한, 사람을 몽롱하게 만드는 향기를 잊을 수 없었어요. 뭐라고 말해야 할까? 달콤하고 톡쏘는 것 같은, 건초에서 나는 듯한 냄새 같기도 하고, 코로 들이켜면 지린내 같기도 한 참 독특한 향기였죠. 중국에 살 때도 집 안에서 이 냄새가 은은하게 마당을 흘러 다니면 전, 냄새에 취해 머리가 몽롱해져 부엌으로 달려갔어요. 어쨌든 그런 식으로 정제한 아편을 들고 장마당에 나갔죠. 장마당이 뭐냐고요? 여기로 치면 시장인 셈이죠.

저는 타고난 낯짝이 안 되니 향수로 에이스가 돼보자고 마음먹었어요. 다른 매니저들도 향수를 몸에 바르지만 그걸 잘 사용하는 여자는 아주 드물죠. 그래도 한동안 예약 잡는 손님이 없어 일을 그만둘까도 생각해봤어요. 어떤 날은 가게에 나와 손님 한 명 받고 간 적도 있었거든요. 그런 매니저는 가게에서 좀 밀어주기도 하죠. 그래야 매니저가 일을 그만두지 않을 테니.

가령 주말이나 월급날이 되면 가게 근처에서 전화를 하고 바로 오는 손님이 있어요. 이들은 호기심 때문에 키스방을 찾는 남자들이에요. 이런 손님들을 초짜 매니저에게 붙여주는 거죠. 하지만 이들은 뜨내기죠. 무슨 말이냐면, 키스 마니아들이 아니라 자주 찾아오질 않아요. 한 번 오고 나면 끝이란 말입니다. 무슨 장사를 하더라도 단골을 잡아야 하잖아요.

북한의 시골 장마당에서조차 장사를 하려면 단골이 필요한데, 말해 뭣해요. 제가 엄마랑 두부밥을 만들어 장마당에 나가면 엄마의 두부밥을 기다리는 사람들이 있었어요. 문제는 그들의 주머니 사정이었죠. 아편은 어떻게 팔았느냐고요. 저도 그놈을 파는 걸 보지 못했으니……

─아주마이 좋은 물건 있슴네까?

손님이 이렇게 물어 옵니다.

─기럼요. 맛난 두부밥 물래 숨겨두었슴네다.

엄마는 웃으면서 이렇게 대답하고 자리에서 일어납니다. 그럼 손님은 혹시 안전원이 있는지 주변을 살피죠. 엄마도 주위를 한번 둘러보고 똥이라도 마렵다는 표정으로 서둘러 화장실 쪽으로 걸어가죠.

딸은 좌판을 지키고, 엄마는 화장실 뒤 후미진 곳으로 가서 물건을 은밀히 거래하지요. 엄마는 아편을 거래하다가 여러 번 안전원한테 걸렸고, 감옥까지 갈 뻔했어요. 리당비서인 큰아버지가 아니었다면

옥살이를 했을지도 몰라요. 어쩌면 그보다 더한 일을 당했을 수도 있죠. 엄마가 가진 아편은 정제된 고급 아편이라 더 위험했던 모양입니다. 아무리 위험해도 굶어 죽는 것보다는 낫잖아요. 엄마는 그렇게 생각했을 겁니다. 더구나 그녀는 크게 벌인 장사를 실패하는 바람에 마을 사람들에게 빚까지 진 형편이었고, 당시는 물론 탈북을 할 때까지 그것을 완전히 청산하지 못했어요. 아편을 정제해 고가로 팔기 시작한 것은 그 때문이었죠. 언젠가 엄마는 장마당 근처 역 앞에 앉아 팔지 못한 두부밥으로 배를 채우면서 혼자 푸념처럼 단골손님 타령을 늘어놓았어요. 두부밥이든 아편이든 키스든 단골이 있어야죠. 그래야 수입을 안정적으로 확보할 수 있는 거잖아요. 여기나 북한이나 남의 돈 먹기가 쉽지 않아요.

전, 키스방 알바가 괜찮아질 걸로 믿고 계속 일을 나갔죠. 엄마가 장마당에서 두부밥을 팔 때를 생각하면서요. 제가 옆에서 지켜보니까 장사는 끈기가 필요한 일이더라고요. 그리고 단골이 생기면 쉬워지더라고요. 결국 향수로 남자들을 잡았어요. 매니저들은 하나같이 말하죠. 어떻게 남자들을 유혹해 자신을 지명하도록 하느냐고. 이 일은 남자들에게 할 수 있는 서비스가 제한돼 있어 단 한 번 찾아온 손님을 단골로 만들기가 쉽지 않은, 어려운 일이죠. 매니저들이 자주 하는 말입니다.

이런 말을 하는 매니저들은 뭘 모르는 거죠. 제가 여기 왔을 때 가게 에이스가 셋이나 있었는데, 그중 둘은 그렇게 잘생긴 얼굴이 아니었어요. 전 그때 꼭 예쁜 얼굴, 연예인을 닮은 얼굴이 에이스의 조건은 아니란 걸 알았죠. 그리고 매니저들이 오해하고 있는 것 중 하나가

서비스의 수위가 높은 매니저에게 단골이 많을 것이란 생각이에요. 그런 일이야 없겠지만, 룸에서 매니저가 아무도 몰래 손님들에게 아랫도리를 준다고 해봐요. 그럼 손님들이 구름처럼 몰려올 것 같아요? 전, 아니라고 봐요.

탈북자 중에, 저와 대학을 다니다가 지금은 여관을 전전하면서 몸을 파는 여관바리가 된 선배가 있어요. 진짜로 창녀가 된 거죠. 그 선배는 공부도 꽤 했고, 얼굴은 남조선 미인만큼은 아니더라도 그런대로 볼 만했어요. 나이는 저보다 좀 많았어요. 처음엔 학교를 다니면서 대딸방을 돌아다니다가, 나중엔 대학도 포기하고 전업을 나섰죠. 그런 선배가 있었어요.

좀 놀랐다고요? 당신은 소설가라고 했잖아요. 그런데 탈북자들 사정을 잘 모르시네요. 북한에서 내려온 사람들은 남조선에서 별로 할 일이 없어요. 그나마 여자들은 일자리가 좀 있어요. 나이 든 여자들은 조선족이라고 속이고, 식당에서 허드렛일을 하고, 젊은 여자들은 대딸방으로 가든지, 아니면 제 선배처럼 프리랜서 창녀로 모텔 동네 언저리를 기웃거리죠. 몸 팔러 일본으로 가기도 합니다. 대학을 졸업해도 마찬가지예요. 남조선에서 날고 기는 친구들도 취직이 안 되는데, 우리가 어떻게 취직을 하겠어요. 전 토익 점수가 거의 만점에 가까웠죠. 그런데도 취직이 힘들어요. 삼 년 전, 그 선배를 만났을 때, 그런 얘기를 하더라고요. 졸업하면 뭐하겠냐고요. 그동안은 공짜고 공부가 재미있어 다녔지만 더 이상은 안 되겠다고……. 탈북자들은 등록금을 대학이나 정부에서 대신 내주거든요. 선배 언니 가족은 북한에 있었는데, 그녀의 탈북 사실이 보위부에 알려져 아버지가 공직에서 쫓겨났고, 결핵까지 걸려 자신이 북으로 돈을 보내주지 않으면 죽게 생겼대요. 엄마는 행방불명이고요. 선배는 엄마가 남조선에 온 줄 알고 내려왔거든요.

얘기가 또 딴 곳으로 샜군요. 아무튼 그녀는 남자들에게 한 번 대주고, 모텔 주인에게서 받는 돈이 육만 원이래요. 손님이 방을 잡아 여관바리를 불러 일을 치르고, 지불하는 돈은 십만 원이라고 하더군요. 요즘은 워낙 경기가 안 좋아, 아마 가격이 더 떨어졌는지 모르죠. 매춘만큼 경기를 많이 타는 직종도 없으니까요. 제가 말하고 싶은 건 그런 거죠. 남자들이 배설만이 목적이라면 그런 곳을 찾아가지 키스방을 찾지 않을 거란 말이에요.

그리고 남조선이란 곳이 IT강국이라 인터넷으로 안 되는 게 없는 나라잖아요. 인터넷 카페를 찾아보면 여관바리들 정보까지 서치가 가능해요. '회현역 근처 무슨 모텔 떡녀 누구 죽인다', '걔, 밑구녕은 쫀득쫀득하기가 울릉도 호박엿이다'. 남한 사회가 이런 세상이에요. 키스방에서 매니저들이 에이스가 되겠다고 손님들에게 아랫도리를 벗는다든지 하는 건 스스로 무덤을 파는 일이죠. 그래서 전 일단 냄새로 남자들을 사로잡았고, 가능한 한 도도하게, 그러면서 남자들을 편안하게 해주었죠. 제 영업 전략은 그대로 먹혀들었어요. 여기 온 지 두 달 만에 지명이 가장 많은 에이스가 됐죠. 키스방 홈피에 제 단골이 남긴 후기가 한둘이 아니고, 어떤 손님은 '키스 마니아'에까지 글을 남기고……. 물론 좋은 글만 있는 것은 아니죠. 개 주둥아리가 너무 크고 혓바닥의 돌기가 느껴질 정도로 강한 터치를 한다는 둥, 혹은 너무 기계적으로 혀를 움직인다는 둥, 이런저런 험담들. 그것이 꼭 나쁘지만은 않아요. 곧바로 댓글이 붙고 논쟁이 벌어지고, 남자들은 괜히 호기심이 생기는 겁니다. 논쟁은 향기에 묻히기 마련입니다. 보들레르의 시 「향기」에서처럼 냄새는 절묘한 힘이 있어요.

　　현재 속에 되살아난 과거가 우리를
　　취하게 한다. 깊고 마술 같은 매혹으로!
　　그처럼 애인도 사랑하는 육체에서
　　추억의 절묘한 꽃 꺾는다.

　　시의 내용은 향수가 추억을, 과거를 회상하게 한다는 의미잖아요. 시인은 향수가 가진 마력에 대해 말하고 있는 거죠. 향수가 과거를 부른다는 건 그것이 기억을 자극하는 마력을 지녔다는 뜻일 거예요. 즉, 향수는 현재와 과거를 이어주는 힘, 마력, 매력을 가진 거죠. 이 점이 중요하죠. 독일 작가, 파트리크 쥐스킨트의 『향수』란 소설 있잖아요. 그게 거짓말이 아니더라고요, 그걸 여기 와서 알았어요.

　　요즘은 적잖은 여자들이 향수를 사용하죠. 저와 키스를 나누었던 남자들은 주위에서, 제가 머리를 감은 후에 뿌리는 향수 냄새를 맡으면 분명히 절 떠올릴 거예요. 그 추억, 그 기억은 무의식적으로, 본인도 모르는 사이에 일어나는 거죠. 전, 키스방에 앉아 손님을 기다리면 되는 겁니다. 그 손님은 향수와 연결된 날카로운 키스의 추억에서 벗어날 수 없는 법이죠. 향수는 보들레르 식으로 말하면 독이죠. 그 왜 있잖아요, 술과 아편을 노래한 보들레르의 시, 「독」. 술과 아편은 아주 매력적인 독이라 꼭 다시 찾는 법이죠. 통제 사회 북한에서도 엄마는 아편이 없어서 못 팔 정도였어요. 옆에서 사람이 죽어가는 동네에서 말이죠. 향수도 마찬가지예요. 향수란 독. 전 낯짝보다 향수치레로 에이스가 된 거죠.

물론 향수가 전부는 아니에요. 다른 기술, 특히 사운드, 소리가 중요해요. 향수는 소리와 결합해야 힘을 발휘하는 법이죠. 둘은 시너지 효과라고 해야 하나, 뭐 그 비슷한 효과를 만들어주죠. 그 얘기는 다음에 기회가 되면 하죠, 뭐.

그런데 매니저 중에 향수를 몸에 마구 뿌려대는 친구가 있어요. 뭘 몰라도 너무, 한참, 모르는 짓이죠. 제가 그러지 말라고 했더니 코웃음을 치더라고요. 남조선에는 골빈 깡통들이 너무 많아요. 또 너무 영리한 매니저도 있죠. 제 가방에서 향수를 훔쳐 가 그것으로 제 단골을 빼앗아 간 적도 있었으니까요. 그 손님은 꽤 공을 들인 남자였는데, 그 매니저가 몸에 뿌린 향수에 넘어간 겁니다. 그년이 제 향수를 도둑질해 간 것은 한참 뒤에 알았어요. 다행히 그 매니저가 일을 그만두는 바람에 그 손님이 제 품으로 돌아오긴 했지만요. 그 손님 때문에 힘들었어요. 그 남자 얼굴이 막내 삼촌과 많이 닮아 어떨 때는 하루 종일 그를 기다렸으니까요. 나중에 도난당한 향수 때문이라는 걸 알고, 그 매니저 대학으로 찾아갈 생각까지 했었죠.

하여간 향수는 잘못 사용하면 오히려 천박해져요. 그러니 향수에 대한 책을 찾아 읽고 시험하고, 공부가, 연구가 필요하죠. 향수는 항상 쓴 듯 만 듯 그래야 해요. 엄마가 생아편을 정제해 훈증(薰蒸)할 때, 살짝 피어오르는 향기처럼 냄새가 없는 듯하면서 톡 쏘는 그 맛 있잖아요. 그게 중요하죠. 그래야 자신이 다시 매니저를 찾아올 때도 향수 때문이란 사실을 알지 못하죠. 자신도 모르게, 부지불식간에 키스방을, 그 향수 냄새를 또 찾아오는 거죠.

아편도 그래요. 엄마랑 이십 리를 걸어 장마당에 나가서 자리를 잡고 앉으면 우리가 만들어 온 두부밥을 사 먹고, 갔다가 다시 오는 사람이 있어요. 그는 두부밥을 하나 더 먹고 물건을 한 아름 사 들고 또 다시 와요. 그런 여자들이 몇 있었어요. 남자도 두셋 있었고요. 한꺼번에 두세 개를 사 가져가 먹으면 될걸, 다른 장을 보다가 뭘 까먹고 간 것처럼 찾아와 다시 두부밥을 달라는 겁니다. 입은 옷치레로 보아 농민은 아니었고, 노동자의 아내도 아닌 것 같았습니다. 북한은 옷 입고 다니는 걸 보면 알아요. 그들은 두부를 기름에 튀겨 밥을 만 두부밥을 서너 개씩 먹어치우고 나서야 본론을 꺼내죠. 아편을 찾는 거죠. 그들은 분명히 아편을 찾아서 장마당으로 나온 것은 아닙니다. 어떻게 그걸 아느냐고요. 왜냐면 우리 엄마가 장마당에 나가는 날이 일정하지 않았거든요. 그들은 장마당에 다른 볼 일을 보러 왔다가 똥파리가 똥에 자기도 모르게 달려들 듯이 엄마한테 엉겨 붙는 겁니다. 또, 엄마는 처음부터 그것을 알기 때문에 두부밥이 다 팔리지 않으면 딴청을 피우죠. 그리고 두부밥이 다 팔리기 전에는 아편을 내놓지 않죠. 북한은 양귀비를 개인이 자기 밭에도 심고, 집단농장에도 심기 때문에 아편을 구하긴 어렵지 않아요. 하지만 엄마가 가진 아편은 그냥 생아편이 아니거든요. 몇 번의 정제 과정을 거친 고농도의 환각제였죠. 그 기술은 큰아버지가 가르쳐주었습니다. 전, 북한에 있을 때는, 몰랐어요. 점잖은 고급 당관료 마나님쯤 되어 보이는 여자가 북한의 최하 계층인 농사꾼의 아내 주변을 서성이는 이유를……. 설사나 복통이 있으면 병원에 가면 될 일을…….

　단골손님 중에 제가 내지른 교성에 가까운 사운드 때문에 다시 찾아왔다는 사람이 있긴 해요. 하지만 전 그가 착각하고 있다고 믿어요. 소리라는 게 그렇잖아요. 은근한 냄새와 다르게 뇌에 분명히 각인되는 거잖아요. 무서운 건 의식의 지배가 아니라 무의식의 지배, 그게 진짜 힘입니다. 그들을, 여기로, 제게로 안내하는 발길은 자신들의 무의식 속에 배어 있는 냄새죠. 북쪽의 장마당에서 엄마만 보면 자기도 모르게 아편을 사지 못해 안달 난 귀부인처럼……. 전 그렇게 믿어요.

　오늘은 무슨 향수로 머리를 감았냐구요? 궁금해요? 그건 비밀이에요. 또 제가 말한다고 해도 향수에 대한 조예가 없으면 알아들을 수도 없어요. 근데 말을 많이 했더니, 목이 아프군요. 고마워요. 목이 아플 땐 녹차가 제일이죠. 그걸 알고 사 오셨다고요? 정말 고마워요. 사실 녹차든 콜라든 키스방에선 키스로 상대의 입에 있는 걸 받아 마셔야 맛이죠. 그건 뭐예요? 일단 먹어보라고요? 그럴까요? 근데…… 전자 오르간 위에 나타난 코를 냄새와 연결시키려는 게 맞는지 모르겠다고요? 꿈속에서 코를 봤다면 좀 더 깊은 상징일지 모른다고요? 그럼 가령 뭘 말하는지……. 가만히 생각하면…… 그렇긴 해요. 코가 냄새라면…… 팔뚝은 뭔지? 욱…… 욱…… 욱……. 죄…… 죄송…… 죄송해요……. 아! 냄새……. 저녁에 먹은 걸 모두 토하고 말았네요. 죄송해요. 정말……. 손님 앞에서 이런 추태를……. 혹시 당신이 먹으라고 펼친 튀김이 고…… 고…… 고구마, 아닌가요? 맞아요? 가게 앞, 길거리에서 사셨어요? 그래요? 그럼, 제가 바깥에 나가서 대걸레를 가져올 테니 당신은…… 죄송하지만…… 고…… 고구마튀김을 좀 치워 주세요. 그리고 고구마 냄새가 룸에서 빠져나갈 수 있도록 환기도 부탁해요.

죄송합니다, 정말로. 제가 고구마 냄새를 못 맡아요. 먹지도 못하고. 가끔이긴 해도 오늘처럼 고구마를 입에 넣으면 토하기도 한답니다. 전 다른 튀김인 줄 알았어요. 여기 고구마튀김을 가지고 들어온 사람은 당신이 처음이에요. 제가 고구마를 몰라볼 리가 없는데……. 아니에요. 제가 오히려…… 죄송해요. 당신이 그걸 어떻게 알겠어요, 제가 고구마에 거부반응이 있는지. 첫날 말을 했어야 하는데……. 한번은 어떤 손님이랑 키스를 하다가 그의 입속에다 오바이트를 할 뻔했어요. 좀 깊은 접촉으로 이어졌다면 많이 난감했을 겁니다. 지금은 제 단골이 된 손님인데, 고구마로 저녁을 때우고 왔었어요. 남한에서 고구마로 끼니를 대신하지는 않잖아요. 전혀 몰랐죠, 밥 대신 고구마를 먹고 키스방에 올 줄은……. 왜, 극장에서 심야 영화를 보다가 죽은 시인 있잖아요. 기형도란 시인, 그가 어둠을 '아으, 칼국수처럼 풀어지는 어둠!'이라고 표현했죠. 아마, 어릴 때 칼국수를, 무지, 지겹도록 먹은 모양이에요. 시집을 꼼꼼히 읽어보면 그런 유추가 가능한 구절이 더러 있어요. 그러니까, 부정적 이미지인 어둠과 칼국수를 등치시킨 거잖아요. 전 처음에 뭘 모르고, 가난해서 고구마를 먹고 왔나 했죠. 근데 시인의 칼국수 얘기는 남한이 못살 때 일이고……. 실제로 남한이 70년대 초까지는 북한보다 못살았다고 하더군요. 요즘 남한에서 고구마를 별미로 먹지 않고, 끼니로……. 여기도 가난한 사람이 꽤 된다는 소리를 들었는데…… 정말인가? 아니나 다를까, 그 손님은 자기가 미안하다면서 키스도 제대로 하지 못했는데, 팁을 삼만 원이나 주더라고요. 그는 가난 때문에 고구마를 먹은 게 아니라 특별히 고구마를 좋아했어요. 전 굳이 돌려받지 않겠다는 그에게 팁뿐만 아니라, 총무에게 말해 입장료도 돌려주고, 다음에 오라고 했어요. 물론 다음에 올 때는 절대로 고구마를 먹고 오면 안 된다고 했죠. 그 얘기를 듣고 싶다고요? 고구마에 얽힌 사연을 듣고 싶다는 말이죠? 네, 말씀드릴게요.

담배를 한 대 피우고 시작하죠. 토하고 나니 멍해요. 잠시 아찔했어요. 쓰러지지 않은 게 다행이죠. 중국에서 고구마 창고에 들어갔다가 기절했죠. 후—— 담배를 피우니 머리가 맑아지네요. 이게 없었으면 키스방 일이 너무 힘들었을 거예요.

고구마에 대한 추억, 시 제목 같군요. 그런데 추억이 아니라 기억, 비극적인 기억이죠. 추억이란 단어의 추는, 쫓는다, 뒤를 따라간다, 뭐 그런 의미잖아요. 이 말은 네거티브한 의미보단 포지티브한 의미가 훨씬 강한 단어죠. 우리는 기억하고 싶지 않은 일을 추억한다고 말하지는 않잖아요. 제 말이 틀린가요? 그런 것 같지 않다고요? 그럼 기억, 기억보단 상흔, '다친 상처'란 말이 맞겠군요? 맞아요. 그건 다친 상처, 악몽이죠.

남조선 사람들이 북한에 대해 잘못 이해하고 있는 것 중 하나가 그곳이 평등한 사회, 빈부의 차이가 없는 사회란 믿음입니다. 사실 북한은 그런 사회가 아니에요. 인간이 사는 곳이면 빈부의 차이는 어디든지 있는 법이죠. 그럴 수밖에 없어요. 제가 한국에 와서 대학에 입학해 북한 관련 수업을 들을 때, 가장 놀란 게 바로 이 문제였습니다. 아마 대학 3학년이었을 겁니다. 북한 관련 수업을 여러 과목 신청한 적이 있어요. 남조선 친구들은 북한을 어떻게 보는지 궁금하기도 했고요. 근데 친구들이 북한을 가난하지만 평등한 사회라는 거예요.

—그게 무슨 말이죠?

제가 물었죠.

—모두 가난한 사회라는 거죠. 최소한 남한처럼 빈부 격차 때문에 느끼는 상대적 절망 같은 건 없는 사회잖아요.

말을 꺼낸 남학생이 제게 설명을 했죠. 전 함께 수업을 듣는 친구들에겐 물론 교수님한테도 탈북자란 얘기는 하지 않았어요. 아주 사소한 동정조차 받기 싫어 말투나 억양 등도 서울식으로 바꾸었죠.

—그건 북한을…….

전 그 남학생에게 설명을 해줘야겠더라고요. 마음을 먹는다면 걸어서도 갈 수 있는 삼팔선 너머에서 무슨 일이 일어나고 있는지 말입니다. 근데 말이 제대로 나오지 않았어요. 다른 수업 시간에 논쟁을 시작하면 특유의 입담과 논리로 속사포처럼 쏘아대던 제가 말이죠.

—말하세요.

그 남학생과는 다른 수업도 함께 듣고 토론도 자주 해 서로 안면이 있는 사이였고, 더구나 그는 매번 제 논리에 밀려 공개적으로 쪽팔림을 여러 번 당했죠. 학부 수업이라 별 내용은 아니었습니다만.

—그건 북한을…….

전 배에 힘을 주고 속사포의 방아쇠를 당기려고 했는데, 어이없게도 눈물보가 먼저 터져버렸어요. 교수도 친구들도 모두 당황하더라고요. 저는 강의실을 뛰쳐나왔죠. 요즘은 북한을 그렇게 아는 사람은 없겠죠? 아니라고요? 좀 나아지긴 했어도 크게 바뀌진 않았다고요? 하긴 북한은 정보 통제가 심한 나라이고, 또 남한 사람들의 북한 관련 지식은 너무 단편적이고 북한에 관심도 없잖아요. 핵무기 관련 뉴스가 나오면 쟤들 또 미친 짓 한다는 정도죠.

저는 화장실로 들어가 실컷 눈물을 짜고 북한 관련 과목들의 수강 신청을 모두 취소했죠. 이런 일이 아니더라도 무슨 일이 벌어질지 모른다는 생각에 그동안 수강 신청을 하지 않았거든요. 북한은 빈부 격차가 말할 수 없을 정도로 심해요. 제가 있을 때도 그랬고, 지금은 집도 거래된다고 들었어요. 부모가 굶어 죽었는데도, 아직 목숨이 붙어 있는 아이들이 쓰레기통을 뒤지면서 길거리를 떠돌아다닐 때도, 장마당에선 무엇이든지 구할 수 있는 나라가 북조선입니다. 거기는 언제나 물건이 넘쳐나죠.

제가 북쪽의 일은 거의 잊었는데, 고구마, 남동생, 큰아버지에 대한 기억은 많이 남아 있어요. 특히 장마당은 저한테는 학교 같은 곳이었죠. 학교 대신 엄마와 장마당을 다녔으니. 당시 어떤 여자는 얼굴에 화장까지 하고, 큰 좌판을 펼쳐 손님을 기다리고, 그 곁을 부모 잃은 아이들이 배회하면서 흙바닥에 떨어진 음식 찌꺼기를 주워 먹고 다니고……. 그게 일상이라 동정심 같은 것도 없었어요.

저희 집은 숨겨둔 식량과 고구마가 좀 있었으나, 그걸로 오래 연명할 순 없었죠. 그것도 농장에서 받은 것이 아니라 엄마가 아편을 팔아 장마당에서 마련한 겁니다. 집단농장에서 수확한 아편을 정부에서 걷어 갔는데도 배급을 주지 않았죠. 식량을 나누어주고 싶어도 양정사업소가 텅텅 비었다고 했어요. 그래서 사람들은 텃밭에 매달리든지 장마당을 떠돌든지. 나중에 안 사실이지만 두부밥은 이문이 거의 남지 않는 장사였어요. 단지, 엄마는 그 장사를 하면 가족한테 밥이라도 조금 먹일 수 있을 것 같아 시작한 겁니다. 그녀는 식량이 없다는 사실 때문에 안절부절못했죠. 더구나 엄마에게 아편이 거의 없는 것 같았어요.

사실 아편은 몰래 팔았어요. 동네 사람들이 조금씩 갖고 있는 걸 모아다가 정제한 것이었죠. 엄마가 아편 장사를 내놓고 할 수 없었던 것은 아버지 때문이었습니다. 마누라가 그냥 아편이 아니라 정제된 걸 팔고 다니는 걸 알았다면 아버지는 아마 기절했을 겁니다. 그는 안전원한테 마누라 단속 제대로 하라는 연락이 왔을 때도 동네 아줌마들이 쥐고 있는 생아편을 거두어 장마당에서 팔다 걸린 줄로만 알았습니다. 엄마가 크게 장사를 하는 것도 못마땅해했지만 먹을 게 없으니 마지못해 허락한 거죠. 그러다가 장사의 실패로 동네 사람들이 빚쟁이로 변해 몰려와 엄마를 볶아댔죠. 빚 때문에 더더욱 엄마는 아편에 매달렸습니다. 그녀는 실패의 경험으로 나름대로 시장의 논리를 터득한 겁니다. 시장에 어떤 물건을 들고 나가야 하는지 몸으로 익힌 거죠. 그러나 당시 장마당의 상황이 살벌하기 이를 데 없었어요. 잘못 걸리면 죽을 수 있었고, 그런 일이 옆에서 실제로 일어나고 있었으니까요.

그때까지는 집에서 양귀비를 키우고, 소량의 아편을 받아 비상약으로 쥐고 있는 것은 문제가 되지 않았지만 엄마의 경우는 달랐죠. 안전원한테 잡혀가 앞으로 이런 물건을 취급하지 않겠다는 각서까지 쓴 마당이라…… 고농도의 정제 아편을 들고 나갔다가 아편쟁이나 재수 없게 아편을 전문으로 취급하는 브로커로 몰리면…….

　사람들이 굶어 죽어 나가고, 민심이 흉흉해지고, 자신들에게조차 배급이 중단되자 보위부 놈들, 군인 놈들, 안전원 놈들까지 미쳐 날뛰고 있어 리당비서인 큰아버지의 말발도 통하지 않았어요. 큰아버지는 조국에 대한 충성심이 강한 다혈질의 농민이었어요. 머리가 비상해서 새로운 천연 비료를 만들어 토질을 개선하고 작물 수확량을 두 배나 올렸죠. 지주 계급 출신이라 대학도 다니지 못한 큰아버지는 그 일로 위대한 수령의 훈장을 받고, 선물도 받고, 농장장이 되었어요. 품종 개량으로 사람들을 또다시 놀라게 하기도 했어요. 그리고 아주 드물게 농민인데도, 간부 양성소인 공산대학에 입학하는 특혜를 받아서, 리에서 가장 높은 자리인 당비서로 발탁돼 리의 촌장이 된 겁니다. 하지만 워낙 청백리라 친척이라고 돌봐주는 일은 없었어요. 또 작은 마을인지라 너도나도 먼 친척이라서 누구를 특별히 배려할 수도 없었죠. 큰아버지는 오히려 가까운 친척에게 더 가혹했어요. 그래서 우리는 식량이 떨어져가는데도 큰아버지의 도움을 받을 수 없었죠. 그의 집에 가봐야 숨겨둔 식량이 있을 리도 없었구요. 가까운 친척 중에 이미 아사자가 발생했습니다. 엄마는 두부밥을 몇 개 만들어 두 시간을 걸어 장마당에 나갔어요. 아마 동정을 살피기 위해서였을 겁니다. 남은 고구마로 우리 가족은 살아야 했어요. 또 가끔씩 동네 사람들이 찾아와 빚 대신 먹을 것을 달라며 행패를 부리고 갔죠. 절망적인 상황이었어요. 더구나 동생은 몸도 건강하지 못했습니다.

　제게 고구마는, 기형도 시인이 양푼 가득 담겨 있어 신물 나게 먹은 칼국수, 그런 지겨움의 대상이 아니었죠. 그랬다면 얼마나 행복했겠습니까? 칼국수라도 만들 재료가 있었으니……. 그랬으면 최소한 고구마를 다시 먹더라도 오바이트는 하지 않았을 겁니다. 그랬으면 고구마를 노래하는 시인이 됐겠죠. 기형도에게 칼국수는 지겨움의 대상이지만, 또한 자신을 성찰하게 하는 애정의 대상이기도 했으니까요. 식량이 거의 바닥나자, 특히 엄마가 어떤 선택을 했다는 느낌이 들었어요. 동네 사람 몇 명이 또다시 죽어 나갔거든요. 네, 그게 바로 문제의 핵심이죠. 소설가이신 당신은 그게 궁금하죠? 당신의 독자들도 마찬가지일 겁니다.

엄마는 제게 줄 양식을 동생에게 몰아줘 한 명이라도 살리자고 결심한 모양이었습니다. 전, 어릴 때부터 영악해 그 상황을 금방 눈치챘죠. 언제 그런 일이 닥칠지 모른다고 미리 예상하고 있었고, 준비한 일이 닥친 겁니다. 어떻게 그걸 알았느냐고요? 엄마는 유달리 동생을 편애했죠. 제 인생은 남동생이 태어나자마자 고난의 연속, 고난의 행군이었어요. 동생이 엄마의 젖을 물기 시작하고부터 전 단 한 번도 젖을 빨아본 적이 없었으니까요. 언제나 혼자 마음속으로, 한가운데가 도도록하게 부푼 가뭇한 엄마의 젖꼭지를 물어뜯었죠. 엄마의 유두를 그토록 빨고 싶었는데. 대신에 왼손 식지를 얼마나 빨았던지, 손톱이 다 문드러졌어요. 아주 어린 시절의 기억이지만 그때의 좌절감은 분명히 머릿속에 각인돼 있어요. 보실래요, 왼손 식지 손톱에 아직도 흉터가 남아 있잖아요. 북한에 있을 때만 해도 정말로 보기 싫었는데 새카맣게 변해 있었죠. 근데 중국의 막내 삼촌이 침을 놓아줘서 색깔이 완전히 돌아왔어요. 어린 시절, 식지를 입에 밀어 넣는 버릇을 한동안 버리지 못해 거의 망가졌던 손톱이에요. 그 때문에 왼손은 항상 주먹을 쥐었죠. 엄지로 식지를 가리려고, 그게 버릇이 돼버렸어요, 어릴 때부터. 그러니까 엄마의 젖가슴은 아직도 제 삶에 영향을 미친다고 할 수 있죠.

북한이나 남한이나 아들이 딸보다는 중요하죠. 이는 중국도 마찬가집니다. 중국에서 산아제한으로 자식을 하나밖에 낳을 수 없을 때, 낳은 아이가 딸이면 굶겨 죽이거나 시골에서는 산속에 버렸다고 하잖아요. 아들을 낳으려고……. 중국이나 북한은 남성 중심의 사회이니 남아가 더 중요한 거죠. 북한의 가정이나 사회에서 여성은 언제나 열등한 존재입니다. 그리고 진짜 문제는 그것을 여성이 당연시 여긴다는 점이죠. 바깥에서 함께 일을 하고, 집으로 돌아오면, 여자가 가사를 또 해야 하고, 비근한 예로 방에서 밥을 먹은 후, 여자가 물을 떠다 남자한테 바치지 않으면 여성이 스스로 자신은 아내 자격이 없다고 생각할 정도입니다.

—간나, 리당비서 얼굴에 똥칠을 하고 다녀…….

아버지는 발동이 걸리면 혼자서 고함을 질러대고 엄마에게 주먹질을 하곤 했어요. 엄마가 두부밥 장사를 가장해, 아편 장사를 하다 안전원에 붙잡혀 가서는 리당비서 이름을 들먹거리는 바람에 큰아버지 체면을 구긴 겁니다. 하지만 굶지 않고 살아보려다가 생긴 일입니다. 엄마는 오래전부터 가짜 진단서를 집단농장에 제출하고 장마당에 장사를 다녔죠. 빚을 지고 난 후, 더 열심히 장사에 매달렸습니다. 그래야 빚을 갚을 수 있을 테니까요. 이미 그녀의 입가에서 피가 흘러내렸어요. 그럼, 아버지는 그 피에 더 흥분해 미쳐 날뛰었죠.

—아바이, 용서하시라요.

저와 동생이 달려들어 말립니다. 그럼, 아버지가 못 이기는 척하고 밖으로 나가 그 어려운 시기에도 어디서 구했는지 술을 얻어 마시고 들어왔습니다. 그리고 자식들이 잠들었는지 확인도 하지 않고, 엄마한테 엉겨 붙었습니다.

무능한 아버지, 가족도 먹여 살리지 못하는 팔푼이인 그가, 처덕에 겨우 밥술이나 먹고 사는 아버지가, 그런 자신의 주제를 망각하고 남자라고 엄마에게 주먹질을 하고, 술 처먹고 들어와 자기가 꼴린다고 엄마 가랑이를 벌리고 올라타는 거 봐요. 남한이라면 여자가 식칼을 들었을 거예요. 더 가관은 다음 날 아침 풍경이죠. 멍든 엄마의 얼굴에 피어나는 환한 미소, 정말 소름끼치는 가족 드라마입니다. 언젠가 제가 엄마를 따라 장마당에 나갔다가 지쳐 돌아오는 길에 아버지에 대해 은근히 물은 적이 있었어요. 쥐 못 잡는 고양이라도 집에 있어야 하는 것처럼 구실 못 하는 남편도 필요하다는 겁니다.

북한은 대량 아사가 있기 전까지 여자는 혼전에 처녀성을 지키는 걸 당연시했습니다. 제가 남한에서 대학에 들어간 후, 약간 난잡하다고 할 정도로 숱하게 남자들과 관계를 한 것도 실은 북한 체제에 대한 반발 심리였죠.

관계란 성관계를 말하느냐고요? 물론이죠. 사랑 없이도 관계를 가졌냐고요? 아니에요. 전 사랑하는 남자, 마음에 드는 남자랑만 잤어요. 실은 잔 게 아니라 섹스를 했죠. 모텔에서 섹스한 후, 자고 나온 적은 별로 없으니까요. 어떤 남자는 만난 지 하루도 되지 않아…… 뭐에 창 나겠다, 뭐에 불나겠다, 그런 음담패설 있잖아요. 그 정도로…… 비너스의 언덕에 의사나 소방차가 와야 할 정도로 야단스럽게 놀았죠. 사랑을 그렇게 짧은 시간에……. 소설가이신 당신이 그런 촌스러운 질문을……. 춘향이 몽룡을 만나 관계를 하는 데, 그렇게 많은 시간이 소요됐나요? 아마 하루를 넘기지 않았을 겁니다. 그렇다고, 춘향과 몽룡이 섹스 파트너였나요? 춘향이 언제 적 사람인가요? 조선 영정조 시대 사람이 아닌가요? 죄송합니다. 당신이 제 말에 딴지를 걸어 제가 잠시 흥분했습니다. 이런 난잡한 사랑도 체육학과 선배를 만난 후 많이 잠잠해지긴 했지만……. 대학 선배와 사랑을 했느냐고요? 네, 우리는 사랑을 했어요. 그 얘긴 다음에 하죠.

　—혹시, 중국에서 장사 오셨습네까?

　연착되는 기차를 기다리는 깔끔한 옷차림의 남자에게 젊은 여자가 접근합니다. 장마당 근처의 역 앞에서 해거름이면 드물긴 해도 가끔 만나는 광경이었죠. 북한은 기차가 제시간에 오는 나라가 아닙니다. 어떨 땐 일주일씩 늦죠. 그러니 객지에 나온 남자들이 얼마나 적적하겠습니까. 더구나 주머니 사정이 괜찮은 중국 장사꾼들이야. 여자들은 부끄러움 같은 것은 없었어요. 여자는 남자와 나란히 앉아 낮은 소리로 무슨 얘기를 주고받았어요. 죽는 것보다는 몸이라도 팔아 자신이나 가족의 목숨을 연명하는 게 낫죠.

　반대의 경우도 있죠. 남자들이 역 주변을 배회하는 여자들 중에 반반한 인물을 골라 접근하죠. 이들은 꽃값을 결정하고, 꽃제비들의 시체가 널브러져 있는, 혹은 먼 곳에서 장사를 나왔다가 지쳐 쓰러져 죽어가는 사람들이 누워 있는 역 뒤로, 늘 있는 기차 연착 때문에 생긴 숙박 시설로 걸어갑니다. 남한으로 치자면 개인이 운영하는 민박인 셈이죠. 가끔은 엄마도 그런 짓이라도 해서 동네 사람들에게 진 빚을 청산하고 싶었는지, 남녀가 걸어가는 뒷모습을 쳐다보곤 했죠. 식량난이, 굶어 죽어가는 지독한 가난이, 오히려 여자들을 성에서 해방시켜준 겁니다.

하여간 전, 동생에게 부당하게 빼앗긴 젖꼭지와 가족의 생계를 꾸려보려다가 장사 실패로 진 빚을 빌미로 엄마를 패는 아버지 때문에 집안의 기둥은 남자라는 사실을 분명히 알았죠. 그러나 그 때문에 자신이 죽어야 한다는 것은 받아들일 수 없었어요. 그래서 반지하 창고 문을 열고 들어가 작은 고구마 자루를 하나 꺼내 가방에 넣어 집에서 조금 멀리 있는 산에 묻었습니다. 다음 날, 창고에 도둑이 들었다고 아버지에게 알렸죠. 그렇게 하지 않으면 엄마가 절 의심할 것 같았습니다. 제가 미리 선수를 친 겁니다. 도둑이 든 흔적도 만들어두었죠.

장마당에 나갔다가 돌아온 엄마는 창고의 남은 고구마 자루를 뒤집어엎더니 무엇을 찾았습니다. 그러다가 가끔 우리 집으로 찾아와 생떼를 쓰던 빚쟁이 집으로 달려가 빚을 갚을 테니 고구마 자루를 내놓으라고 소란을 피웠습니다. 그 집 여자는 방귀 뀐 놈이 성낸다고, 누굴 도둑으로 모느냐며 삿대질을 하고…… 엄마는 몇 집을 돌아다니다가 집으로 돌아와 퍼질러 앉아 울먹였습니다. 저는 뭔가 좀 이상하다고 여겼습니다. 하지만 이왕 벌인 일을 돌이킬 순 없었지요. 그녀는 뒷날 동네 사람들을 또 찾아갔습니다. 그때 전 먹질 못해 힘이 없어 집에 있었습니다.

집으로 돌아온 엄마의 눈알이 번뜩거렸습니다. 저는 온몸에 소름이 돋았죠. 그런 눈은 난생 처음이었습니다. 다음 날부터, 엄마는 노골적으로 동생에게만 먹을 걸 주었어요. 그리고 엄마는 제가 빨리 죽어 주었으면 좋겠다는 눈빛이었죠. 동네 사람 몇이 또 굶어 죽었거든요. 전 그런 엄마를 볼 때마다 마음속으로 외쳤죠. 절대로 난 안 죽는다! 죽나 봐라! 엄마가 죽고, 아빠가 죽고, 동생이 죽고 나면 마지막으로 내가 죽는다!! 그리고 산에 가서 숨겨둔 고구마를 하나씩 파내 개울가로 가서 씻어 먹었죠. 고구마라는 게 생으로 먹기 가장 좋은 음식이잖아요. 참, 그 전에 남동생이 병에 걸렸습니다. 건강하지 못한 게 아니라 병을 앓고 있었던 거죠. 그 때문에 고구마 죽도 제대로 먹지 못했습니다.

—혜진아, 혹시 너…….

며칠 뒤, 아버지가 말문을 열려다가 입을 다물었죠.

—뭐요?

제가 대답했어요.

—그 고구마 자루 안에 아편을 숨겨두었대.

아버지는 혼잣말처럼 구시렁거렸죠. 엄마가 동네 사람들을 찾아간 진짜 이유는 그 때문이었습니다. 그녀는 가족이 먹을 식량이 아니라 아들의 약을 구할 돈이 필요했던 겁니다.

—그것만 있으면 장마당에 나가 어케 동생의 약을 구해볼 텐데…….

그는 역시 혼자 중얼거렸어요. 상황이 급박하게 흘러가자 엄마는 아버지한테 아편 얘기를 한 모양입니다.

—근데, 그 얘길 왜 나한테…….

전 약간 짜증스럽게 쏘아붙였습니다.

─아편이 있어야 하는데…….

아버지는 다시 말했어요.

─큰아버지한테…….

문득 큰아버지라면 아편을 갖고 있을 거란 생각이 들었죠.

─그분이 사사롭게 움직이는 사람인가?

그는 말을 하고 걸어갔어요. 어떻게 해야 하나? 지금 고구마를 들고 집으로 오면 엄마는 절 당장 굶겨 죽일 겁니다. 자루를 잃은 후부터 그녀의 눈에 서린 독기는 좀처럼 빠지지 않았어요. 오히려 정제된 아편처럼 독이 한층 오른 눈빛이었죠.

저는 주위를 살피면서 산으로 올라가 통째로 묻어둔 고구마 자루를 뒤져 엄마의 정제한 아편이 있다는 걸 확인했죠. 그리고 자루 속에서 큰 고구마를 둘이나 꺼내고 도로 묻었습니다. 고구마 자루를 들고 나올 때, 뒤져봤어야 했는데 말입니다. 저는 개울가로 내려갔습니다. 농장 일을 마친 농부들이 너도나도 곡괭이며 호미를 들고 산으로 올라와 개간해 만든 밭들을 한 번 올려다보고, 개울가에 쪼그리고 앉았습니다. 하지만 밭이 아니라 황무지였죠. 농민이 픽픽 쓰러져 죽어가는데, 밭에 뭔들 남아 있겠습니까. 다만, 숲 속은 아직도 울창해 아름드리나무들이 하늘을 향해 머리를 풀어헤치고 뻗어 있었습니다. 하지만 기골이 장대한 그 나무들도 여기저기 껍질이 벗겨져 몰골이 말이 아니었죠. 저는 나무 잎사귀들이 모두 먹을 수 있는 나물이었다면, 내가 굳이 고구마를 숨기는 이런 엄청난 사건을 벌이지도 않았을 텐데, 그런 생각을 하기도 했습니다. 저는 당분간 산으로 올라오지 않을 마음으로 고구마 두 개를 먹었습니다. 전, 원래 생으로든 삶든 고구마를 먹으면 잘 체하는 사람이라 조심해서 소처럼 꼭꼭 씹고, 또 씹어 완전히 가루로 만들어 목구멍으로 넘겼습니다. 만약 체하기라도 한다면 아편이 없어 병을 고칠 수 없는 것은 고사하고, 먹을 게 없어 굶기를 밥 먹듯 하는 집에서 배탈이 난다니 정말 우스운 일이잖아요. 제가 도둑년이란 걸 자복하는 꼴이죠. 아무튼 저는 고구마 두 개를 끄트머리까지 남김없이 먹었죠.

또한, 자주 산을 오르는 것도 위험했습니다. 엄마는 딸이 몰래 산을 오른다는 걸 알면 당장 멱살을 거머쥐고 자루를 내놓으라고 달려들 겁니다. 앞으로 어떻게 할지 몰라 궁리하면서, 산 중턱으로 올라서자 맞은편 산 아래에 평소에는 볼 수 없었던 여러 대의 트럭이 서 있었고, 군인들이 베어낸 나무를 트럭에 싣고 있었습니다. 아침에 그곳으로 이동하는 군인들과 트럭을 보았습니다.

큰아버지 집으로 향해 걸었죠. 농민들에게 나누어줄 식량을 구하러 도당으로 나갔다가 며칠째 돌아오지 않았는데, 엊저녁에 집으로 왔다고 했습니다. 마을 사람들에게 미안해 밤에 몰래 들어와 밖에 나오지도 않고 방구석에 처박혀 있다고 들었죠. 사촌 동생이 전해준 말이었습니다. 사실 그가 책임질 일은 아닌데 말이죠. 큰아버지는 얼마 전에는 군당으로 가서 옥수수를 한 차 얻어 와 동네 사람들에게 나누어주었습니다. 함께 간 농장 간부들 말로는 얻어 온 게 아니라 그쪽 사람들과 심하게 다투고 가져온 것이라고 했습니다. 큰아버지는 인민위원회 책임자의 멱살을 쥐고 가져간 아편을 돌려달라고 고함을 질렀답니다. 그는 언제 또 배급이 나올지 알 수 없으니 아끼고 또 아껴 먹으라고 신신당부를 했고, 마을 사람들에게 공평하게 누구도 불평을 하지 않도록 분배했습니다. 그러다 보니 그 많던 것이 얼마 되지도 않았어요. 이미 어른이 죽어 아이들만 남은 집들도 일일이 찾아다니면서 양식을 나누어주었죠.

저는 걸어가면서 큰아버지는 분명히 엄마가 가공한 아편보다 더 순도가 높은 아편 덩어리를 가지고 있을 거라고 믿었습니다. 어떻게 그것을 확신했냐고요. 일주일 전이었을 겁니다. 큰아버지는 굶어 죽은 동네 할아버지를 가마니에 돌돌 말아 산에 묻어준 적이 있습니다. 그 사람은 내 친구의 할아버지였죠. 일찍 부모를 여읜 친구와 친구의 오빠는 졸지에 고아가 돼버렸어요. 오빠만 큰아버지를 따라 산에 올라가고, 친구는 저와 방에 앉아 있었습니다. 친구가 무섭다고 자기 오빠가 올 때까지만 함께 있어달라고 했죠. 친구는 할아버지를 묻으러 간 오빠와 사람들이 돌아오면 줄 거라고 부엌에 놓인 몇 알의 감자를 삶았습니다. 그것은 큰아버지가 시체를 들고 나가려고 찾아왔을 때 가져온 겁니다. 감자를 씻는 친구의 손목은 뼈만 앙상하게 붙어 있었죠. 바짝 마른 나무 막대기처럼……. 저 상태라면 조만간 친구도 할아버지를 따라갈 것 같았습니다. 얼마나 시간이 지났을까요? 몇 알의 감자를 솥에서 꺼내 광주리에 올려놓자 친구 오빠가 방문을 열고 들어왔습니다.

—오빠, 할아버진?

친구가 울먹이면서 물었습니다. 뒤따라 큰아버지와 동네 사람들이 들어올 줄 알았는데, 아무도 들어오지 않았죠.

—울지 말고, 짐 싸라!

오빠는 그렇게 말하고 바깥으로 나가 칼과 나무 도마를 들고 들어왔습니다. 그리고 주머니에서 비닐에 싼 아편 덩어리를 꺼냈습니다. 분명히 큰아버지가 정제한 아편입니다. 동네에서 저렇게 아편을 깨끗하게 다룰 수 있는 사람은 엄마와 큰아버지뿐이었죠. 그는 도마 위에 아편을 올려놓고 토막을 내려다가 한쪽에 놓인 삶은 감자를 발견하고 달려들어 허겁지겁 먹었습니다.

　―너도 먹을래?

　그는 한꺼번에 두 알의 감자를 숨도 쉬지 않고 먹어치우고 저를 향해 물었습니다.

　―오빠, 전 집에 가서…….

　저도 먹고 싶었지만 감자가 목구멍으로 넘어갈 것 같지 않았습니다. 친구 오빠의 손목은 동생보다 상태가 더 심했어요. 저러고도 걸어다닌다는 게 신기할 따름이었죠. 원래 그는 기골이 장대해 황소로 통했습니다.

　―넌?

　그는 동생을 향해서도 물었죠.

　―먹었어.

　친구가 거짓말을 했습니다. 오빠는 더 이상 묻지 않고 몇 개 되지 않는 광주리 속의 감자를 모두 먹어치워 버렸어요. 마파람에 게 눈 감추듯이.

　―짐 싸라니까네.

　그는 감자를 먹고, 동생을 향해 소리를 지르고, 다시 아편을 칼로 잘랐습니다.

―오빠, 그게 어디서 났어?

친구가 옷가지를 챙기면서 물었죠.

―리당비서 아재가……. 가다가 아프면 약으로 쓰라고…….

그는 말을 하고 저를 쳐다보았어요. 하지만 비상약이라고 하기엔
너무 많은 양이었습니다.

―어딜 갈 건데?

친구가 물었죠.

―중국으로 가래.

그는 말을 하고 아편을 잘랐어요. 큰아버지는 이들이 여기 있다가
는 자기 할아버지처럼 굶어 죽을 것 같으니 아편을 쥐여주면서 중국
으로 떠나라고 한 겁니다. 아편은 돈이나 마찬가지니 가다가 어려움
을 만나면 뇌물로 쓰거나 식량으로 바꿔 먹으라고 준 겁니다. 큰아버
지는 벌써 몇 사람을 마을에서 내보냈는지 모릅니다. 그동안은 중국
으로 가라는 말을 하지 않고, 시내로 나가 봄에 되면 돌아오라고 하고
안전원에게 잡힐 때를 대비해 통행증까지 끊어주었죠. 그 지독한 아
사가 마을을 휩쓸기 전에 동네 사람들 중에서 큰아버지를 좋아하는
사람은 많지 않았습니다. 뭐든지 규칙대로 한다고, 도무지 융통성이
라곤 없는 미련 곰탱이로 통했죠. 어떨 때는 주민에게 주먹도 휘둘러
인심을 더 잃었습니다. 저 역시 그가 별로 마음에 들지 않았죠.

하지만 그런 걸 따질 때가 아니었습니다. 동생이 죽을지 모릅니다.
고구마 자루 속의 아편을 가져가면 출처를 밝혀야 합니다. 엄마가 저
렇게 날뛰는 걸 보면 아편만 있다면 장마당에서 약을 구할 수 있는 모
양입니다. 서둘러야 했습니다. 큰아버지는 자기처럼 총명한 조카를

귀여워했고, 내가 다닐 학교가 없어졌다는 사실에 가슴 아파했습니다. 제가 아편 한 덩이 달라고 하면 줄지 모르죠. 도망가 살라고 남한테도 주지 않았습니까? 그런 생각을 하다가 산기슭을 벗어날 즘에 앞쪽에서 걸어오는 웬 낯선 여자 하나를 발견했습니다. 누더기를 걸치고, 머리는 얼마나 감지 않았던지 산불에 새카맣게 타버린 나뭇가지 몰골을 하고 있었죠. 돌돌 말린 머리카락이 송곳처럼 하늘을 향해 비죽비죽 솟아 있었습니다. 저는 처음 보는 여자의 눈길을 피하면서 걸었죠. 그러다가 문득 이상한 느낌이 들어 고개를 돌렸습니다.

—성미야, 성미 맞지?

누더기로 변했지만 분명히 성미의 옷이었습니다. 걔는 인민학교가 붕괴되기 전에 함께 학교를 다녔고, 제 짝이었죠.

—…….

성미는 주춤거렸습니다.

—성미야. 나야, 혜진이.

저는 달려가 친구의 손목을 잡았죠. 항상 깔끔하게 머리를 감고 다녔던 아이였는데 말입니다.

—…….

성미가 놀라 뒤로 물러났습니다. 앙상한 손과 손목, 얼굴은 더 말라 있었습니다.

친구는 반에서 가장 예쁜 얼굴이었는데…….

—성미야, 고구마 있어, 산에 가자!

저는 친구에게 고구마를 줄 생각이었죠.

—가자, 빨리…….

저는 친구의 손을 끌었습니다. 좋아할 줄 알았던 친구가 손목을 뿌리쳤죠.

―왜 그래! 먹을 게 있다니까!

저는 소리를 질렀죠. 그러자 친구는 눈이 휘둥그레지면서 뒤돌아갔습니다.

―성미야, 숨겨둔 고구마가 있어…….

저는 뒤따라갔습니다. 무엇을 먹지 않으면 친구가 죽을 것 같았어요. 그렇게 예쁜 아이가 저렇게 되다니. 그 예쁜 얼굴을 얼마나 부러워했는데, 친구를 죽일 순 없었습니다. 저는 친구를 잡으려고 달리다가 앞으로 쓰러졌죠. 그 순간 아랫배가 뒤틀리고, 개울가에서 먹은 고구마가 식도를 타고 넘어왔습니다. 저는 꼭꼭 씹어 먹은 고구마를, 아까운 고구마를 길거리에 토해버렸습니다. 성미는 걸어가다가 고개를 돌렸습니다. 우리는 눈이 마주쳤죠. 그녀는 이미 제정신이 아니었습니다. 그 눈동자 때문에 뱃속에 있는 고구마를 하나도 남김없이 토해버렸죠. 그래도 길바닥에 뒹굴지 않고 일어났습니다. 다리가 후들거려 도저히 일어설 수 없을 것 같았는데, 겨우겨우 혼신의 힘을 다해 두 발로 섰습니다.

친구는 저만치 걸어가고 있었습니다. 만약 이곳에서 쓰러진다면 영원히 일어날 수 없을 것 같았습니다. 그냥 그런 생각이 들었습니다. 일어나야 했습니다. 꼭…… 반드시…… 어떻게 구한 목숨입니까? 동생을 담보로, 아니 가족 전체의 목숨을 담보로…… 친구는 보이지 않았습니다. 저는 산기슭을 걸어가다가 이번엔 시체를 만났죠. 어른이었습니다. 똑바로 쳐다보면 누군지 알 것 같았고, 그를 확인하려고 머리를 숙이면 넘어져 역시 일어설 수 없을 것 같았습니다. 그래서, 잠시 눈을 감고 걸었지요. 휘청거리는 다리에 힘을 주면서 말입니다.

처음 한국에 와서 이런 얘기를 하면 남한 사람들은 잘 믿지 않았어요. 어떤 사람들은 동정을 받으려고 거짓말을 한다고까지······. 내가 그런 걸 창작할 수 있는 능력이 있다면 얼마나 좋겠습니까. 당장 소설가로 나섰죠. 침침하고, 가끔은 양귀비 달일 때 피어오르는 시큼하고, 이상야릇한 향기가 풍기는 굴속 같은 키스방에 왜 앉아 있겠습니까. 참, 기가 막혀······. 여기 사람들한테 그런 소리를 한 번 듣고 나서부터는 북쪽의 제 동네 얘기는 입 밖에 낸 적이 없어요. 제가 세상에서 제일 싫어하는 게 뭔 줄 알아요? 동정입니다. 제가 다른 자리에서 탈북자란 사실을 밝히지 않고, 책읽기를 통해 남한 사람이 되려고 몸부림친 가장 중요한 이유가 바로 동정을 받기 싫었기 때문입니다. 그런데, 제가 다른 얘기도 아닌 제 동네의 비극을 지어내서 동정을 구한다고요? 다행히 요즘은 사람들이 북한 실정을 어느 정도 알게 되어······. 또한, 소설가인 당신은 제 말을 믿을 것 같아······. 믿지 않아도 사실입니다. 저도 그게 사실이 아니라면 좋겠어요. 얼마나 좋겠습니까? 내 머릿속에서 만들어진 픽션이라면 말입니다.

―마을 사람들이 굶어 죽어가고 있소. 나무를 베어 가려면 쌀을 내놓으시오. 그 많은 아편을 가져가고도, 쌀 한 톨 주지 않으면서 이제 마을의 재산인 나무까지······.

큰아버지였습니다. 뒤쪽엔 사람들이 서 있었습니다. 앞쪽에 아름드리나무를 가득 실은 군용 차량이 있었어요.

―뭐라! 이 쌍간나!

군관 하나가 자동차에서 소리를 지르면서, 뛰어내려 군홧발로 큰아버지의 배를 사정없이 걷어찼죠. 트럭에서 내린 또 다른 군관 하나는, 구타를 당하고도 꼼짝하지 않는 큰아버지를 향해 주먹을 날렸고요. 처음 때린 군관이 군홧발로 무릎을 강타해 기어이 그를 쓰러뜨렸어요. 그러자 군인들이 달려들어 군홧발로 계속 밟았죠.

—동무들! 뭐하는 짓이오. 리당비서 동지한테…….

뒤에 서 있던 누가 소리를 질렀어요. 보위부 지도원이었어요. 군관은 당비서란 말에 흠칫했습니다. 이때, 요란한 총소리가 허공을 갈랐죠.

—뉘기야! 장군님의 명령을 방해하는 자가!

뒤쪽에서 또 다른 군관이 총을 들고 나타나 보위부 지도원과 사람들을 둘러보고 호령했습니다. 보위부 지도원도 그 군관이 든 총에 놀랐는지 뒤로 물러났죠. 마을 사람들뿐만 아니라 안전원들까지 모두 나와 있었지만 어쩔 수가 없었어요. 하지만 쓰러진 큰아버지는 입에서 피를 흘리면서 몸뚱어리를 트럭 바퀴 밑으로 밀어 넣었죠. 자신을 깔아뭉개고 지나가란 뜻이었어요. 젊은 군인 셋이 달려들어 큰아버지를 끌어내 일으켜 세웠어요.

—리당비서 동지, 내 말 못 들었시오? 군인들이 굶어 죽어가고 있소. 붉은기가 쓰러지고 있소.

좀 전의 군관 하나가 큰아버지 앞으로 갔어요. 그는 총으로 큰아버지를 쏠 것 같았습니다.

—붉은기?

큰아버지가 물었어요.

—그렇소. 이걸 중국에 팔아 군인들을 먹일 식량을 살 것이오. 군인

이 굶어 죽으면 누가 붉은기를 지킬 것이오?

군관이 의기양양하게 말했죠.

―군관 동무 잠깐만…….

보위부 지도원이 큰아버지의 팔을 잡아끌고, 한쪽 구석으로 물러
서서 뭐라고 소곤거렸어요. 총을 든 군관은 트럭 운전사에게 출발하
라는 신호를 하고, 차에서 내렸던 군인들이 트럭에 올랐죠. 보위부 지
도원과 얘기를 하고 있던 큰아버지의 얼굴이 일그러졌습니다.

―출발!

총을 든 군관이 소리를 질렀죠.

―군관 동무! 이게 뭐하는 짓이오.

큰아버지는 소리를 질렀습니다. 그리고 말리는 보위부 지도원의
팔을 뿌리치면서 달려와 시동을 거는 트럭을 막았어요.

―이 쌍! 정말 피를 보려고…….

총을 든 군관이 달려왔죠.

―인민이 다 굶어 죽는데, 인민군대가 있어 뭐하오.

큰아버지가 군관에게 소리를 질렀어요.

―뭐라!

군관도 덩달아 소리를 질렀죠.

―붉은 깃발은 다 꺾여 쓰러져가는데, 파수꾼이 살아 있으면 뭐하오.

큰아버지는 말을 하고 출발하려는 트럭을 향해 손을 벌렸어요.

―…….

군관이 숨을 몰아쉬면서 총을 쏠 것처럼 흥분했습니다.

―군관 동무, 그 총으로 날 죽이고 가시오. 좀 있으면 굶어 죽을 건

데…… 이래 죽으나 저래 죽으나…….

그의 입에서 흘러내린 피가 윗도리를 적시고 있었어요. 보위부 지도원이 큰아버지에게 다가와 뭐라고 속삭였지만, 그는 말을 듣지 않았습니다.

—출발해!

군관이 트럭 운전사를 향해 소리를 지르고, 허공을 향해 총을 쏘아 댔습니다. 총소리가 하늘로 울려 퍼졌습니다. 트럭이 요란한 소리를 내면서 움직였죠.

—동무들 빨리 막으시오. 우리 재산을 또 이런 식으로 빼앗길 것이오.

그는 피 묻은 윗도리를 벗어 던지고, 마을 사람들을 향해 소리를 질렀어요. 총을 든 군관이 큰아버지의 상체를 보고 놀라 눈이 휘둥그레지더니 입을 벌렸습니다. 그는 들고 있던 총을 아래로 떨어뜨렸어요. 큰아버지의 상체가 앙상한 뼈만 남아 있었던 겁니다.

—동무들, 뭐 하오!

그는 다시 소리를 질렀죠. 그러자 사람들이 군관의 눈치를 보면서 하나둘 트럭 앞으로 몰려들었죠. 그 일로 마을 사람들은 집집마다 옥수수를 얼마씩 받았지만 군인들도 사정이 좋지 않아 많은 양은 아니었습니다.

그날, 저는 큰아버지 집으로 가서 큰어머니를 만나 미숫가루 한 그릇을 얻어먹었습니다. 그런데, 그 집 형편이 도저히 마을에서 가장 지체가 높은 촌장의 살림이라고 믿기지 않을 정도로 초라해 미숫가루를 마시기도 미안했습니다. 큰아버지가 청렴하다는 사실은 저뿐만 아니라 마을 사람 전부가 알고 있었던 일이라 그렇게 놀랄 일도 아니었습니다. 오히려 저보다 앙상한 사촌을 보자 제가 민망해 고개를 들 수 없었습니다. 큰아버지는 날이 저물도록 돌아오지 않았고, 큰어머니한테 아편 얘기를 꺼낼 순 없었죠. 이런 궁색한 집에 찾아와 장마당에 가져가면 쌀로 바꿀 수 있는 아편을 내놓으라고……. 입이 떨어지지 않았습니다. 더구나 자기 자식도 제대로 먹이지 못하는 큰어머니한테 말입니다. 다만 큰아버지가 있었다면 동생이, 당신 조카가 죽을지 모르니 약을 구해달라고 떼를 쓰면 무슨 돌파구가 나올 수도 있을 거라고 믿었습니다.

지금 생각하면 동생의 병은 고구마와는 아무런 상관이 없는 일일 수도 있습니다. 동생의 병이 깊어진 것은 자기 팔자죠. 아편이 있어 그것으로 약을 구했다고 해서 자리를 털고 일어났을까요? 아마 그러지는 못했을 겁니다. 엄마한테도 그런 확신이 있었다면 그녀는 큰아버지를 찾아가 자식을 살려달라고 게거품을 물었을 겁니다. 엄마는 그보다 더한 일을 하고도 남을 사람입니다. 그것이 아들의 일이라면…… 열 번이 아니라 스무 번이라도 부탁했을 겁니다. 장마당에서 아편 장사를 하다가 세 번째 걸렸을 때는, 안전원이 이렇게 질 좋은 아편을 어디서 구했냐고 닦달하자 위기를 모면하기 위해 또 리당비서를 팔았습니다. 그에게 얻었다고 둘러댔습니다. 그 때문에 큰아버지가 조사를 받은 모양입니다. 그 일에 관해 언젠가 큰어머니가 혼잣말처럼 구시렁거리는 소리를 제가 들었습니다. 그 소리는 농장 간부 입을 통해 아버지의 귀에도 들어갔습니다.

동생은 저 때문에, 제가 고구마를 숨겨 병이 깊어진 게 절대로 아니라고 수백 번도 더 뇌까리고, 매번 그렇게 마음 편하게 생각하자고, 제스스로 다잡아도 그게 말처럼 잘 되지 않았습니다. 제가 고구마를 먹을 수 있다면, 진짜 대한민국 국민이 될 것 같은데, 그게 쉽게 목구멍으로 넘어가질 않아요. 먹긴 고사하고 냄새를 맡기도 힘든데…… 동생은 저 때문이 아니라…… 병이 깊어져 골병이 든 겁니다.

여느 탈북자들이랑 달리, 아니 대학원에서 함께 공부하는 남조선 인텔리들의 말발을 굴복시키는 명쾌한 언변의 소유자인 내가, 왜, 유독 그것만은, 그 문제만은 안 되는지 모르겠습니다. 우리 가족은 식량이 없었고, 마을의 책임자인 큰아버지는 우리에게 아무런 힘이 되어주지 못했습니다. 또한, 정부의 배급이 언제 다시 시작될지 아득한 상황이었죠. 그때의 느낌은 북한 인민이 다 굶어 죽을 때까지 배급이 시행되지 않을 것 같았습니다. 나중에 정말 동생의 병이 깊어져 몸이 불덩이로 변하자, 엄마는 집안의 기둥이 무너졌다고 온몸을 부들부들 떨면서 통곡을 하더라고요. 동네 사람들이 그렇게 죽어 나갔는데도 눈물 한 방울 보이지 않던 엄마가 말입니다.

저는 동생이 열이 오르자 미쳐 날뛰는 엄마를 보고 산에 묻은 고구마 자루 속의 아편을 영원히 꺼낼 수 없다는 것을 알았습니다. 그녀는 동생의 병이 마치 저 때문이기라도 한 듯, 제게 온갖 짜증을 다 냈습니다. 오죽했으면 아버지가 엄마를 이해하라면서 제게 몰래 먹을 것을 갖다 줄 정도였습니다.

동생은 태어날 때부터 병든 닭처럼 부실했죠. 별로 건강하지도 않은 엄마가 힘들게 낳은 아이라……. 유아 때, 엄마는 이것저것 그 굶주림 속에서도 동생에게 온갖 것을 다 먹였지만 별다른 효과가 없었습니다. 아이는 흉년이 없다는 속담 있잖아요. 아마 거기서 아이는 아들을 두고 하는 말일 겁니다. 적어도 북쪽은 그렇습니다. 우리 집이 딱 그 짝이었어요. 사실 동생이 아니었다면 아무리 엄마가 장사를 실패해, 동네 사람들에게 빚을 졌다고 해도 아편 장사로 벌어들인 돈으로, 온 동네 사람들이 다 죽어가도 우리는 버틸 수 있었을 겁니다. 동생이 뭘 많이 먹었다는 얘기가 아니라 그의 약을 구하려고 아편을 팔아 얻은 이문의 상당 부분이 들어갔습니다. 엄마가 리당비서를 찾아가 조카를 살려달라고, 아니 살려내라고 행패를 부리지 못한 것도, 그동안 동생을 위해 쏟아부은 돈을 큰아버지가 대충 알고 있었기 때문입니다. 아편 장사를 하다가 안전원한테 들켰을 때, 자신의 이름을 파는 것을 묵인한 것도 실은 조카 때문이었을 겁니다. 그러나 더 이상 노력해도 소용없다는 것을 엄마도 알고, 큰아버지도 알고 있었을 겁니다.

세상에서 가장 아름다운 꽃

머리가 띵하고 눈앞이 잠시 침침했어요. 당신이 제시간에 나타나 다행입니다. 당신이 조금이라도 늦었다면 떠날 생각이었어요. 그렇게 야박한 말을 하느냐고요? 아니에요. 방금 전까지 머리가 너무 어지럽고 속까지 심하게 울렁거렸어요. 남한에 와서 이런 증세는 처음이거든요.

왜 자꾸 눈을 깜박거리느냐고요? 그러고 보니 안색이 좋아 보이지 않는다고요? 여전히 머리가……. 엊저녁에도 베란다에서 뭐가 나타나 잠자리를 방해하지 않았냐고요? 아니면 또 중국에서 전화라도 오지 않았냐고요? 그런 일은 없었어요. 엊저녁엔 누가 잠자리를 방해하지도 않았고, 전화도 오지 않았어요. 강간을 당하지도 않았고요. 강간? 놀라지 마세요. 제가 몹쓸 꿈에 시달렸다고 말한 적이 있었잖아요. 그게 남자에게 당하는 겁탈이었어요. 정말 몹쓸 꿈이죠. 사실은 강간당하는 꿈이 아니라 당하려는 꿈이에요. 절 겁탈하려는 남자들은 언제나 좀 헐떡거리다가 그만이죠.

실은 당신을 만나기 전, 대공원 앞에서 당신을 기다리다가 이상한 광경을 보았습니다. 처음엔 동물원에서 손님을 모으려고 행사를 하는 줄 알았죠. 모가지에다 목도리 같은 것을 칭칭 감은 동물을 공원 앞으로 데리고 나와 쇼를 하는 줄…… 쇼를…… 그런 일이 있었냐고요? 아니에요. 동물 쇼를 한 게 아니었어요. 그럼 무슨 일이…… 동물이 아니라 사람 같았어요. 그런데 얼굴 생김새 하며 목에다 뭘 감은 것 하며, 사람이라고 하기엔 뭔가 좀 이상했죠. 시체 같기도 하고……. 어쨌든 그들이 제게로 걸어왔어요. 한두 사람도 아니고 떼거지로 제게 달려들지 뭡니까. 얼마나 놀랐던지……. 그것들은 제게만 보인 환상이었어요. 처음엔 다른 사람들도 놈들을 보고 있는 줄 알았죠. 담배를 한 대 피우고 나자 그게 아니라는 걸 알았어요. 그때 마침 당신이 나타나주었고, 그러자 놈들이 사라졌어요. 혹시 시체처럼 생기지 않았냐고요. 네, 시체처럼…… 확실하지 않아요. 얼굴도 윤곽이 뚜렷하지 않고…… 또, 목에 감은 헝겊 같은 것 하며……. 헝겊인지도 정확하지는 않아요……. 좀비 아니냐고요? 맞아요. 좀비들이군요. 제가 그걸 왜 몰랐죠? 그들은 분명히 외국영화에서 본 좀비들이었어요. 맞아요. 좀비……. 근데 목에 칭칭 감고 있는 건 뭘까요? 그건 당신도 뭔지 모르겠다고요? 좀비들……. 정말 무서웠어요. 그리고 당신이 나타나기 전에 사람들의 비명 소리가 났어요. 요란한 흐느낌이 사방에서 들려왔어요. 그 환청 말이에요.

　이젠 괜찮으냐고요? 네, 담배 덕분에 괜찮아요. 담배를 피우면 항상 머리가 맑아져요. 전 그래서 담배를 피워요. 당신이 약속 시간에 나타나주어 좋아졌어요. 고마워요. 그렇다고 너무 좋아하진 마세요. 당신이 아닌 누가 나타났다고 해도 정신을 차렸을 테니. 네, 저도 마음이 통하는 남자와 공원에 오게 돼 기뻐요. 당신은 능력이 있는 거죠. 제가 당신과 대공원까지 오게 될 줄은 몰랐어요. 소설가라 그런지 여자를 다루는 능력이 대단하군요. 그렇잖아요. 작가란 인물, 캐릭터를 만드는 사람이잖아요. 그러니 소설가란 다른 말로 인간을 연구하는 학자라고 할 수 있죠. 그렇죠. 여자를 능숙하게 다루는 건 당연한 일이죠. 그렇지 않나요? 소설가들 중에서 대인관계에 어려움을 느껴 애를 먹는 사람이 의외로 많다고요? 아, 맞는군요. 그래서 산속이나 호젓한 장소에서 홀로 사는 작가도 있다고 했어요. 그런 글을 읽은 기억이 나요. 그럼, 그 말을 모든 소설가가 아니라 당신에게만 국한하죠.

제가 키스방에서 만난 남자와 이렇게 데이트를 나오긴 처음이에요. 당신은 좀 특별한 손님이긴 하지만요. 그렇다고 해도 당신을 만난 건 대학 캠퍼스가 아니라 서로 정신을 놓고 마구 핥느라 상대의 입과 입술, 혀를 구별할 겨를이 없는 키스방이잖아요. 재밌다고요? 호호호……. 당신이 데이트 비용을 지불한다고 했으니, 이런 정도의 유머는 제공해야죠. 대학 때, 진짜 사랑 같은 건 없었냐고요? 저처럼 매력적인 인텔리 탈북 여성에게 관심이 있는 남자가 분명히 있었을 것 같다고요? 그런 남쪽 남자는 없었고, 제가 한동안 정신없이 따라다닌 북쪽 남자는 있었어요. 지난번에 말한 체육학과 선배 말이냐고요. 네, 기억하고 계시네요. 그 사람이에요. 근사한 남자였죠. 여자를 홀리는 남자 있잖아요. 근데, 그 남자가 막상 제게 관심을 보이자 갑자기 시들해졌어요.

그 얘긴 좀 아픈 과거라서……. 세상에 실패한 사랑만큼 가슴 아픈 일이 어디 있어요? 더구나 여자한테……. 남자도 마찬가지라고요. 당신은 분명히 여자에 관한 한…… 여자를 유혹하는 능력이 탁월한 건 분명해요. 말꼬리를 물고 늘어지는 솜씨가 보통이 아니에요. 그것도 장단을 정확히 맞춰서요. 제가 당신을 대학에서 만났다면 이런 데이트는 자연스러울 수도 있었겠죠. 우리가 대학에서 만났다면, 오늘 밤을 함께 지낼 수도 있느냐고요? 본색을 너무 빨리 드러내시는군요. 농담이었다고요? 저도 그래요, 웃자고 한번 해본 소리예요.

키스방의 매니저들은 손님들이랑 밖에서 만나지 않느냐고요? 그런 경우가 아주 없진 않은 모양이에요. 당신도 키스 마니아 홈피를 종종 뒤진다고 하니 회원들이 갈겨놓은 방문 후기를 읽었겠죠. 거기 보면 매니저들이랑 따로 만났다는 글이 떠 있잖아요. 저와 같이 일하는 매니저들의 말을 들어보면, 그런 일이 드물긴 해도 있긴 하더군요. 그곳에서 일하는 친구들이 아직 순진한 여대생들이라 남자들한테 넘어간 거죠. 속담도 있잖아요, '마음 좋은 여편네 동네에 시아버지가 열둘이다'. 저와 함께 일하는 애들도 하나같이 샛서방을 여럿 둘 만큼 착해요. 모두는 아니라도 대부분이 남조선에서 유복하게 자라 남 사정 잘 들어주다 보니 절로 헤프게 된 거죠.

소설가이신 당신 정도라면 어떤 매니저라도 유혹할 수 있을 것 같은데요. 나이가 몇 살인지 판단이 안 되는 호감형의 얼굴에, 말솜씨도 보통이 아니잖아요. 탈북자에 대학원생인 절 자신의 인터뷰에 응하게 만들었으니……. 혹시 제 말에 기분이 상한 건 아니죠? 아니라니 다행이네요. 실제로 꽃미남이나 단골손님인 경우는 밖에서 만나자고 하는 매니저도 있다고 들었어요. 걔들이 남자를 많이 상대해 얼굴을 전혀 따질 것 같지 않은데, 의외로 꽃미남을 좋아해요. 아마 키스 매니저를 직업으로 생각하지 않기 때문일 거예요. 이 일이 생계라면 남자가 남자로 보이진 않겠죠. 그렇잖아요. 물론 저도 잘생긴 남자가 좋아요. 기왕이면 제 마음을 설레게 하는 남자와 입을 맞추고 싶어요.

매니저들이 상대와 데이트를 하고 잠자리도 가진 후, 따로 돈을 받는진 모르겠어요. 제 생각은 돈을 챙겨야 한다는 쪽이죠. 사실 매니저들이 손님을 만나서 자고 다니는 일은, 현재 남한의 개방적인 성문화를 생각해본다면 놀랄 일도 아니죠, 뭐. 요즘 조건 만남 사이트에 들어가 남자들이 남긴 후기를 읽어보면, 가관이 아니잖아요. 여대생들이 매춘으로 학비나 용돈, 생활비나 옷값, 심지어 라식이나 성형수술 비용까지 벌고 있다는 걸 쉽게 알 수 있어요. 비록 뽀샵으로 조작한 얼굴이긴 해도 버젓이 자기 얼굴까지 공개하고, 인터넷 때문에 여자들이 너무나 쉽게 몸을 팔 수 있어요. 또 팔고 있고요. 이젠 누구나 스마트폰이 있어 길거리에서도 인터넷에 접속할 수 있잖아요. 제가 처음에 그런 글들을 읽을 때, 모두 거짓인 줄 알았죠. 제가 순진했던 거죠, 뭐.

저기 좀 보세요. 아니 그쪽 말고 반대쪽으로 고개를 돌려봐요. 호수 위의 원앙 두 쌍, 예쁘게 생겼죠? 오랜만에 공원에 오니 기분이 상쾌하군요. 돈을 벌 일념으로 키스방에서만 살아 그런지 이런 곳을 나들이할 마음의 여유가 없었어요. 아…… 왜, 그래요? 놀랐잖아요. 돌을 던지면 어떡해요. 원앙들이 맞으면 어쩌려고. 근데 붙어 다니는 쟤들, 정말 금슬이 좋아 보이네요. 진짜로 쟤들이 금슬이 좋을까요? 원앙은 금슬의 상징처럼 돼, 예전에 신혼부부의 이불 위에 항상 원앙을 수놓

왔잖아요. 당신 집에도 그런 이불이 있다고요. 그런데 사실은 원앙 수놈이 엄청난 바람둥이, 카사노바라고 하더군요. 짝을 수시로 바꾼대요. 우리 선조들은, 그것도 모르고 쟤들을 금슬의 상징으로 삼은 거죠.

호수 둘레에 피어난 하얀 꽃들이 꼭 양귀비 같아요. 양귀비는 아닐 거라고요. 그렇겠죠. 공원에 아편을 심어두었겠어요. 하지만 모든 양귀비가 다 아편을 추출할 수 있는 건 아니더라고요. 그걸 남쪽에 와서 알았어요. 그리고 양귀비 하면 대부분이 흰색 꽃을 피우는 줄로만 알았는데, 그것도 아니더라고요. 제가 북쪽에서 많이 본 양귀비가 하얀 거라.

제가 살았던 마을엔 집단농장이 있었어요. 제 부모님은 그곳에 소속된 농장원이었죠. 엄마는 가짜 진단서를 제출해 농장에 나가는 일은 거의 없었지만, 아마 진단서뿐만 아니라 농장의 관리위원장한테 뇌물도 상당히 들어갔을 거예요. 아니면, 큰아버지 덕분에 그냥 넘어갔을 수도 있고요. 제가 어릴 적부터 엄마가 농장에 나가는 걸 본 기억은 거의 없어요. 아주 바쁠 때 잠시. 어쩌면 있는데 잊었을 수도……

엄마의 직장은 마을에서 이십 리 떨어진 장마당이었어요. 당신이 항상 그랬는지, 혹은 식량 사정이 나빠졌을 때부터 농장에 출근하지 않았는지 알 수 없어요. 제가 기억하는 한 북쪽의 변방에 식량 사정이 좋은 적이 한 번도 없었으니…… 그런데 농장에선 농사를 짓지 않고 백도라지를 키웠어요. 그곳에선 양귀비라고 하지 않고 백도라지라고 불렀죠. 왜 그렇게 불렀는지 모르겠어요. 아편이란 사실을 감추기 위해 그랬다지만 농장뿐만 아니라 들이나 집에까지 양귀비가 지천인데,

군이 이름을 숨길 필요가 있었는지. 아무튼 농장의 농부들은 오늘처럼 이렇게 햇빛이 쨍쨍한 날이면 양귀비 열매 꼬투리에 칼집을 내어 하얀 물, 흰색 즙을 받아냈죠. 그 즙은 일단 밖으로 나오면 금방 색이 변해요. 그 일은 옆에서 지켜보면 누구나 할 수 있는 쉬운 일처럼 보였는데, 막상 제가 해보니 잘 안되더라고요.

큰아버지 말로는 아편 추출이란 게 엄청난 숙련이 필요한 일이라고 했어요. 또 당신이 직접, 농부들이 쉽게 꼬투리 속으로 밀어 넣을 수 있고, 날에 묻은 아편을 쉽게 닦을 수 있는 채취용 칼을 만들기도 했어요. 나중엔 농부들이 모두 큰아버지가 만든 칼을 들고 작업을 했죠. 그 지독한 아사가 오지 않았다면 저도 지금 집단농장에서 큰아버지가 만든 칼로 양귀비 열매 꼬투리 속에서 즙을 뽑아내고 있을 겁니다.

북한에서 대학을 갔을 수도 있지 않으냐구요? 그건 당신이 북한 실정을 잘 몰라서 하는 말이에요. 농민의 자식이 대학이라…… 아마, 농업 관련 대학, 여기로 치자면 전문학교쯤 되는 그런 대학은 다녔을 수도…… 거길 졸업하고 농장으로 돌아와 양귀비를……. 우윳빛 물은 제 운명인가 봐요. 전 북한이 싫어 남한으로 내려왔는데, 흰색의 아편 대신 남자의 정액을 보고 사니까요. 근데, 양귀비가 꼭 그 즙만 필요한 게 아니에요. 세상에 양귀비만큼 버릴 게 없는 식물도 없을 거예요. 농장원들은 점심시간에 양귀비 잎을 따다가 깨끗이 씻어 쌈을 싸 먹었어요. 반찬이 없어도 꿀맛이에요. 입에 착착 달라붙어요. 전 중국에 있을 때도 엄마가 기른 양귀비로 쌈을 싸 먹고 살았어요. 그뿐이 아니에요. 양귀비 씨를 먹으면 얼마나 고소하고 맛있는지 몰라요. 깨 대용으로 제격이에요. 북한에서 양귀비 씨를 모아두었다가 떡고물을 만드는

데 깨 대신 이용하는 걸 봤어요. 또, 줄기를 말려 달여 먹으면 아편처럼 복통에 효과가 있었어요. 집에 아편이 없을 때, 동생이 복통을 심하게 앓았는데 아버지가 천장에 매달아둔 양귀비 줄기와 뿌리를 삶아 먹이자 나은 적이 있었어요. 흑흑……. 죄송해요. 갑자기 동생이 떠올랐어요. 기분 좋게 공원에 놀러 와서 불쑥……. 다른 얘기를 해요. 하도 날씨가 화창해 양귀비 즙 받는 일이 생각난 거예요. 농장원들은 양귀비 열매 꼬투리에서 즙을 받으려고 이런 날을 기다리거든요.

제 닉네임 포피도 실은 우미인초, 즉 양귀비란 뜻이에요. 포피는 양귀비란 의미 외에도 아편, 돈, 위로, 심지어 아버지란 뜻도 있어요. 포피는 제 삶처럼 복잡한 단어죠. 뭐라고요? 어제 키스 마니아에 뜬 글을 봤냐고요? 봤죠. 제리라는 닉네임을 가진 키스 매니저 말이잖아요. 저도 어제 간만에 그 사이트에 들어갔더니 난리가 아니더라고요. 제리가 손님과 밖에서 잤다고 고백했으니까요. 당분간은 키스 매니저로 먹고 살기 힘들 거예요. 매니저가, 손님이랑 침대에서 뒹굴고 다닌 내용이 가게 홈피나 키스 마니아 카페에 떴다 하면, 그 친군……. 한동안 잠수함을 타다가 대딸방으로 옮기든지 해야지 소문나서 다른 키스방으로 돌아다니겠어요? 그런데 제리는 대담한 남조선 여대생답게 손님과 함께 모텔 간 얘기를 스스로 밝혔으니…….

댓글 봤죠? 그중 기억나는 글이 뭔지 알아요? '처자는 좋겠다! 아래위로 주둥이 다 달고 있으니, 먹을 게 많아.' 키스 마니아, 그 카페 무서워요. 저희 가게 매니저들도 그런 말을 자주 해요. 그건 좋게 말하면, 소비자 권익 단체라고도 할 수 있지만, 매니저들의 행실을 감시하는 일종의 사이버 스토커 집단이기도 하죠. 그렇다고 가게의 매니저들을 무조건 괴롭히는 것만은 아니더라고요. 제가 놀란 것은, 그곳에서 회원 한 명이, 악감정을 가지고 가게 매니저를 인신공격했을 때였어요. 키스 매니저가 아니라 암퇘지 같다고. 그 매니저는 울고불고 난리가 났죠. 그러고 나서 댓글에 댓글이 달리고 얼마 후, 회원들끼리 이런저런 의견이 돌고 토론의 장이 열리더니 결국 인신공격을 한 회원이 사과문을 올렸어요. 카페가 자체적으로 사사로운 감정의 글을 견제하는, 그러니까 자정 능력을 갖춘 카페란 거죠. 그 후기, 그 글과 거기에 달린 댓글까지 봤다고요? 그런 일을 손금 보듯 환히 알고, 저를 움직여 공원으로 끌고 나온 걸 보면, 아마 당신은 여자들을 숱하게 울렸겠죠? 부정하지 않겠다고요? 고마워요. 숨기지 않고 말해줘서.

그럼, 하나 더 물어도 되겠어요? 제가 당신의 물음에 허심탄회하게 답해주었으니⋯⋯. 뭐든 대답해줄 수 있다고요? 그래요, 괜찮다고 했으니⋯⋯. 당신이 탐하는 건 여자의 몸인가요? 마음인가요? 첫날, 당신이 말씀하셨죠? 난 여기 소설가로 당신을 인터뷰하러 왔지만, 다른 한편으론 키스방 손님으로 왔다고요. 전 키스방에서 여자의 마음을 원하는 남자는 없을 줄 알았어요. 그런데 그렇지가 않더라고요. 한국 남자들은 외로운가 봐요. 얼마나 외로웠으면 키스방에 와서 그럴까 싶기도 하고, 또 여긴 성교가 목적이 아닌 곳이라 더 그런 것 같기도 하고요. 남자들은 성행위로는 도저히 외로움을 달랠 수 없나 봐요. 그런 건 되레 외로움을 더 증폭시킬 수 있을 것 같기도 해요. 중국 시골에는 여자가 없어도, 남자들이 외로움을 타거나 그러지는 않았어요.

제가 당신에게 너무 어려운 질문을 했나요? 둘 다인 것 같기도 하

고, 몸인 것 같기도 하고, 마음인 것 같기도 하고, 잘 모르겠다고요? 죄
송해요, 당신을 곤란하게 만들 의도는 아니었어요. 솔직히 당신을 제
대로 가늠할 수 없어 물어본 겁니다. 저는, 룸으로 손님이 들어오면,
그가 뭘 얻고 싶은지 판단하죠. 스테이크, 즉 혀를 핥고 싶어 하는지,
외로움, 고독을 달래고 싶은지, 마스터베이션, 여자를 앞에 두고 양귀
비 유즙을 빼고 싶어 하는지. 가게를 찾는 손님들은 모두 불쌍한 남자
들이에요. 그들이야말로 진짜 좀비들인지도 모르죠. 제가 본 허상이
아니라 멀쩡한 좀비 말이에요. 그래서 전 웬만해선 짜증 내지 않고, 원
하는 대로 해주려고 노력해요.

  전 남조선에서 청소년기를 보내면서 여기 사람들의 쾌락 탐닉, 특
히 성문화 때문에 상당히 충격을 받았어요. 북한이야 당장 호구 때문
에 다른 걸 생각할 여력이 없으니 그렇다 치고……. 워낙 단순한 동네
라 뻔하죠. 장마당에서 아편을 구하는 사람도 극소수였죠. 참, 지금은
상황이 많이 달라진 모양이에요. 여기 사람들이 들으면 기겁을 할 얘
기죠. 최근 넘어온 사람들한테 들었어요. 엄마가, 우리 엄마가, 장마당
에서 뿌려둔 그 암흑의 씨가 꽃을 활짝 피워, 양귀비꽃이 북한 천지에
흐드러지게, 눈부시게 피었대요. 뜬금없이 무슨 말이냐고요? 북조선
인민들이 너도나도, 몰래몰래, 아니 공공연하게 아편을 한대요. 좀 호
들갑이긴 하겠지만 시골에 가면 아편을 안 하는 사람이 드물다고 하
더군요. 정부에서 의약품이 나오질 않으니 주민들이 집에서 양귀비
를 키워 약 대용으로 사용하다가 중독으로 이어져 아편쟁이가 된다
고 합니다. 이건 탈북자들만의 얘기가 아니에요. 북한을 다녀온 조선
족이 하는 말에 의하면 히로뽕까지 한대요. 그것도 가정주부까지. 굶

는 게 일이고, 사는 게 이판사판, 언제 죽을지 모르니까 마약으로 쾌락을 찾는 거죠. 그들은 서로의 몸을 탐해 쾌락을 찾을 줄은 모르는 거예요.

중국에도 성문화가 앞에서 말한 것처럼 왜곡되어 있는데, 그곳은 성비의 불균형 때문에 어쩔 수 없는 측면이 있어요. 고유어 중에 비역질, 한자로 계간이란 말 있잖아요. 그 단어는 실제로 우리 조상들이 동성애를 즐겨 생겨났다기보다는 양반들이 여성을 독점하니 독신자로 살아야 하는 하층민들이 최소한의 성욕을 해소하기 위한 출구로 계간이라는, 정상이 아닌 행위가 성행해 만들어진 말 같거든요. 이는 독신 남자들이 자신의 외로움을 달래는 순서를 꼽을 때, 비역질을 용두질, 즉 수음 다음으로 치는 속담을 봐도 알 수 있어요. 조상들은 계간을 성교나 수음의 대체 행위로 봤던 모양입니다. 제가 어릴 때 중국에서 본 변태적인 행위들, 역시 그런 행위 자체가 목적이 아니라 자신의 욕망을 채울 수 없는 상황에서 생긴 수단이었을 겁니다.

그런데 현재 남한은 사정이 다르죠. 그것들을 만들어내잖아요. 무슨 말이냐고요? 설마 소설가이신 당신이 몰라서 제게 묻는 건 아니겠죠. 길거리를 나가 보면 온통 호텔, 모텔에 여관이 여기저기 널렸어요. 처음에 전, 남한 사람들은, 잠을 집에서 자지 않는 줄 알았어요. 알고 보니 그게 아니더라고요. 그뿐이 아니죠. 페티시, 동성애 매춘, 제가 일하는 키스방, 메뉴도 다양해요. 농촌에 가면 타작하고 쌓아둔 짚북데기 있잖아요. 거기서 남녀들이 하도 맨살을 비벼대니까 북데기 속에서 떼갈보 난다는 말이 생겼잖아요. 남한은 어딜 가나 수북한 짚더미가 널렸으니 너도나도 갈보가 되는 겁니다. 학생은 옷값 때문에, 등

록금 때문에, 용돈 때문에, 성형 때문에, 라식 때문에…… 결혼한 남자
는 스트레스 때문에, 유부녀들은 남편 때문에, 옆집 여자 때문에…….
요즘은 갈보란 단어가 따로 필요 없을 정도죠. 정숙한 여자가 있어야
갈보란 말이 욕이나 모욕이 되죠. 너도 갈보, 나도 갈보니……. 여기가
자본주의 사회이니 어쩌면 당연한 일인지 모르죠, 뭐. 세상에 성만큼
마르지 않고, 욕망을 창출해낼 수 있는 재화, 재화는 아니고 뭐냐, 뭐
죠? 용역 서비스인가? 하여간 그런 돈벌이는 세상에 없을 테니까요.

남한의 퇴폐적인 문화 때문에 힘들었냐고요? 아니에요, 절대로. 제
가, 키스방에서 일하는 제가, 그런 말을 할 자격은 없는 거죠. 전, 제 느
낌을 말한 것뿐입니다. 솔직히 말하면 전 성의 상품화에 대해 대학원
친구들과는 생각이 좀 달라요. 여기 대학원 친구들의 주장은 천편일
률적이죠. 어떻게 보면 북쪽과 좀 닮은 것 같고, 같은 민족이라 심성이
비슷해 그럴 수도 있잖아요. 다른 생각을 가진 친구들이 있긴 해도 겁
나서 그런지 토론 시간에도 말을 잘 안 하고……. 또 의외로 인텔리들
이 성에 대해 보수적이에요. 성매매 특별법을 추진한 곳이 여성부잖
아요. 여기 대학 분위기도 좀 그래요. 몸 따로, 마음 따로인 경우가 많
았어요. 뭔 말이냐고요? 아는 거랑 믿는 거랑 따로 놀아요. 순결 의식,
뭔가 문제가 있는 것 같은데, 몸이 잘 움직이지 않아요. 또, 자기는 할
짓 다 하고 다니면서 입은 따로 놀고……. 왜 그런 줄 알아요? 자신이
절박한 상황에 놓여보지 않았기 때문이죠, 뭐. 대학원 세미나 시간엔
저 혼자 내키는 대로 말하죠. 성의 상품화, 저는 한마디로 그렇게 부정
적으로 볼 것만은 아니라고 생각해요. 제 탈북자 친구들이 그 업종에
종사하기 때문에 두둔하는 건 절대로 아니에요. 실은 제 엄마도 남한

에 와서 노래방 도우미로 전전했어요. 엄마가 가진 것이라곤 사내들을 후리는 흰 피부의 깔끔한 얼굴, 애조 띤 음성으로 간드러지게 불러대는 노래뿐이었죠. 노래방 도우미로 제격이죠. 그 일이 무늬만 도우미고, 실제로 매매춘이란 것을 안 지는 얼마 되지 않았어요. 그래도 엄마는 몸을 팔고 다니지 않았을 거예요. 혹시, 매춘을 하고 다녔다고 해도 전 개의치 않아요. 오히려 박수를 쳐주었을 거예요.

엄마는 자기를 팔고 싶어 했어요. 당신은 몸이라도 팔아 장사 빚을 일부라도 청산하고 싶었죠. 아사가 마을을 덮쳤을 때, 엄마의 고통은 어땠을 것 같아요? 자기 때문에, 자기가 돈만 돌려주었다면 동네 사람들 상당수가 살 수 있었을 텐데, 분명히 그렇게 생각했을 거예요. 큰아버지가 나 몰라라 인민이 굶어 죽는 건 내 책임 아니라고 발뺌할 수도 있었는데, 자기의 온몸을 던져 그 재앙과 맞서는 걸 봤기 때문에 엄마는 더더욱 괴로웠을 거예요. 전 그 당시 장마당에 함께 나가 역 근처에서 중국 장사꾼이나 당간부에게 접근해 매춘을 하는 여자를 바라보는 엄마의 눈빛을 보고 알았어요. 그녀도 몸을 팔고 싶어 안달 났다는 것을, 미치도록……. 노동이 상품으로 거래되는 마당에 성을, 여자의 거시기를 못 팔 이유도, 논리도 없는 거죠. 성매매 반대론자들이 입에 달고 다니는 순결 어쩌고……. 자다가 남의 다리 긁는 소리를 하잖아요. TV에 나와 그런 소리를 구시렁거리는 배부른 남한 여자들을 보면서 저는 잠시 동안 남조선이 천국이라는 착각을 했어요. 팔 게 그것밖에 없는 여자들한테 필요한 만큼의 돈을 주어, 그것을 팔지 않아도 되는 천국 말입니다. 팔 것이 몸밖에 없는 여자들에게는 기회를 줘야죠. 저는 욕망이 정상적으로 유통된다는 것은 그 사회가 건전하다는 반증이라고 믿어요. 몸도 장마당에서 팔 수 있어야죠. 그래야 진짜 시장이죠. 약간 궤변처럼 들린다고요? 궤변이 아니라 제가 몸으로 체득한 겁니다. 전, 지옥에서 살아 나온 사람이잖아요. 속내를 버선목처럼 뒤집고 나니, 속이 시원하네요. 좀 민망하기도 하고요.

어딜 보란 거죠?
아, 저기 철망 안쪽의 침팬지를 보란 말인가요? 침팬지 중에서 덩치가 제일 큰 놈 말이죠. 네, 보이네요. 저놈이 무리의 우두머리라고요? 저도 저 친구를 텔레비전에서 본 적이 있어요. 실제로 보니 덩치도 크고 얼굴도 사납게 생겼네요. 한눈에 호전성이 느껴져요. 쟤가 우리 속, 모든 암놈의 남편이겠죠. 마치 위대한 수령 같군요. 수령……. 수령은 만백성의 진짜 아버지잖아요! 그래도 수령이 저놈처럼 모든 북한 여성의 성을 독점하지는 않았을 거라고요? 전 생각이 좀 달라요. 또 제가 말하는 건, 김일성이나 그 아들의 사생활이 아니에요. 그들의 사생활에 대해선 알지도 못하고, 알고 싶지도 않아요. 그럼에도 불구하고 김일성 가문은 인민의 사생활을 직접 통제하고 있어요. 특히 여자들은 남편이 아니라 수령을 올려다보고 오르가슴을 느낄 거예요.
　―여보, 오늘은 아바이 수령 동지들이 없으니 도무지 감정이 일어나질 않습네다. 흥분이 되질 않습네다.
　아버지 밑에 깔린 엄마가 낮은 소리로 말하는 것을 제가 들었어요. 그날은 낮에 김일성 부자 초상화를 청소한다고 벽에서 떼어내 깨끗이 청소해 마당에 말려두었거든요. 북한의 시골은 대부분 방이 하나라 자식들의 눈치를 보면서 부모들이 섹스를 하죠. 그러니 성적인 즐거움보다 일을 후다닥 해치우기 바쁘죠. 그런데 우리 집은 방이 두 개였어요. 정확히 말하면 둘이 아니라 큰방이 둘로 나누어져 있었어요. 그런 집이 없는 것은 아니에요. 하지만 대부분 두 방 사이에 문이 없어 실은 넓은 방이 하나인 셈이죠. 저희도 비슷한 구조였는데, 다른 집들과는 달리 방들이 일직선으로 놓이지 않아서 부부 생활의 프라이버시를 좀 확보할 수 있었죠. 그런데 엄마는 항상 남편을 안으면서 수령들을 우러러보고 성교를 한 모양입니다. 북한에서 보통 수령의 초상화는 방이 둘인 경우 크고 깨끗한 방 천장 밑에 걸어두거든요.

아버지는 엄마와 볼일을 보다 말고 마당으로 나가 수령님들의 초상화를 가져와 제자리에 걸었습니다. 그 때문에 동생이 일어나 칭얼거리고, 그랬던 기억이 어렴풋이 납니다. 북한에는 진짜 수령과 가짜 수령이 있습니다. 남편은 짝퉁 수령이죠. 또한 그는 가정의 수령이니 새끼 수령이기도 합니다. 그곳에서 남편은 짝퉁이고 새끼니 자기 욕심만 채우면 되죠. 비단 성생활뿐만 아니라 사회생활도 마찬가집니다. 진짜 수령이 모자라는 부분을 가득 담아주죠. 혹시 수령이 약속을 어기고 식량 배급을 안 해 자식이 굶으면 새끼 수령은 그 책임을 수령에게 돌리면 그만이죠. 자기는 짝퉁이니까요. 그분은 북조선 모든 아내의 남편이잖아요. 북한의 남편들은 기둥서방에 불과하죠. 진짜는 공적인 남편인 위대한 수령이죠. 그러니까 그가 모든 걸 마무리해야죠. 그건 당연지사예요.

아버지라면 떠오르는 장면 하나가 있어요. 그날은, 장마당에 나가지 않고 저와 엄마는 아버지를 찾아 나섰습니다. 농장은 일이 없어, 나가지 않은 지 오래됐죠.

―그케 술을 마시고 싶을까이.

길거리에서 아낙 하나가 죽은 아이를 안고 중얼거렸어요. 동네 아줌마였죠. 이미 넋이 나간 표정이었어요. 그 뒤에 그녀의 시어머니가 멍한 표정으로 앉아 있었습니다. 나는 고개를 돌렸죠. 보나마나 굶어 죽었을 테니까요. 사람들은 이웃에게 안쓰러운 눈길을 주긴 했지만 크게 놀라진 않았죠. 저와 엄마는 그들을 지켜보았죠. 엄마는 잠시 동안 눈을 감았다가 하늘을 올려다보았어요. 우리는 제법 오랫동안 동네를 돌아다녀 지쳐 있었죠. 내일 장마당에 가지고 나갈 두부를 구하러 나간 아버지가 어디로 갔는지 보이지 않았어요.

―그 인간은 사람이 아니라요. 그걸 자식이라고 낳아 결혼시킨 내가 죽일 년임네다. 내가 죄 많은 년임네다.

시어머니가 갑자기 울먹였습니다.

―내가 먼저 죽어야디. 세상에 자식 양식으로 아껴둔 강냉이로 술을 팔아 처먹어…….

아이를 안은 아낙은 아무런 대꾸도 없었습니다. 욕먹어야 할 당사자인 아버지는 보이지 않았죠. 어디로 도망간 모양이었어요. 실제로 북한에는 알코올 중독자가 많아요. 저희 아버지도 술이라면……. 북한에 마약이 성행하는 건 어쩌면 당연한 일이죠. 사실 그 아버지가 그런 짓을 하지 않았다고 해도 아이는 허기로 죽었을지 모르죠. 사람들이 아이의 죽음을 대수롭지 않게 여기는 것은 그 때문일 겁니다. 서로 말은 하지 않았지만 얼마 뒤면 자기 아이들도 저런 꼴이 될 테니 말이죠.

북한에서 성적인 억압은 체제 유지를 위해 필요 불가결한 조건이에요. 그 사회가 영장류들 중, 인간과 가장 유사한 종인 보노보처럼 성적인 자유를 만끽한다고 가정해보세요. 위대한 수령이 왜 필요하겠습니까. 절대자는 항상 뭔가가 결핍되었을 때 존재하는 법이죠. 아마 북쪽 사람들은 키스를 침팬지처럼 입으로만 할 겁니다. 키스를 혀를 이용해 서로 핥고, 문지르고, 빨기란 쉬운 일이 아니죠.

왜 그렇게 웃는 겁니까? 그냥 우습다고요? 소설가이신 당신은 남조선이나 서양 문화에 익숙해 그런 반응을 보이는 겁니다. 단순한 입맞춤이 아니라 혀를 이용한 키스는 고급문화입니다. 북쪽, 북조선 사람들은, 몸을 판다는 것은 식량 사정이 악화되면서 여자들이 자식들을 먹이기 위해 직접 경험했거나, 옆에서 본 적이 있기 때문에 어느 정도 이해할 겁니다만, 키스를 하고 돈을 받는다는 것은, 그들은 죽었다가 깨어나도 이해하기 힘들 겁니다. 왜냐고요? 제대로 된 키스를 해본 적이 없었으니…… 그럴 수밖에……. 한때 북쪽은 성병이 존재하지 않는 세계 유일의 나라였어요. 요즘은 사정이 많이 다른 모양입니다만.

아버지는 어떤 분이었냐고요? 다행인지 불행인지 기억이 잘 나지 않아요. 저도 신기해요. 왜 아버지가 사라져버렸는지……. 물론 완전히 사라진 것은 아니고 조각조각 남아 있긴 하죠. 엄마를 때린 일, 엄마와의 사랑, 그것도 사랑이긴 하죠. 당신의 방식이긴 해도, 그걸 하겠다고 밤에 자식들까지 깨워가면서 마당으로 나가 김일성 부자의 초상화를 가져와 벽에 매단 일, 도강할 때 가족을 위해 군인의 바짓가랑이를 움켜쥐다가 소총 개머리판으로……. 다만 큰아버지인, 리당비서 삼촌은 분명히 기억나요. 그분은 우리 마을의 촌장이고, 정신적인 수령이었으니, 어떻게 잊을 수 있겠어요? 수령의 자식이 수령을 잊을 순 없는 일이죠. 제 머릿속에 아버지는 고유명사로 존재하지 않아요. 그냥 보통명사 수령이죠.

남한에 와서 엄마와 북쪽 얘기를 한 적이 있느냐고요? 그럼 잃었던 기억이 채워지지 않았겠냐고요. 우리 모녀가 북쪽 얘기를 한 적은 없어요. 그 때문에 엄마는 제가 북쪽에서의 어린 시절을 고스란히 기억하는 줄 알고 있죠. 그녀는 딸이 머리가 유난히 뛰어나 사소한 일까지도 머릿속에 남아 있는 줄 알아요. 엄마는 북한에서도 중국에서도 초등교육조차 제대로 받지 못한 자기 딸이 한국에서 초 · 중등 과정을 단숨에 끝내고, 탈북자 친구들이 몇 년씩 해도 들어가기 어렵다는 대학에 덜컥 합격한 걸 무척 자랑스럽게 생각해요. 저는 그런 엄마에게 당신 딸이 결코 영민한 아이가 아니라는 걸 강조하기 위해, 한국 학생들과 경쟁해 대학에 들어간 게 아니라고 말하죠. 전 탈북자 특례 입학으로 대학에 진학했거든요. 하지만 남한 정부와 대학에서 그런 혜택을 줘도 북쪽에서 내려온 친구들은 대학 가기 힘든 건 사실이에요.

아버지가 누구 씨라는 고유명사가 아니라 보통명사라니 충격이라고요? 근데 고유명사 아버지가 없어진 게 아니에요. 무슨 말이냐구요? 제가 당신에게 아버지가 죽었다고 했나요? 죽었다고 한 것이 아니라 죽었다는 연락이 왔다고 한 것 같은데요? 그렇죠? 근데 우리가 중국에서 나름대로 자리를 잡고 안정적으로 살아가고 있을 때였죠. 정확한 날짜는 계산을 해봐야겠는데…….

막내 삼촌이 몰래 동굴 속으로 밥을 날라준, 그 도망 나온 탈북자 여자 있잖아요. 그 여자가 중국 공안에게 끌려가고 나서 얼마 뒤였을 거예요. 그 일로 엄마와 저에게도 한동안 잊고 지낸 공포가 다시 엄습했어요. 그렇잖아요. 새아버지와 삼촌들이 아무리 돌봐준다고 해도 북쪽 보위부의 사주를 받은 공안이 들이닥쳐 저희를 내놓으라고 하면 그들도 어쩔 수 없잖아요. 우리가 무슨 신분증을 가진 게 아니니 영락없이 북한으로 돌아가야죠. 그 여자도 동굴에서 나와 한마디 변명도 못 하고 잡혀갔어요. 그때의 장면이 지금도 생생해요. 제가 그 자리에 있었냐고요? 물론 있었죠.

어떻게 알았는지 공안이 동굴로 들어가 여자를 데리고 나왔습니다. 근처에서 밭일을 하던 사람들이 제법 모여들었죠. 중국 사람도 있고, 조선족도 있었어요. 지금도 분명히 떠오르는 건 그녀의 얼굴이에요. 동굴에 숨어 있었던 여자로 믿어지지 않을 정도 말쑥했어요. 아마 동굴에만 숨어 있었던 것이 아니라 몰래 바깥나들이를 하고 다닌 모양이었어요. 잘생긴 여자는 아니었고, 한눈에도 북조선 여자라는 티가 나는 얼굴이었죠. 두 명의 손에 끌려 나온 여자는, 동굴 앞에 모인 사람들을 둘러보면서 불안한 눈동자를 계속 굴렸어요. 자신을 도와줄 사람을 찾고 있는 게 분명했죠. 나중에 안 사실이지만 그녀는 애타게 막내 삼촌을 찾고 있었죠. 여자는 그러더니 어느 한순간 괴성에 가까운 소리를 질렀어요. 중국 공안이 놀랐는지 자기들끼리 뭐라고 중얼거렸어요. 그런 공안의 태도에 아랑곳하지 않고 여자는 소리를 지르고, 소란을 피웠어요. 저는 사람들 뒤에 숨어 그 광경을 유심히 지켜보았죠. 잠시 후 여자가 벙어리 흉내를 낸다는 것을 알았어요. 모인 사람들도 수군거렸죠. 중국 공안이 뭐라고 말하자, 동굴 속으로 들어갔던 공안 끄나풀 조선족이 여자의 뺨을 후려쳤어요.

　—이년, 벙어리 짓을⋯⋯.

조선족이 신경질을 냈어요. 여자는 주춤거리다가 다시 소리를 질렀죠. 제 기억으로는 약간 어설픈 연기였어요.

　—북한으로 돌아가기 싫으면 싫다고 말해!!

그는 다시 뺨을 때리면서 말했어요. 이번엔 제법 심하게 후려쳤는지 여자가 소리를 그치고 눈물을 흘렸어요. 중국 공안 하나가 다른 공안에게 큰 소리를 치더라고요. 그러자 공안 한 명과 끄나풀 조선족이 여자를 끌고 갔어요. 그녀가 끌려가지 않겠다고 발버둥 치니까 공안이 여자를 마구 때렸어요. 결국 여자는 아래로 끌려갔죠. 저는 사람들과 함께 뒤를 따랐어요. 함께 구경하는 사람들 중 아무도 절 이상한 눈초리로 보지 않아, 여자가 끌려가는 것을 끝까지 봐야겠다고 생각했죠. 여자는 막내 삼촌과 한국으로 도망가기로 한 사이였잖아요. 무엇보다 여자는 북조선 인민이었죠. 저도 재수 없게 걸리면 저렇게 될지 모른다는 생각이 들더라고요. 남의 일이 아니니 똑바로 봐두어야죠. 공안 둘과 조선족 끄나풀이 앞서고, 사람들은 뒤쫓았죠. 조용한 시골에서 볼 수 없는 광경이라 그런지, 모두들 신기한 일을 만난 듯했죠. 한 무리의 사람들이 들판 사이로 난 길을 벗어나려 할 때였죠. 산에서 따라오던 사람들 중 일부가 밭으로 돌아가 일을 하고, 남은 사람들이 공안 뒤를 따르고 있었는데, 맞은편에서 막내 삼촌과 엄마가 밭일을 하려고 올라오고 있었죠. 여자가 삼촌을 보고 반색을 하다가 밭두렁에 미끄러져 넘어졌어요. 구경꾼들이 주위로 몰려들었죠. 밭에서 벌떡 일어난 여자는 삼촌에게 달려갔어요.

—사, 살려주시오. 지이발!

그녀는 갑자기 울먹이면서 막내 삼촌을 잡고 매달렸죠. 당황한 삼촌은 잠시 주위에 모여든 사람들을 쳐다보더니 난감한 표정을 지었어요.

—지이발, 함께 남조선으로 가기로 하지 않았간!

여자는 필사적이었습니다. 하지만 삼촌은 꿀 먹은 벙어리였죠. 그러자 공안이 삼촌에게 다가오더니 중국말로 뭐라고 묻더라고요. 삼촌은 역시 중국어로 간단하게 모른다고 대답했어요. 그때쯤 저는 웬만한 중국어는 알아들을 수 있었어요. 공안 한 명과 조선족이 여자를 일으켜 세웠죠. 자리에서 일어난 그녀는 삼촌을 쳐다보았죠.

—뭐라? 몰라! 날 몰라?

여자가 정색을 하고 삼촌을 뚫어지게 노려봤어요. 그는 헛기침을 한 번 하고, 아래로 떨군 고개를 들어 산을 쳐다보았죠. 그가 진짜 벙어리 행세를 하고 있었어요.

—동굴 속에서 맷돌거리로 요분질 쳐주니, 침 흘리면서 뼛골이 다 녹는다고 소리 지르지 않았간! 근데 몰라!

삼촌은 잠시 고개를 돌렸죠. 이어 중국 공안과 끄나풀 조선족, 구경꾼들을 번갈아 쳐다보다 다시 고개를 숙였어요. 자신의 무능함이 자신도 저주스러웠던 모양이었습니다.

근데, 맷돌거리린 딘어는 중국에서 알았어요. 왜냐면 맷돌이 중국 집에도 있었는데, 셋째 고자 삼촌이 그걸 가지고 장난치는 걸 여러 번 봤거든요. 암놈을 수놈 위에 올리면서 말입니다. 그러다가 제가 다가

가면 흠칫 놀라곤 했죠. 도둑이 제 발 저리다고……. 전 그걸 보고 맷돌거리란 게 남자가 눕고 여자가 올라앉는 체위라는 걸 대충 짐작했죠. 저야 워낙 그런 쪽의 상상력이 발달한 애라. 문제는 요분질이었어요. 요분질, 그 여자는 분명히 요분질이라고 했죠. 그 단어를 다시 떠올린 것은 오랜 시간이 지난 뒤, 남한의 대학에서였죠. 얼마나 반갑던지! 중국에 있을 때, 그 말의 의미를 끝내 몰랐죠. 단지 누구에게 물어보긴 민망한 단어란 정도만 느낌으로 알았어요. 맷돌거리란 단어의 의미를 혼자서 깨친 마당이라 더더욱 궁금증이 생겼지만……. 그러곤 잊었는데, 도서관에서 소설을 읽다가 우연히 만난 겁니다. '디딜방아 잘 찧는 년이 요분질도 잘한다.' 그 여자는 엄마 못지않게 요분질을 잘하게 허리가 잘록하게 빠졌어요.

─이 놈팽이! 네놈이 발정 난 수캐처럼 형수한테 달려드는 짐승들이랑 뭐 달라!

여자의 목소리가 아까보다는 훨씬 가라앉았어요.

─…….

삼촌은 더 이상 자신이 할 일이 없다고 여겼는지 발걸음을 옮기려 했죠.

─네놈은, 그 되놈 형제들보다 더 더러운 놈이야!

그 순간 여자는 소리를 질렀죠.

이어 삼촌의 얼굴에다 침을 뱉었어요. 그것도 세 번이나, 마지막은 침이 아니라 뱃속에서 끌어올린 가래였죠. 만약 두 사람이 여자를 끌고 가지 않았다면 침을 열 번이고, 스무 번이고, 뱉을 표정이었죠. 그때까지 억지로 끌려가던 여자가 삼촌을 만나고 나선 앞장서 걸었어요. 아마 북조선으로 끌려가 한 많은 이 세상을 하직하겠다고 마음먹은 모양이었어요.

죽었다는 아버지에게서 소식이 온 것은 그 일이 있고 나서 며칠 후일 겁니다. 저는 기분이 좋아 밭 근처 개울에서 놀고 있었죠. 어머니와 삼촌들이 밭에서 일을 했어요. 막내 삼촌은 며칠째 밭일을 나오지 않았죠. 그는 동네 사람들이 보는 앞에서 여자에게 심한 모욕을 당해 당분간 얼굴을 들고 다닐 수 없게 됐고, 일도 나올 수 없게 됐지만, 전 하늘을 날아갈 듯한 기분이었습니다. 곧 삼촌이랑 결혼식이라도 올릴 것처럼 기뻤죠. 조숙하고 영악한 저는 기다리면, 삼촌은 제게로 오게 돼 있다고 믿었죠. 그가 제 차지가 될 수도 있다가 아니라, 될 것으로 믿었습니다. 모든 문제는 시간이 해결해줄 거라고.

―혜진아,

한쪽 구석에서 양귀비를 손질하고 있던 엄마가 절 불렀어요.

―혜진아!

제가 머뭇거리자 큰 소리로 다시 불렀죠. 전 양귀비 손질을 도와달라고 부르는 줄 알았어요. 그녀는 새아버지가 구해 온 북한산 양귀비를 사람들의 눈에 잘 띄지 않는 곳에다가 심어놓고, 때가 되면 아편을 채취했죠. 엄마는 동네 사람들처럼 해바라기 농사나 채소에 도무지 관심이 없었어요. 한참 뒤에 안 사실이지만 양귀비를 가꾸는 것은 결혼 조건이었다고 합니다. 처음엔 왜 새아버지가 양귀비를 사람들 눈에 잘 안 띄는 빝 한쪽 구석, 수풀 사이에 심으라고 했는지 몰랐어요. 제가 중국말을 알아듣게 됐을 때, 여기서 양귀비 농사는 죄가 된다는 걸 알았습니다. 농부 둘이 밭두렁에 앉아 우리 밭에 양귀비를 심은 것 같다고 중얼거렸죠. 아주 조심스럽게 말입니다. 하지만 그것은 지나가는 말일 뿐이었습니다. 그들 역시 양귀비라고 단정하지 못했죠. 다른 사람들은 양귀비를 잘 모르는 것 같았어요. 또한 중국 사람들은 돈이 되는 일이 아니라면 혹은 자신에게 피해가 오지 않으면 다른 사람 일에 관심이 없어요.

— 혜진아. 이리로 와라.

제가 다가서자 엄마는 평소와 좀 다른 어투로 절 불렀습니다. 주위를 돌아보면서 아주 낮은 목소리로 말이죠. 그녀가 특별히 삼촌들을 피하는 기색은 없었지만, 무슨 긴요한 할 말이 있는 것처럼 느껴졌어요. 엄마는 말을 꺼내려다 말고 울음을 터뜨렸어요. 저는 놀랐으나 가만히 있었죠. 그녀는 눈물을 그칠 생각도 없이 도리어 더 큰 소리로 울었어요.

— 아…… 아바이가 죽…… 죽지…… 않았슴!

엄마는 간신히 말을 끝맺고 다시 눈물을 흘렸어요. 북한 소식을 알려주는 조선족이 아버지의 편지를 들고 와 전해주고 갔다고 했죠. 그녀는 아버지가 죽었다는 소식은 사실인지 아닌지 의심이 될 정도로 덤덤하게 전했는데, 그에 비하면 상당히 드라마틱한 장면이었어요. 제가 그 편지를 보여달라고 했지만 그녀는 제 말을 못 들었는지 아니면 못들은 척하려고 그랬는지, 소매로 눈물을 훔치고 손가락으로 코를 풀어 마른 풀에다가 문질렀죠.

어쨌든 전 그 편지를 보지 못했죠. 아마 제가 보면 안 될 무슨 비밀이 있었던가 봅니다. 엄마는 오랫동안 울었고, 나중엔 그 소리가 너무 커서 바보 삼촌이 달려와 엄마를 달래주려고 쇼를 했을 정도였죠. 엄마는 바보 삼촌의 유머에 넘어가 다시 양귀비를 손질하러 나갔으나 눈물을 그치진 않았죠. 전 밭두렁에 쪼그리고 앉아, 엄마를 지켜보았어요. 그녀는 양귀비를 만지고 있었지만 무슨 결심이라도 한 듯 굳은 표정이었고, 여전히 소리 없이 눈물을 흘리고 있었죠. 그리고 엄마의 눈물이 그칠 때쯤에 저는 엄마에게 다가가 남동생은 어떻게 됐냐고 물었습니다. 사실 전 그것을 묻기 위해, 엄마가 눈물을 그치기를 기다리고 있었죠. 이번 역시 아무런 대답 없이, 또 울기만 했어요.

아버지의 편지가 몰래 엄마에게 전해진 후부터 집안에 시끄러운 일이 종종 생겼어요. 그런 소란은 주로 밤에 일어났는데, 새아버지의 높은 언성은 제가 자는 방까지 들릴 정도였죠. 그때까지 그런 소리를 한 번도 들은 적이 없었거든요. 오히려 그 방에선 항상 엄마와 새아버지의 작은 속삭임이나 거친 교성이 들려 저뿐만 아니라 삼촌들도 가능한 한 그곳을 피해 다닐 정도였죠. 지금 짐작건대 엄마가 새아버지와의 성관계를 거부한 것 같았습니다. 시간이 흐르자 그 소리는 다른 소리로 변해 낮에도 들리기 시작했죠. 엄마는 북한에 있는 아버지에게 무슨 편지를 받았는지 몰라도 막내 삼촌에게 부쩍 관심을 가졌어요. 제게도 삼촌에 관한 이런저런 사실을 묻거나 확인하려 들었죠. 제가 항상 삼촌과 붙어 다닌 것을 그녀는 알고 있었고, 제가 제 나이와는 비교가 안 될 정도로 남자를 밝히는 여우라는 것도 그녀는 어느 정도 눈치채고 있었죠. 특히 그녀가 궁금해한 것은 진짜로 막내 삼촌이 남조선으로 갈 의향이 있는지에 관한 것이었죠.

당시 중국의 조선족은 너나없이 남한에 가고 싶어 안달이었죠. 한국의 발전상이 부럽기도 했으나, 그들은 남한에 관심이 있는 게 아니었어요. 조선족은 한국 TV를 통해 쏟아져 나오는 자본주의의 화려한 문화, 엄청난 소비문화가 욕심났던 겁니다. 70년대 한국인들이 미국인들의 풍요에 탄복해 아메리칸드림을 꿈꾸고, 미국으로 이민 간 것과 꼭 같은 이치예요. 조선족의 경우는 한국에서 살기보다는 그곳에서 돈을 벌어 와서 중국에서 부자로 살고 싶은 게 그들의 바람이었죠. 환시세 때문에 한국에서 조금만 고생하면 중국에서 부자가 될 수 있다는 소문이 돌았고, 실제로 한국에서 일이 년 일해 큰돈을 만들어 다른 사람의 부러움을 산 사람도 있었죠.

하지만 이런 행운을 얻은 사람들은 모두 한국에 어떤 식으로든 연고가 있는 이들이라 새아버지나 삼촌들에겐 그야말로 그림의 떡인 신화에 불과했죠. 다른 삼촌이나 새아버지는 그런 행운이 자신들의 것이 될 수 없다고 믿고, 코리안 드림을 꿈도 꾸지 않았는데, 그들보다는 훨씬 똑똑한 막내 삼촌은 북한 여자들을 잘 이용하면 한국에 들어가 돈을 벌 수 있는 것은 물론이고, 한국 국적도 얻을 수 있다는 것을 알고 있었죠. 지금이야 조선족이 사는 곳이면 그런 생각을 하는 사람이 수두룩해, 북한 여자들을 일부러 돈을 주고 사 오기도 하지만, 그때 중국의 오지에서 그런 아이디어를 갖기란 쉽지 않았죠. 삼촌은 동굴 속의 북한 여자가 자신에게 그런 길을 열어줄 것으로 믿었나 봐요. 그런데 희망이 물거품이 된 건 고사하고, 자기 낯짝에 똥물을 퍼부어 되레 동네 사람들에게 민망하게 돼버렸죠. 실제로 그 망신이 있고 나서, 사람들이 막내 삼촌 뒤에서 쑥덕거렸고, 그 때문인지 얼마 동안 막내 삼촌은 집 밖으로 나가지 않았죠. 그래도 그는 한국으로 가겠다는 일념을 버리지 않은 모양이었어요. 삼촌의 그런 마음을 알 수 있었던 건 동굴 여자가 공안에게 잡혀가고, 며칠 뒤에 당한 또 다른 봉변 때문이었죠.

그날은 막내 삼촌이 우물가에서 낫을 갈고 있었고, 전 한쪽 구석에서 닭 모이를 주고 있었어요. 물론 정신은 온통 닭이 아니라 삼촌에게 쏠려 있었죠. 그때 중국어를 쓰는 몇 명의 남자들이 몽둥이를 들고 마당으로 들이닥친 겁니다. 한족이었어요. 그들은 막내 삼촌의 얼굴을 몰랐는지 그의 이름을 부르면서 주위를 두리번거렸죠. 그는 자신의 이름을 부르는데도 태연히 갈던 낫을 내려놓고 일어나더니 저를 힐끔 쳐다보고는, 중국어로 그 친구 방금 밖으로 나갔다고 말하더라고요. 막내 삼촌이 이내 상황을 눈치채고, 일단 그들을 돌려보내려고 꾀를 부린 거죠. 그런데 바보 삼촌이 마당으로 들어서면서 막내 삼촌의 이름을 불렀죠. 그 뒤로 엄마가 따라 들어왔죠. 몽둥이를 들고 마당을 나서던 한족 하나가 그 소리에 뒤를 돌아보았죠. 이번엔 엄마가 막내 삼촌의 이름을 불렀고, 한족이 큰 소리로 서둘러 뛰어나간 사람들을 불렀죠. 막내 삼촌은 재빨리 담을 넘어 바깥으로 나가려 했지만, 쫓아온 한족에게 바짓가랑이를 잡히고 말았어요. 막내 삼촌은 몽둥이를 들고 달려드는 한족에게 무지막지하게 맞았어요. 바보 삼촌과 엄마가 있었지만 눈에 독기를 품고 달려드는 사람들을 어쩔 수가 없었습니다. 그들은 모두 형제간으로 탈북자 여자의 남편과 그 형제들이었죠. 밤마다 발정 난 수캐처럼 형수한테 달려들었던 그 남정네들 말입니다. 그들은 삼촌이 남의 아낙네를 꾀어내 간통을 했다는 겁니다. 바보 삼촌이 다른 형제들을 데려오지 않았다면 큰일이 났을 겁니다. 상당히 많이 얻어맞아 눈 주위까지 심하게 멍이 든 막내 삼촌은 공안을 부르라고 소리를 질렀죠. 전 그때 마루에 드러누워 있던 삼촌 옆에 앉아 있었는데, 그가 무심결에 한 말을 아직도 기억하고 있습니다.

—이 짐승 같은 되놈들아. 내가 네놈들 마누라 아니면 남조선에 못 갈 것 같아.

막내 삼촌은 옆에 앉은 저를 의식하지 못하고 본심을 드러낸 겁니다.

그런데 상황이 삼촌의 말처럼 공안을 부를 수 없게 돼버렸습니다. 새아버지만 빼고, 한꺼번에 달려온 형제들이 몽둥이를 든 이들을 숱하게 구타해 오히려 저쪽의 피해가 더 많았죠. 이쪽은 처음에 맞은 막내 삼촌뿐인데, 저쪽은 떼로 달려든 삼촌들 주먹에 얼굴이며, 다리까지 심하게 부상을 입은 것 같았습니다. 형제들의 결투, 조선족 대 한족의 항전이 되고 말았습니다. 그들은 돌아가고 막내 삼촌은 먼 곳에 있는 병원을 다니면서 치료까지 받았죠. 삼촌은 비록 라이선스가 없어도 꽤 많은 임상 경험이 있는 의사인데도 자신의 상처를 치료할 수 없을 만큼 많이 맞은 겁니다. 오른손 뼈에 금이 갔다고 깁스까지 하고 다녔죠. 그런데 며칠 뒤에 한족 형제들이 공안에 무슨 뇌물을 주었는지, 중국은 돈만 주면 안 되는 일이 없는 나랍니다, 동굴의 여자가 돌아와 밭일을 하고 있었죠. 막내 삼촌이 손에 깁스를 하고 방에 드러눕자, 때 아니게 바빠진 것은 어머니였습니다. 그녀는 무슨 꿍꿍이속인지 몰라도 갑자기 막내 삼촌을 지극 정성으로 돌봐주었습니다. 사실 그동안은 삼촌 중에 막내는 제대로 쳐다보지도 않았거든요. 꽤 시간이 지난 뒤, 막내 삼촌이 거의 완쾌돼갈 무렵 엄마는 자신의 의도를 분명히 드러냈죠. 그 현장을 본 건 우연이었습니다.

현장에서 뭘 봤느냐고요? 우연히 봤다는…… 그게 뭐냐고요? 뭘까요? 엄마는 양귀비 열매에 칼집을 내어 즙을 받다가 말고 방에 누워 있는 막내 삼촌에게 점심을 챙겨주려고 집으로 돌아갔어요. 그것도 양귀비 즙을 채취하던 도구를 그대로 두고 말입니다. 엄마는 새아버지에게 단단히 주의를 받았는지 아편을 다룰 때는 특별히 조심을 했어요. 가족들이 있을 때는 괜찮았지만 주위에 동네 사람들이 있을 때는 양귀비를 쳐다보지도 않았어요. 전 다른 삼촌들이랑 밭에서 해바라기 손질을 돕고 있었죠. 저도 나이가 들어 제가 해야 할 일이 생겼어요. 한동안은 다시 돈을 써서 고학년으로 학교에 들어갈 것이라는 기대에 마음이 부풀기도 했었지만, 얼마 지나지 않아 그런 행운은 제 몫이 아니라는 것을 알았죠. 탈북자 아들이 호구도 없이 학교를 다니다가 그 부모까지 잡혀갔단 소문이 마을에 돌았습니다. 그리고 저도 엄마도 공부를 꼭 해야 한다는 생각 같은 것은 없었죠. 죽음이 항상 이웃해 있는 북조선, 그런 조국에서 벗어났다는 사실만으로도 행복으로 여겼죠.

제가 공부를 꼭 해야겠다고 마음먹은 것은 남조선에 왔을 때였죠. 여기 남한에서는 공부를 하지 않으면 사람 취급 받기 힘들다는 것을 알았죠. 사실은 공부를 한다고 모든 사람이 다 제대로 대접받는 것도 아니죠. 하지만 그런 진실을 아는 데는, 또 시간이 좀 필요했어요. 그것은 제가 대학을 졸업하고 취업을 준비하면서 알았죠. 북조선 인민은 한국에서 제대로 살아갈 수 없다는 것을……

아무튼 저도 밭에서 일을 톱다가 집으로 심부름을 가게 됐죠. 삼촌의 밥을 챙겨주려고 먼저 떠난 엄마를 뒤따라가려고 마구 달려갔는데, 그녀는 벌써 갔는지 보이지 않았어요. 그래서 이왕 늦었으니 천천히 가야겠다고 쉬엄쉬엄 집으로 들어갔죠. 그리고 마구간 옆 고방으로 들어가 농기구를 찾았어요. 근데 기다란 막대에 묶어둔 낫이 보이질 않았어요. 새아버지가 긴 낫을 가져오라고 했거든요.

—삼촌…….

전 고개를 돌리면서 막내 삼촌을 불렀죠. 농기구는 그가 정돈해두거든요. 그런데 저쪽 구석에 긴 낫이 보이더라고요. 그쪽으로 걸어가 그것을 집어 든 순간 방 안에서 이상한 소리가 들렸어요.

—어……, 엄…… 마.

저는 말을 하다가 자신도 모르게 입을 다물었죠. 다행히 엄마는 제 목소리를 듣지 못했어요. 저는 긴 낫을 들고 소리가 나는 쪽으로 다가가 귀를 기울였죠. 삼촌의 신음 소리에 여자의 가쁜 숨소리가 섞여 있었어요. 처음에는 놀라 들고 있던 긴 낫을 떨어뜨렸어요. 그 소리가 제법 컸는데도 두 사람은 자기들 일에 몰두하느라 소리를 듣질 못한 모양입니다. 엄마는 겉으로만 봐도 호색의 조건을 거의 다 가진 여자예요. 약간 푸르스름한 눈가, 확연히 드러나는 주름진 쌍꺼풀, 아래로 꼬부라진 눈 끄트머리, 짙은 눈썹에 물기 있는 눈, 가끔 자신도 모르게 쳐대는 눈웃음, 흰 피부, 적당한 콧날, 엄마가 재혼하기 전, 새아버지나 삼촌들이 침을 흘린 건 당연한 일이었죠.

그런데도 엄마는 남자관계가 아주 깨끗한 편이었어요. 중국에서의 재혼은 북쪽에 있는 아버지가 죽었다는 소식을 듣고, 살 방편으로 선택한 것이거든요. 아무튼 엄마는 막내 삼촌과 정상적인 성관계를 하고 있는 게 아니었어요. 그럼 뭐였냐고요? 블로잡(blow job)이라고 알아요? 속어로 미국에서 구강성교를 그렇게 부른다고 하더라고요. 유식한 말로 펠라티오라고 하죠. 엄마가 삼촌의 아래를 빨고 있었어요. 저도 처음 보는 성행위라 적잖게 당황했죠. 무슨 영화 장면처럼 조금 열린 문 틈 사이로 엄마가 콧소리를 내며 삼촌에게 오럴 서비스를 해주는 광경을 본 거죠. 사실 그 행위는 키스와는 달리 남자 중심의 성교잖아요. 그래서 펠라티오야말로 진짜 매춘이라고 할 수 있죠. 이후로도 엄마가 삼촌에게 펠라티오를 해주는 장면을 몇 번이나 봤어요.

한번은 집 뒤의 대나무 숲 근처였을 겁니다. 사람들의 출입이 거의 없는 으슥한 장소였죠. 우리가 살았던 농촌의 집들은 대부분이 넓었어요. 그래서 집에 대나무 밭이나 넓은 옥수수 밭이 붙어 있는 경우가 많았죠. 가을걷이를 끝내고 겨울이나 다음 해 봄에 사용하려고 쌓아둔 짚더미 속에서 이상한 소리가 나서 다가갔더니 엄마가 해주는 그 짓에 삼촌이 내지른 신음 소리였어요. 삼촌이 그토록 황홀한 소리를 내지른 적은 없었어요. 그날은 특히 그랬죠. 금방이라도 숨이 넘어갈 것 같았어요. 온몸에 전율을 느낀 사람이 토해내는 신음 소리 있잖아요. 제가 저러다가 삼촌이 죽을지 모른다고 생각할 정도였으니 말입니다. 그런데 아래를 빨고 있는 엄마의 눈과 내 눈이 딱 마주친 거예요. 삼촌은 고개를 반대편으로 돌려 신음을 토하느라 정신이 없어, 몰래 나타난 이방인을 보지 못했죠. 하지만 엄마는 제게 저쪽으로 가라고 손짓만 하고, 그 일을 계속했어요. 저는 마당으로 달려가면서 울었습니다. 왠지 알 수 없어도 눈물이 계속해 나왔어요. 그리고 다음 날, 저는 낫을 들고 밭으로 나가 양귀비꽃을 잘랐죠.

―저…… 저년이!

양귀비 밭 근처 숲 속에서 어머니가 뛰어나오면서 소리를 질렀어요. 그곳에 엄마가 있을 줄은 몰랐죠.

　—이년이 미쳤나!

　엄마는 제 머리칼을 쥐더니 등짝을 후려쳤습니다. 저는 낫을 버리고 양귀비를 밟으면서 도망갔죠.

　—혜진아, 왜 그래.

　이번엔 숲 속에서 막내 삼촌이 튀어나왔죠. 두 사람은 그곳에서 또 무슨 짓을 하고 있었던 모양입니다. 저는 내 팔목을 잡는 삼촌의 손목을 사정없이 물어버렸죠. 삼촌의 비명 소리를 들으면서 해바라기 숲 근처 강으로 달려갔습니다. 저는 강을 보면서 고구마를 잘 훔쳤고, 동생도 잘 죽었다고 생각했죠.

　그 일이 있고부터 엄마와 막내 삼촌은 제 눈을 피했어요. 두 사람은 속삭이다가도 제가 다가가면 짐짓 태연히 아무 일도 하지 않은 것처럼 능청을 떨었죠. 우리가 막내 삼촌의 도움으로 그 집을 무사히 빠져나와 한국으로 안전하게 올 수 있었던 것은 엄마의 서비스 덕분인지 모르죠. 삼촌이 그녀를 못 잊은 것도 그것 때문이 아닐까요.

　엄마는 프로급 오르간 연주자였어요. 당신은 가끔씩 오르간을 연주하며 북한을, 남편을, 죽은 아들을 그리워했죠. 북한은 어릴 때부터 소질에 따라 질 좋은 예능 교육을 받을 수 있어요. 엄마는 그런 교육을 제대로 받았던 모양이에요. 그것은 일종의 국가 정책이에요. 초등 교육 기관인 인민학교를 구경만 하다가 다닐 수 없었던 저에 비하면 그녀는 나라의 특별한 혜택을 받은 거죠. 사실 그녀에게는 아무런 문제가 없는지도 몰라요. 북한을 흠모하든, 수령과 그 자식을 따르든, 그것은 어쩌면 개인적인 선택일 수도 있죠. 남조선에서 태어나 고급 교육을 받은 인텔리 중에도 북한 체제를 좋다고 하는 사람이 있을 정도니까요. 하지만 전 도저히 그런 엄마를 받아들일 수가 없었죠. 남한에 와서 제가 대학에 입학하기 전까진 아무런 문제가 없었습니다. 저도 그러려니 했으니까요. 또, 김정일은 몰라도 그의 아버지 수령의 위대성은 한 번도 의심해본 적이 없었으니 말입니다. 또한, 사람들은 누구나 고향을 그리워하잖아요.

저희는 중국에서 막내 삼촌과 나란히 오지 못했어요. 우리 모녀가 먼저 오고 몇 년 뒤에 삼촌이 한국으로 들어왔죠. 전 대한민국에 오자마자 알았어요. 여기는 공부만 잘하면 사람대접 받을 수 있는 곳이라고, 선생님들도 그렇게 말했고……. 그래서 몇 년 동안 놀지도 않고, 잠자지도 않고, 이미 오래전에 읽었어야 했던 책들을 보고, 영어단어를 암기하고, 문장을 통째로 외고, 또 읽고, 죽어라 공부를 했죠. 선생님이 제발 좀 자고 다니라고, 쉬어가면서 공부하라고 말릴 정도로……. 제게는 그게 그렇게 고통스러운 일이 아니라 오히려 재미있었어요. 그러니까 쉬지 않고, 그렇게 할 수 있었겠죠. 보통 탈북자 청소년들은 그것을 못 참고, 못 견디죠. 저는 힘들 때마다 중국으로 편지를 썼어요. 처음에는 편지를 쓸 때마다 부쳤지만 나중엔 한 달 치를 묶어 한꺼번에 보냈죠. 하지만 막내 삼촌으로부터 답장은 한 번도 받질 못했어요. 편지를 쓴 지 이 년 후, 코미디언 삼촌으로부터 딱 한 통의 편지가 도착했는데, 내용인즉 큰형님, 제 의붓아버지가 대노하고 있으니 편지질을 하지 말라는 것이었습니다. 또한 막내 삼촌 역시 집에 없다고 했습니다. 저는 그 많은 편지들을 써대면서 자신이 삼촌을 진심으로 사랑하고 있다는 것을 알았습니다.

대학에 들어가 본격적으로 책을 읽었어요. 먼저 북한 체제에 관한 저술들과 탈북자들에 관한 자료들을 닥치는 대로 섭렵했죠. 전 무엇보다 궁금했어요. 반도 끝, 북녘의 변방에서 태어난 계집애인 제가 왜 여기, 서울까지 왔는지…… 누가, 엄마에게 두 자식 중 하나를 선택하도록 강요했는가? 저는 그런 상황을 눈치채고, 고구마 자루를 숨겼고, 뜻밖에 그 속에 아편 뭉치가 들어 있었고, 제가 그걸 내놓을 수 없는 상황이…… 그 때문에 약을 살 수도 없었고, 동생의 병이 깊어져 그만…… 그 말을 하니 갑자기 눈물이…… 그것 때문에 누나인 저는 무거운 짐을 지고 살아야 했죠. 죄송해요. 동생 생각을 하니…… 왜, 어린 시절 내가 학교도 다니지 못하고, 중국 변방을 떠돌아야 했는지 알고 싶었어요. 도대체 무엇이 저를 여기로 데려다 놓았는지 알아야 했습니다. 진실을 알고 싶었죠.

이런 의문을 해결하지 않고는 무엇도 할 수 없겠더라고요. 그래서 읽고 또 읽었어요. 대학입시를 준비할 때와는 비교가 되지 않을 정도로 많은 책을 읽고 고민을 했죠. 그런 책을 읽으면서 무의식에 숨어 있던 이런 물음들이 자신으로 하여금 공부에 광적으로 매달리도록 만들었다는 것도 알았어요. 남조선에 들어오자마자 생겼던 막연한 의문이 구체화된 겁니다. 정말 죽어라고 책을 읽었어요. 탈북 관련 서적만 읽은 것은 아니었죠. 학교 공부, 인문학도 열심히 공부했죠. 또, 상황을 총체적으로 파악하기 위해선 무엇보다도 그런 소양이 필요하겠더라고요. 그것은 그것대로 너무 재미난 공부였고요, 저한텐. 그리고 섣불리 어떤 판단을 내리지 않았어요. 가능한 한 오래 생각하고, 북한 입장에서 모든 상황을 고려해보려고 노력했죠. 전 누가 뭐라고 해도, 북조선 인민이고, 결코 그것으로부터 자유로울 수 없는 사람이니까요. 저는 여기서 백 년을 산다고 해도 남한 사람이 될 수 없다는 것도 먼저 책을 통해서 알았습니다.

　―왜, 북한 책만 그렇게 찾아 읽죠? 학부생인 것 같은데……

　전 그가 북쪽에서 온 사람이 아닐까 싶었어요. 서울말이긴 해도 억양이 북쪽이었죠. 잘생긴 얼굴이었고, 어디서 본 듯한 얼굴이었습니다.

　―그럼, 안 되나요?

　막 서가에서 뽑아내려는 북한 정치체제 관련 책을 놓으면서 물었죠.

　―안 될 건 없지만……

　그가 말했어요. 얼굴은 도무지 북한 사람 특유의 촌티가 없었어요. 오히려 남한의 유복한 가정의 귀공자 타입이었죠. 내가 잘못 짚었나? 남한 사람의 억양 중에 경상도 사람들의 말투가 북쪽 변방 말투와 약간 비슷하더라고요.

　―저도 당신처럼, 아니 당신보다 훨씬 더 많이 그쪽 책을 읽은 경험이 있어 하는 말이죠.

　그가 웃으면서 말했어요. 근사한 웃음이었죠. 여자들을 끌어당기는 남자들 있잖아요. 외모에서 지성까지 느껴지는……. 그런 남자 말입니다.

　―어디 출신이죠?

　제가 물었어요.

　―당신은?

　―제가 먼저 물었잖아요.

―평양에서 왔어요.

―전, 북쪽 변방에서…….

―네, 전공은?

―불어랑, 심리학이에요.

―그럼, 전공이나 공부하시죠.

―왜요? 전, 좀 알아야겠어요.

―모르고 사는 게 편해요. 당신은 자신이 세상에 왜 태어났는지 알아요?

―…….

―그냥 태어난 거잖아요, 엄마 아빠가 장난하다가. 마찬가지예요. 우리도 그냥 태어났는데, 재수 없게 개 같은 놈과 그 아들 새끼한테 걸렸어요.

그는 김일성 부자를 싸잡아 욕하고 있었어요. 탈북자들은 보통 김일성의 권위는 인정하는 편이거든요.

―놈과 새끼한테?

―네, 놈이랑 개새끼한테. 그건 우리가 절대로 원한 게 아니잖아요.

―…….

―제 말이 틀렸나요?

―맞아요, 당신 말이. 하지만…….

―하지만이라고 말하지 마세요. 우리가 선택한 게 아니니 알려고 애쓰지도 말아요.

―당신도 저처럼?

―전 여기 도서관, 국회 도서관까지 다 뒤졌어요.

―그런데?

　―필요 없는 걸, 또한, 찾을 수 없는 걸 찾아 헤맨 거예요. 몇 년 동안. 당신은 저처럼 삽질하지 말고 제 갈 길을 가세요.

　―제 갈 길?

　―당신이 선택한 거, 원하는 공부를 하시라고요. 보들레르든, 랭보든, 프로이트든, 융이든 많잖아요. 그걸 공부하세요.

　―당신은?

　―전 체육학과예요. 그러니까 죽어라고 운동만 하고 있어요. 이젠 전공 책만 읽어요.

　그는 제가 남한에 와서 사귄 유일한 남자예요. 사랑했느냐고요? 사랑……. 사랑인지 잘 모르겠어요. 도서관에서 만난 우리는 금방 불처럼 뜨거워진 게 아니에요. 좀 복잡한 과정이 있었어요. 선배한테 필요한 건 여자가 아니었죠. 그럼, 뭐였을까요. 하여간 좀……. 우린 사랑할 만큼 오랫동안 함께 붙어 다니긴 했죠. 함께 있으면 기분이 좋기도 했고요. 나중엔 체육학과 학생이 심리학과 수업을 들었고, 저 역시 체육학과 수업을 신청했죠. 그 선배는 저와 출신이 달랐어요. 그의 아버지는 북한의 유명한 공과대학 출신이었어요. 그곳에서 알아주는 엔지니어였나 봐요. 남한에서야 별 볼일 없는 사람이었지만, 북한에 있었다면 우리는 신분이 너무 달라 함께 앉아 있을 수도 없는 사이였죠. 혹시 그게 문제가 됐냐고요? 아니에요. 그렇게 멍청한 남자라면 제가 관심이나 가졌겠어요.

　저는 체육학과 선배를 만난 이후로, 엄마의 태도를 도저히 묵과할 수 없었죠. 그동안 속고 살았다는 생각, 그 때문에 생긴 분노 등을 마땅히 발산할 데가 없었습니다. 선배가 현재에 충실하고, 현재 자신에게 필요한 공부를 하라고 한 말 때문에 자신의 지난 과거를 더욱 용서할 수 없었고, 더구나 엄마는 그 과거를 현재까지 끌고 와 옆에 있는 제게 과거를 잊지 못하게, 잊을 수 없도록, 과거 속에 살게 하는 사람이었어요. 학교를 정리하고 정치활동을 해야 할지, 공부를 계속해야할지, 이런저런 생각에 머리통이 쇳덩이 같은데, 집에 돌아오면, 아직도 그 북쪽의 사상을 버리지 못한 엄마를 만나야 한다는 것은 고통 그 자체였죠. 그 당시 선배를 만나는 재미라도 없었다면 공부를 그만두었을지 몰라요.

그런데, 어느 날인가 제가 대학 도서관에서 늦도록 공부를 하고, 근로 장학생 일까지 끝내고 집으로 돌아왔을 때였습니다. '장백산 줄기줄기 피어린 자욱 압록강 굽이굽이 피어린 자욱' 어쩌고 하는 〈김일성 장군의 노래〉가 있어요. 엄마가 그 노래를 부르면서 오르간 연주를 하고 있더군요. 그동안은 아무 말 없이 못들은 척하고 지냈으나, 더 이상은 그 노래를 들을 수가 없었죠. 그야말로 한계점에 도달한 겁니다.

—엄마, 그만 좀 해, 여긴 남조선이라고.

처음엔 조용히 말을 꺼냈습니다.

—남조선은 자유의 땅이니, 무슨 노래를 부르든 내 자유야!

엄마는 고개를 돌리지 않고 말했죠.

—사람들이 엄마를 간첩으로 신고할지 몰라!

—아버지가 살아 계신다잖아!

엄마는 약간 엉뚱한 말로 대답을 대신했죠. 여전히 고개를 돌리지 않고, 오르간을 치면서 말이죠.

　—그게 그 노래랑 무슨 상관이죠?

　—그건 모두 위대한 지도자 동지의 은덕이야!

엄마는 진짜로 그렇게 생각하고 있는 모양이더라고요. 저는 뚜껑이 열려버렸어요. 그동안 꾹 눌러 참고 있던 분노에 불이 당겨진 겁니다.

　—민족의 태양인 그 위대하고 잘난 지도자 동지, 그 동지 때문에 엄마가 자신보다 아빠보다 딸보다 더 사랑한 아들이 병들어 죽었잖아!

엄마는 아들이 인생의 전부였죠. 그녀에게 아버지와 아들 중 하나를 선택하라고 했다면 아들이 먼저였을 겁니다. 사실 그것은 아버지가 덜 중요해 그런 건 아닐 겁니다. 두 사람 모두 그녀에게 꼭 같은 존재였죠. 그런데도 아들을 택했을 거라고, 전 믿어요. 아버지에 대한 충심이 아들에게로 넘어간 거죠. 그녀에게 둘은 선택의 문제가 아닙니다. 하나죠. 수령과 지도자 동지, 그 가문이 하나인 것처럼······.

　—그건 지도자 동지의 책임이 아니야!

　—그럼, 누구 책임이야! 왜 석진이가 죽었는데?!

　—······.

　—나 때문이야? 말해봐! 나 때문이냐고? 말하라니까? 묻고 있잖아! 말해!!

전 옆에 있는 유리컵을 집어 던졌습니다. 그 대답을 분명히 들어야 했습니다.

　—말하리니까?!

전 고함을 질렀습니다.

　—미국 놈들 때문이야!!

─미국? 웃겨!

전 정말 웃었습니다.

─그 위대한 지도자 동지가 자기 인민이 굶어 죽어가는, 그 실상을 미국에, 양키 놈들한테 제대로 알리기만 했어도, 인민이, 그렇게 많은 사람들이 무참히 아사하진 않았을 거야! 큰아버지가, 리당비서 동지가, 마을의 촌장이, 굶어 뼈만 앙상히 남은 당신이, 그 몸뚱어리를 이끌고 미친개처럼 온 마을 뛰어다니면서 쓰러져가는 붉은 깃발을 세우려고……

갑자기 눈물이 나오려고 해 잠시 동안 말을 중단했습니다. 전 눈물을 꾹 참고 말을 이어갔습니다.

─인민이 굶어 죽어간다는 사실을 공적인 루트를 통해 알리기만 했어도, 알려주기만 했어도, 유엔이나, 유럽, 중국, 남한 등으로부터 최소한의 인도적 지원을 받았을 텐데. 그 인간은 지 아비와 함께 북조선 인민을 바보로 만들어버렸어! 주체사상, 기가 막혀!! 인민을 주체성이라곤 없는 개, 소, 말로 만들어놓고! 아사로 굶어 죽어가면서도 위대한 수령을 외치는 짐승으로 키워놓고……. 주체사상, 주체의 조국, 그건 말도 안 되는 사상이야! 주체를 하려면 다른 나라가 어떻게 사는지, 세상이 어떻게 돌아가는지 알려고 노력을 해야지!! 대원군보다 더한 쇄국 정책을 쓰면서 얼어 죽을 주체사상! 남을 알아야, 타자를 알아야, 자기가 누군지 알지!

엄마는 오르간을 중단하고 제 말을 듣더라고요. 그녀는 쟤가 무슨 말을 하느냐는 표정이었죠. 그제야 제가 소통을 생각하지 않고, 그녀가 알아듣기 힘든 말들을 마구 뱉었다는 것을 알아차렸죠. 전 말을 중단하고 눈가에 맺힌 이슬을 훔치고, 한숨을 쉬었습니다. 그래도 다행입니다. 엄마가 미국 놈들 때문이라고 말해서…… 만약 저 때문이라고 했다면 뚜껑이 완전히 열려 자신을 제어하지 못하고, 막말을 했을 겁니다. 왜, 북한에서 내가 먹을 밥을 동생한테 줬냐? 둘이 모두 굶어 죽는 한이 있더라도 똑같이 나눠줬어야지라고 소리를 질렀을 거예요. 그리고 가슴속에 있던 모든 응어리를 쏟아냈을 겁니다. 삼촌에 대한 얘기도 꺼냈겠죠. 펠라티오나 성관계나 뭐가 다르냐고, 그런다고 엄마의 순결이 지켜지는 거냐고 소리를 질렀을 겁니다. 그때를 생각하면 절로 웃음이 나와요.

그날은 제가 감기가 심하게 걸려 집에 있었을 겁니다. 저는 침대에 누워 있다가 거실로 나왔죠. 이틀 동안 수업 전부를 빼먹을 수가 없어 나가봐야겠더라고요. 학교에 가서 오후 수업이라도 들을 생각이었죠. 그런데 엄마가 거실 문을 열어놓은 채로 통화를 하고 있었어요. 베란다에 심어둔 양귀비꽃처럼 환한 표정으로 말입니다. 북한에서 온 전화란 생각이 들더라고요. 엄마가 저렇게 환한 얼굴로 전화를 받는 사람은 북한 아버지뿐이거든요. 그 연변의 조선족이 장마당이 열리는 날 핸드폰을 가지고 북한으로 들어간 모양입니다. 엄마는 베란다에 핀 하얀 양귀비꽃을 내려다보면서 큰 소리로 내게 들으란 듯이 자랑스럽게 말했죠.

—여보, 저는 당신이 살아 계신다는 소식을 들은 이후로 아래를 누구한테도 열지 않았습네다.

제가 입을 막고 얼마나 웃었던지 감기가 다 달아날 지경이었습니다. 정말 황당한 얘기죠. 하지만 그렇게라도 순결을 지키려는 엄마의 모습이 처음엔 안쓰러웠죠. 지금 생각해도 그런 말까지 꺼내지 않은 건 다행이에요. 아무리 미워도 그녀는 제 엄마잖아요. 당신 입장에서 둘 중 하나를 선택할 수밖에 없는 상황이라, 자신의 기준으로 볼 때, 도저히 딸을 선택할 수 없어 아들을 골랐고요. 엄마나 저나, 둘 다 불쌍한 사람이죠.

그날 저녁 엄마가 잠들었을 때, 전 오르간의 주요 부품을 빼버렸죠. 그 이후로 장백산 어쩌고 하는 연주는 더 이상 할 수 없었죠. 엄마는 제가 오르간을 못쓰게 했다는 것을 알고 있었어요. 그 일이 있고 나서부터 엄마는 마음속으로만 노래를 흥얼거렸죠. 어떨 때는 그게 입 밖으로 새어 나오기도 했죠. 그러다가도 저와 눈이 마주치면 놀라 입을 다물고, 남조선 노래로 바꿔 불렀어요.

저기 코끼리가 보이네요. 한 마리가 아니라 무리군요. 아마 가족인가 봐요? 당신이 처음 제 얘기를 듣기 위해 방문한 그날, 쟤들의 얘기를 하다가 말았군요. 코끼리 촌장 할머니는 어린것들 때문에 떠날 수도, 머물 수도 없는 곤란한 지경에 빠졌다는 얘기까지 했다고요? 맞아요, 당신의 기억력도 꽤 쓸 만하군요. 저기 보세요. 아마 촌장의 발목을 묶은 것은, 저런 어린놈일 거예요. 멀리서 봐도 귀엽잖아요. 코끼리 새끼들이 저렇게 귀여운 줄은 몰랐다고요? 코끼리뿐만 아니라 세상의 모든 어린 생명들은 저렇게 귀엽고, 앙증맞고, 눈에 넣어도 아플 것 같지 않고, 쳐다만 봐도 가슴이 저려오는 법이죠. 죄송해요. 제가 소설가이신 당신을 두고 너무 폼을 잡았어요. 그런데 그것이 자기 새끼라고 생각해봐요. 망설이다가, 한참을 망설이다, 코끼리 촌장 할머니는 먼 길을 떠나죠. 그러지 않으면 무리 전체가 아사할 수도 있으니까요. 그는 새끼들보다 무리의 안전과 생존을 먼저 생각할 수밖에 없는 법이죠. 그것이 촌장의 일이죠. 그런 중요한 결정을 할 때, 모든 상황을 충분히 고려하라고, 무리 가운데서 가장 연륜이 있는 할머니를 촌장으로 뽑는 거죠.

저기 보세요, 저길. 저 어린것들이 걸으면 얼마나 걷겠어요. 그리고 한참을 걷다가 새끼들이 한 마리, 두 마리 뒤로 처지거나 지쳐서 주저앉게 되면……. 그럼 가족은 눈물겨운 선택을 해야 하죠. 자식을 두고, 동생을 두고, 무리를 따라야 하는지, 아니면 그와 함께 여기 머물 것인지. 후자는 곧 죽음을 의미한다는 것을 코끼리 가족은 알고 있죠. 그들은 그것을 잘 알기 때문에 어떤 선택을 하기 전에, 그 부모는 무척 망설인다고 하더군요. 한참 동안 쓰러진 자식 주위를 맴돌다가, 결국 무리를 따라갔다가, 다시 되돌아오기도 하고……. 실제로, 그 광경을 지켜보면 그들의 눈물겨운 선택의 모습이 역력히 드러난다는군요. 그 선택은 촌장 할머니의 몫이 아니라 가장이나 가족의 몫이죠. 촌장은 낙오자와, 그와 함께 남는 가족을 버리고 떠날 수밖에…….

코끼리 무덤은 그래서 생겼대요. 어린 코끼리를 두고 갈 수 없었던 부모와 형제들이 함께 굶어 죽어, 코끼리 가족의 무덤이 된 거죠. 사람들은 그것도 모르고, 눈물 없이는 들을 수 없는 코끼리 가족의 드라마를 제대로 알지도 못하고, 코끼리는 무덤 자리가 따로 있어, 나이 든 코끼리들은 홀로 그곳에 찾아가 삶을 마감하는 거라고 말한다는군요. 듣고 보니 슬픈 이야기라고요? 그렇죠? 전 그 얘기를 듣고 얼마나 울었는지 몰라요. 제가 하도 우니까, 『사이언스』를 읽고 코끼리 무덤 에피소드를 전해준 그 유식한 연구원은, 키스도 한 번 제대로 못하고 떠났지요. 제가 다음에 오면 아주 진하게 빨아준다고 말하고 돌려보냈죠.

소녀와 죽음

뭉크를 좋아하는가 보군요? 제가 룸으로 들어오는 줄도 모르고, 그림에 빠져 있으니. 그의 그림을 싫어하는 사람은 없을 거라고요? 그래요, 인간의 마음속에 든 욕망을 뭉크만큼 적나라하게 표현한 화가가 세상에 또 있을까요. 특히나 에로스와 현대인들이 일상적으로 만나는 공포, 아마 그것은 죽음에 대한 두려움 혹은 열망일 겁니다. 각각 다른 〈입맞춤〉의 그림을 셋이나 걸어놓아 놀랍다고요? 맞은편의 〈소녀와 죽음〉도 실은 입맞춤이잖아요. 명화가 네 장이나 걸린 곳은 이방뿐이죠. 영화 광고 사진을 제외하곤 룸마다 한 장, 많아야 두 장 정도인데……. 그림이 아니라 시를 걸어둔 곳도 있긴 하지만……. 아마 뭉크가 키스에 집착이 있었나 봐요. 저 그림들이 유화, 목판화, 동판화로 다른 양식이잖아요.

저들 중 어떤 그림이 미음에 드세요? 농판화의 입맞춤이라고요? 저도 남녀가 나신으로 서서 입을 맞추는 저 그림이 편해요. 왜, 그러느냐고요? 뭐라고 답을 해야 할지 모르겠군요. 보고 있으면 뭔가 강한 충격, 그 속의 인물이 자신이라거나 자신이었으면 좋겠단 느낌이 들어요. 두 사람이 하는 것이 키스가 아니라 진짜 사랑이란 생각 때문인지도 모르겠어요. 또 저는 옷을 입은 그림보단 나신을 훨씬 좋아해요. 혹시 뭉크의 〈흡혈귀〉란 그림 아시나요? 저희 사장님이 〈소녀와 죽음〉을 떼어내고 거기다 그 그림을 걸자고 했죠. 실은 제가 저 그림을 무지 좋아해서, 걸어두었어요. 〈흡혈귀〉는 너무 섬뜩해 곤란하다고 했죠. 또 너무 야하다고도 덧붙였죠. 손님들이 이런 곳에 와서 감상하긴 좀……. 사실은 해골이랑 키스하는 장면도 매한가지긴 하죠.

담배를 한 대 피워도 될까요? 고마워요. 어떤 손님은 매니저가 담배를 피워 무는 걸 달가워하지 않아요. 당신은 참 너그러운 사람이군요. 휴, 이제 살 것 같아요. 담배가 좀 이상하다고요. 제가 만든 거예요. 말린 담배 잎사귀를 구해 한번 만들어봤어요. 한 대 드릴까요? 괜찮다고요. 그럼 계속할게요.

제 생각엔 〈소녀와 죽음〉은 키스방 분위기와 어울리는 작품이에요. 뒤돌아 남자를 끌어안은 여자의 널따란 등짝하며, 그림의 중앙에 위치한 펑퍼짐하고 섹시한 엉덩이하며. 무엇보다도 전체적으로 밝은 색조에, 금발 머리와 흰 피부의 뒷모습이 강조되어, 해골과의 입맞춤인데도 무섭게 느껴지지 않아요. 오히려 해골과 키스 장면이 유머러스하다고요? 맞아요. 저도 〈소녀와 죽음〉을 처음 보았을 때, 웃기까지 했죠. 아마 약간 엉뚱한 인과관계 때문에 그랬던 것 같아요. 해골과의 키스 장면은 낯익은 장면은 아니잖아요. 사실 저건 해골이 등장하는 그로테스크한 그림이지만, 환한 분위기 때문에 뭉크가 그린 다른 그림들과는 느낌이 좀 달라요. 그의 그림 속에 등장하는 인물들은 하나같이 암울한 현대인들이죠. 배경도 짙은 색을 사용해 인물들의 불안을 가중시켰죠.

저 그림, 동판화 〈입맞춤〉을 다시 올려다보실래요. 얼굴이 완전히 뭉개져버렸잖아요. 당신은, 화가가 왜 얼굴을 묘사하지 않았다고 생각하세요? 잘 모르겠다고요? 당신도 아까부터 그 생각을 하고 있었다고요? 네, 그래서 그림을 뚫어지게 보셨군요. 전 뭉크가 키스를 통해 성적인 쾌락을 느꼈다면 얼굴을 표현할 수 없었을 거란 생각이 들었어요. 그런 감정을 표현하는 것은 자신의 페니스를 노출해야 하는 일처럼 난감했을 겁니다. 그러니까 차라리 지워버린 거죠. 무의식적으로 행한 일종의 자기 검열이겠죠. 또 다르게 보자면 뭉크는 강렬한 키스로 죽음의 욕망을 느꼈을 겁니다. 이것은 〈소녀와 죽음〉에서도 분명히 나타나죠. 저 그림은 소녀가 해골과 키스하는 장면이잖아요. 뭉크는 키스를, 죽음의 욕망과 닿아 있는 섹스로 인식한 겁니다.

저희 사장님이 좋아하는 〈흡혈귀〉도 꼭 같은 욕망을 묘사한 거죠. 그의 대표작 〈절규〉와 쌍벽을 이룬다는 그 명작의 원제목은 〈사랑과 고통〉이라고 합니다. 붉은색의 긴 머리 여성이 자신의 품에 안긴 남자를 끌어안고, 목에다 이빨을 들이대면서 흡혈 자세를 취하는 것 같은 음울한 이미지. 그래서 평론가들이 흡혈귀라는 별칭을 붙였다는데, 실은 그것이, 작가의 의도라고 할까, 그림을 그린 사람의 내면이라고 할까, 그것을 정확히 포착한 거죠. 이는 분명 죽음에 대한 욕망의 표현일 겁니다. 그리고 죽음과 사랑, 혹은 죽음과 섹스는, 죽음과 생존처럼 양극단에 놓인, 성반대의 욕망으로 보이지만 실은 변형된 얼굴이죠.

이는 굳이 프로이트를 끌어와 설명할 필요도 없습니다. 영어에서 죽음의 의미인 무덤을 tomb이라고 하고, 성과 밀접한 관련이 있는 자궁이란 단어를 womb이라고 하잖아요. 둘은 유사한 관계죠. 아까 말한 그로테스크란 말도 무덤이란 뜻에서 연유되었다고요? 맞아요, 저도 읽은 기억이 있어요. 또 히브리어로 음부와 무덤을 나타내는 말은 아예 한 단어래요. 인간이 세계를 구분해 인식하기 전, 근대 이전에는 생명 탄생의 전제인 성과 죽음을 둘로 양분해 생각하지 않았던 것 같아요. 당신도 제 말에 동의한다고요? 사실 어휘는 사람이 사물이나 대상을 인식하는 원형을 보여주는 자료잖아요.

키스와 섹스는 같은 거군요. 죄송해요. 아닙니다. 여긴 떡방앗간이 아니라 키스방이죠. 그걸 깜박했군요. 키스와 섹스, 절구질은 다르죠. 둘은 본질적으로 다른 것이죠. 키스는 남근을 질 속에 삽입하는 성교와 다른 문화라고 해야 할 만큼 현격한 차이가 있어요. 행위의 성격이 아니라 행위의 과정이 다른 것이죠. 또 그것을 통해 실현되는 가치도 차이가 있어요. 구체적으로 어떤 것이 그러냐고요?

한번 생각해보세요. 인류는 오랜 세월 양성 평등을 실현해보려고 무진 노력을 했지만, 제대로 안 됐죠. 왜, 그럴까요? 그것은 아마 평등이 자연 법칙이 아니기 때문일 겁니다. 자연의 질서는 우리가 어제 공원에서 본 침팬지들처럼 강자가 모든 것을 지배하는 것이죠. 그리고 그 질서는 개체의 노력으로 결정되는 것이 아니라 타고나는 겁니다. 강자는 태어나는 거죠. 남녀관계도 마찬가지일 겁니다. 절구질을 한번 생각해보세요. 밖으로 돌출된 남근을 가진 남성은 능동적이고 공격적일 수밖에 없잖아요. 칼과 칼집 중 칼이 설치는 건 당연한 일이죠. 저는 여성의 권리가 신장되어 오히려 남성의 사회적 지위가 위축

되고 있다는 유럽의 선진 국가에서 여자 주인공이 남자에게 가학성애를 당하는 소설이나 영화가 이삼십대 젊은 여성 혹은 인텔리 여성들에 의해 소비되는 이유가 그렇게 진화해온 인간의 생물학적인 특성과 무관하지 않다고 봐요. 여성들이 남성들과 싸워 사회 경제적 평등을 이루었지만 예전의 기억, 남성 중심의 성애에 대한 기억을 떨쳐내지 못한 거죠.

설사 그 논리를 받아들일 수 없다고 해도 남녀의 신체구조는 어느 한쪽에게 불평등한 것은 분명하잖아요. 제 말은 생식기는 평등하게 설계되지 않았다는 겁니다. 키스는 애초에 평등한 조건을 가지고 시작한다는 말이냐고요? 네, 맞습니다. 역시 당신은 문제의 본질에 다가가는 센스가 있군요.

키스는, 남근으로 하는 절구질의 대체적 성격이 강하지만 성교와는 다르게 사용하는 도구가 남녀에게 평등하게 주어졌잖아요. 혀는 절굿공이, 페니스에 해당하고, 입은 절구, 질에 해당하잖아요. 더구나 질의 입구가 대음순, 소음순으로 구분된다는 점을 생각해봐요. 인간이나 동물은 음경과 음문으로 구별된, 불평등한 생식기와 달리 입은 동일한 구조로 설계되어, 키스는 남성이나 여성, 암놈이나 수놈 가릴 것 없이 번갈아가며 능동적인 역할 혹은 수동적인 역할을 할 수 있는 것이죠.

그럼, 오늘은 그 평등한 키스부터 진하게 한번 하고 시작할까요? 그게 좋겠네요. 담배도 다 피웠으니 말입니다. 가까이 와봐요. 매번 폭포수처럼 쏟아내는 제 수다를 듣느라 변변히 제대로 키스를 하지도 못했잖아요. 막상 감정을 잡아 시작하려면 다음 사람이 대기하고 있다는 벨이 울려 허겁지겁 형식적으로 입술을 핥다가 떠났죠. 죄송해요. 근데 오늘은 제가 남자 역할을 하면 어떨까요? 제 혀가 남근이 되고 당신의 입술이 대음순이 되고, 혀는 움직이는 소음부가 되어 제 성기를 요리조리 핥아주는 겁니다. 실은 이런 양성 평등적인 키스 훈련은 여성보다 남성에게 더 필요하죠. 제 말에 공감한다니 다행이군요. 한국 남자들은 어릴 때, 키스를 제대로 못 해봐, 성교에서 자기 욕심만 챙기려고 아우성친다고요? 당신은 섹스를 할 때 상대방을 배려하려고 노력을 얼마나 하나요? 솔직히 한번 말해보세요. 왜 말을 못 하는 거죠? 할 말 없다고요? 쑥스러워 그러는 겁니까? 그런 건 아니라고요? 남자들은 여자 위에서 정신없이 헐떡거릴 줄만 알았지. 상대에 대해 배려하는 남자는 찾기 힘들죠. 당신도 훈련을 해야겠어요. 자, 더 가까이 다가와요. 오늘 괜찮은 성교를 해봐요. 왜 놀라죠? 좀 전에 말했잖아요. 제가 남자 역할을 할 테니 당신은 여자가 된다고……. 말을 잘못 알아들었다고요? 당신은 제대로 된 키스 경험은 없나 보군요? 성경험은 적잖을 것 같은데……. 소프트하게, 아주 소프트하게 핥아주세요. 제가 혓바닥을 질 속에 페니스를 집어넣듯이 깊숙이 밀어 넣고 누를 테니…….

응…… 응……. 흥분되는군요. 천천히, 아주 천천히……. 아, 아, 아…… 아……. 응……. 아…… 아! 아……. 저…… 저기…… 저 길…… 저길 봐요! 뭉크의 소…… 소녀와…… 주…… 죽음을 보시라고요. 해…… 해골, 해…… 해골을 보세요. 소녀 앞쪽에 서 있는 해골, 그 해골이 고개를 돌려 저…… 절…… 절…… 쳐다봐요……. 아무것도 안 보인다고요? 그림밖에……. 아…… 아니…… 아니에요. 분명히…… 아…… 아는…… 얼굴인데요. 북쪽에서 본 얼굴이에요. 맞아요. 북쪽……. 눈을 크게 뜨라고요? 눈을 깜박거려보라고요? 숨을 들이마셔보라고요? 후…… 응…… 후…… 응…….

이젠 괜찮아요. 후유……. 이제 보여요. 담배를 피워 물었더니, 해골의 얼굴이 작아졌어요. 저 그림이 한순간 아는 얼굴로 변했어요. 분명히 어디서 봤던 얼굴이에요. 하지만 누군지 모르겠어요. 혹시 중국의 막내 삼촌 아니었냐고요? 그랬다면 제가 몰라봤겠어요? 근데, 남자 얼굴이긴 했어요. 저도 정신이…… 몽롱해요. 고마워요. 이제 뭉크의 〈소녀와 죽음〉이 제대로 보이는군요. 〈입맞춤〉 셋도 보여요. 그래요, 소녀 앞의 해골이 저를 향해 고개를 돌렸다는 말이에요. 그런데……. 맞아요, 그가 누군지 모르겠어요. 아는 얼굴이긴 한데……. 후유……. 담배 때문에 정신이 들었어요. 아마 오전에 본 좀비 때문일 거예요. 오전에 좀비를 봤어요. 하도 놀라 도망치는 바람에 얼굴을 제대로 보지도 못하고…….

어디서 봤느냐고요? 오늘은 다른 날보다 일찍 일어났거든요. 자리에서 일어나 냉장고 문을 열었더니 아무것도 없었어요. 그래서 모처럼 마음먹고, 옷을 차려입고, 멀지 않은 거리에 있는 대형 슈퍼마켓으로 나갔죠.

—정말, 많군요!

카운터에 섰던 여자가 물건의 바코드를 찍으면서 말했어요. 보통 한 달에 한 번 정도 물건을 사러 가죠. 오랜만에 가는 쇼핑이라 이것저것 온갖 종류의 먹을거리를 카트에다가 산더미처럼 싣고, 카운터로 왔죠.

―얼마죠?

　제가 카드를 내밀면서 물었죠. 그리고 정신없이 계산을 하고, 내민 카드를 돌려받으려는데, 그 카운터에 섰던 여자가 좀비였어요. 얼마나 놀랐던지…… 그 많은 물건을 다 팽개치고 달렸어요. 도망쳤죠. 한참을 달리니까 배가 고팠어요. 그래서 눈에 보이는 중국집으로 들어가 자장면을 시켰죠. 물을 마시고 한숨을 돌리니 종업원이 자장면을 제 앞에 내려놓더라고요. 그런데 그 종업원도 좀비였어요. 또 일어나 달렸죠. 돈을 내지 않아, 주인이 달려 나와 계산하고 가라고 소리를 지르면서 따라오고…… 사람들이 무슨 일이 난 줄 알고 구경하고…… 가관이 아니었죠. 왜, 도망쳤냐고요? 놀란 건 이해가 되는데, 굳이 달아날 것까지……. 저도 그걸 모르겠어요. 제가 왜, 그들로부터 자꾸 도망쳐야 하는지.

　어제 대공원 앞에서 봤다는 그 좀비들이었냐고요? 아니에요. 대공원 앞에서 목도리 같은 것을 칭칭 감고 있었던 그들은 아니었어요. 어제와는 다른 좀비…… 맞아요. 다른 좀비……. 누구냐고요? 그걸 알 수 있다면 얼마나 좋겠어요……. 그랬다면, 아마 도망가지 않았을 거예요. 놀라긴 했겠지만……. 왜냐고요? 몰라요. 그냥 느낌이, 느낌이, 그런 느낌이 들어요. 어제 어디서 또 다른 좀비를 봤냐고요? 당신과 헤어진 후에 만났냐고요? 아니에요. 당신과 함께 있을 때, 좀비들을 봤어요. 왜, 그때는 그런 말을 하지 않았냐고요? 너무 무서워 말할 수가 없었죠. 정말이에요. 언제였냐고요? 대공원을 나와 롯데월드로 가서 바이킹을 탔잖아요. 하늘을 가로질러 왔다 갔다 하는 놀이 기구, 그 배를 타고 하늘을 왕래하다가…… 만났죠. 좀비들을…… 또……. 그래서 그만 타자고 했냐고요? 네, 너무 무서웠어요.

바이킹을 탈 때, 허공에서 기다란 줄 같은 걸 매단 좀비들이 나타났어요. 사실은 긴 줄이 아니라 몇 발이나 튀어나온 주둥이였죠. 그 주둥이로 제 모가지를 감아 허공으로 끌어올리려고 했어요. 다행히 놀이기구가 하도 빠르게 오르락내리락하는 통에 낚싯줄 끝에 매달린 낚싯바늘 같은 주둥이로 제 목을 낚을 수가 없었던 겁니다. 어제 공원 입구에서 만난 좀비들이 목에 감고 있었던 것은 헝겊이 아니라 끝도 없이 튀어나온 주둥이였어요. 허공에 떠 있던 좀비들 중에 친숙한 얼굴도 있었어요. 누군지 기억나지는 않지만…… 북에서 본 얼굴이었는데……. 그냥 그런 느낌이……. 제 아파트 베란다 운동기구 위에서 봤던 팔뚝 있잖아요. 그 팔뚝도 롯데월드 천장에 매달려 있었어요. 그러니 제가 얼마나 놀랐겠어요. 미안하다고요? 당신은 그것도 모르고 제가 바이킹을 탔다가 심하게 겁을 먹은 줄로만 알았다고요? 가끔 그런 사람이 있다고요? 괜찮아요. 제가 말을 하지 않았으니 당신이 제 속을 어떻게 짐작하겠어요. 그런데…… 그들이 누군지 몰라도…… 무슨 이유에선지 몰라도, 그들은 옷을 홀랑 벗고 있었죠. 분명히 본 건 쪼그라든 성기, 남근이었죠. 키스방에 오는 남자들과는 달랐어요. 여기 찾아오는 남자들은 대부분 튼실한 성기를 가졌거든요.

처음으로 그들이 공포의 대상이 된 겁니다. 지금까진 막연한 두려움이었지, 구체적인 위협은 아니었거든요. 지금 막 호들갑을 떠는 것도, 오전에 슈퍼 계산대에서 달아난 것도, 이제 느낀 공포 때문일 겁니다. 달려드는 익명의 좀비들…… 그 공포가 뭉크의 그림 속에서까지 튀어나온 겁니다. 만약 당신이 낯선 손님이었다면 크게 소리를 지르면서 카운터로 달려 나갔을지 모르죠. 그랬다면 당신이, 소설가이신 당신이 난감했겠군요. 하하하……. 죄송해요. 이후 벌어질 상황을 생각하니 웃음이 나왔어요. 큰일 낼 뻔했네요. 매니저들이 소리치고 룸을 뛰쳐나가는 경우는 남자가 매니저들을 겁탈하려고 달려들 때뿐이거든요. 그럼 총무랑 사장이 달려와 손님을 추궁하죠. 경찰을 부르겠다고 협박하고, 물론 실제로 경찰을 부른 적은 없었어요. 난리가 나죠. 그 손님은 진상 리스트에 올라가서 가게 출입 자체가 불가능하죠. 그런 손님 리스트가 가게에 있어요.

당신은 별로 우습지 않은 모양이군요. 아는 얼굴과 모르는 얼굴이 왜, 그렇게 차이가 있느냐고요? 당신은 가게 에피소드보다는 제게 관심이 더 많군요. 고마워요, 저한테 관심을 가져주어서. 근데, 모르겠어요. 왜, 익명의 얼굴에 유독 공포를 느끼는지, 쉽게 말하면 공포란 상대가 익명, 잘 모르는 존재란 사실 때문에 오는 거니까, 그런 게 아닌가 싶기도 하고……. 하지만, 제 공포의 뿌리가 그것인지는…… 자신이 없어요. 저도 분석이 잘 안 되거든요. 그래요. 저도 왜 그런지 모르겠어요. 맞는 것 같기도 하고, 제 경우는 아닌 것 같기도 하고…….

당신은, 소설가이신 당신은 삼촌 소식이 궁금한 모양이군요?

제가 삼촌이랑 우리 가족이 함께 남한으로 온 건 아니라고 했죠? 그렇게 다정하게 올 순 없었어요. 무슨 말이냐고요? 우리는 엄마의 중국 남편, 막내 삼촌의 형에게서 무사히 빠져나오기도 힘들었어요. 더구나 삼촌은 한국으로 들어올 길이 없잖아요. 오면 바로 출입국 관리소에서 잡혀 중국으로 되돌아가야 할 건데. 그래서 우리가 먼저 한국으로 들어가 자리를 잡고, 그를 불러오는 방법을 택했죠. 쉽게 말해 중국에선 삼촌이 우리를 도와주고, 한국에선 우리가 삼촌을 도와주기로 한 거죠. 엄마는 삼촌이 한국으로 들어오면 그와 결혼을 하겠다고 말한 모양이었어요. 그 언약 때문인지 삼촌은 혼신을 다해 우리를 도와주었죠. 그건 삼촌이 한국에 왔을 때, 우연히 그와 엄마가 주고받는 얘기를 엿듣다가 알게 된 사실입니다.

어느 날인가부터 엄마가 빠르게 아편을 채취했고, 모아둔 즙을 서둘러 정제했어요. 전 직감적으로 무슨 일이 닥친 사실을 알았어요. 저는 새아버지 집을 도망친 날을 잊을 수가 없어요. 그 아늑한 집에서의 마지막 밤을…… 며칠 전부터 새아버지의 얼굴에 화색이 돌았어요. 아마 엄마가 섹스 파업을 풀었던 모양입니다. 신경질도 자주 내고, 심지어 저한테도 짜증 섞인 소리를 하던 사람이 말입니다. 그 전엔 북쪽 아버지보다 훨씬 저한테 잘해주었고, 제가 막내 삼촌과 죽이 맞아 노는 걸 보고 너무 좋아했거든요. 아마 새아버지는 제가 여기 집에 적응을 못 해 엄마한테 나가자고 투정을 부리면 어떡하나 하고 걱정을 했던 모양입니다.

그날은 새아버지의 기분이 최고로 좋았어요. 엄마는 전날 잠자리에서 아편을 최음제로 사용한 모양이었습니다. 예전에도 그녀가 새아버지가 마실 꿀물에 아편을 섞는 걸 본 적이 있었고, 그걸 마신 날은 교성이 늦도록 들렸거든요. 전 그때 북한의 장마당에서 귀부인들이 엄마의 아편을 탐한 이유를 어렴풋이 알겠더라고요. 그 외 아편의 쓰임새가 무궁무진하다는 사실은 남쪽에 와서 책을 보고 알았죠.

—매일 이런 날만 있었음 좋카슴네다.

바보 삼촌이 밥상을 보더니 미소를 짓고 말했죠. 다른 삼촌들도 좋아했어요.

—여보, 우리도 빨리 혜진이 동생을 봐야갔는데.

새아버지도 역시 감탄했어요. 그사이 엄마와 이불 속 일이 잘 풀려 그런지 연신 싱글벙글이었죠. 다른 삼촌들도 침을 삼키고 입을 벌렸습니다. 막내 삼촌만 한쪽에 조용히 앉아 있었어요. 그날 식탁이 양귀비로 뒤덮여 있었습니다. 쌈을 싸 먹으라고 양귀비 잎사귀를 내놓고, 닭을 몇 마리 고았는데, 그 위에 깨 대신에 양귀비 씨가 적잖게 뿌려져 있었죠. 엄마는 평소에도 양귀비 씨를 깨처럼 사용했지만, 그날은 유독 많이 뿌렸어요. 보통 때는, 잘 올라오지 않는 벌꿀이 접시 가득 놓여 있었죠. 제가 숟갈로 벌꿀을 떠먹으려니까, 엄마가 제 손등을 쳤습니다. 꿀 속에 아편을 풀었단 것을 그때 알았습니다. 푸짐한 저녁 식사를 하자 식구들은 금방 곯아떨어졌어요. 설거지를 깨끗하게 마친 엄마는 새아버지 방으로 들어갔고, 저는 잠을 자지 않고 방에 누워 엎치락뒤치락하고 있었죠. 엄마가 새벽에 깨울 테니 너무 깊이 잠들지 말라고 해서 잠이 오지 않았습니다. 저는 새아버지가 내지르는 교성을 들으면서 스르르 눈이 감겼다 싶었는데, 누군가 흔들어 깨우는 바람에 눈을 번쩍 떴습니다. 처음엔 놀라 비명을 질렀어요. 왜냐면 제 머리맡에 앉은 사람이 아버지, 북한에 있는 아버지였습니다. 그가 제 입을 막았는데, 아버지가 아니라 막내 삼촌이었죠.

—엄만 먼저 나갔다.

그의 목소리가 들렸습니다. 그는 불을 밝히지 않고 말했죠.

—마을 어귀에 서 있는 큰 나무 알지?

―네, 삼촌.

저는 겨우 마음을 진정시키고 대답했어요.

―거기서 엄마가 기다리고 있을 거다.

―엄마가 언제 나갔어요?

―한 시간쯤 됐다. 집을 나갈 때, 절대로 조용히 아무 소리가 나지 않도록 나가야 한다.

그는 말을 하고 문틈으로 바깥을 내다보았어요.

―제 옷은요?

그때까지 저는 우리가 어디로 가는지 정확히 몰랐습니다. 더구나 삼촌과 동행을 할 줄은 꿈에도 생각하지 못했죠.

―엄마가 가져갔다. 혼자서 가야 한다. 갈 수 있겠냐?

―네, 갈 수 있어요.

전 자신 있게 대답했어요. 얼음으로 뒤덮인 강을 넘어 중국 땅으로 들어섰을 때, 저는 이미 어른이 돼버려 어둠 같은 것은 무섭지 않았죠.

―큰길 말고 샛길로 가라.

그는 말을 하고, 문을 열어주었습니다.

―삼촌, 잘 있어요.

저는 신발을 신고 바깥으로 나가면서 말했어요. 그때 삼촌과는 마지막인 줄 알았죠. 하지만 눈물 같은 건 나오지 않았어요. 그것은 문을 열자 가슴으로 밀어닥친 어둠 때문이었습니다. 저는 마당을 가로질러 조용히 대문을 밀고 밖으로 나가면서 뒤돌아보았죠. 그런데, 밖으로 고개를 내밀고 있을 줄 알았던 삼촌이 보이지 않았어요. 그 순간, 저는 살짝 눈물이 솟았지만 눈앞에 맞닥뜨린 어둠 속의 짙은 안개 때문에 정신이 번쩍 들었죠.

우리는 마을에서 멀리 떨어진 허름한 어느 농가에서 두 달이 훨씬 넘게 머물렀습니다. 나중에 안 사실이지만, 그것은 막내 삼촌이 새아버지나 다른 삼촌들의 의심을 피하기 위한 시간이었습니다. 이런 노력에도 불구하고 의붓아버지는 삼촌을 의심한 모양입니다. 제가 한국에서 공부에만 매달린 때, 외로움을 달래기 위해 중국으로 종종 편지를 보냈고, 이 년 후 코미디언 삼촌으로부터 한 통의 답장을 받았다고 했잖아요. 맞춤법이 엉망인 그 편지 속에 그런 내용이 어렴풋이 있었습니다. 저는 집을 떠난 지 한 달가량이 지나서야 엄마가 삼촌과 모의를 해서 집을 나왔다는 걸 알았죠. 그 순간, 옛날 일이 퍼뜩 떠올라 엄마한테 남조선에 갈 거냐고 물었습니다. 우리의 목적지는 남조선이었어요. 농가에서 농사일을 돕다가 삼촌의 연락을 받자마자 그 집을 나왔습니다. 엄마는 그 동네에서 아편을 팔아 돈을 좀 마련했어요. 그 돈을 전부 우리를 찾아온 조선족에게 주었어요. 돈은 보위부에 잡혀간 아버지한테로 넘어간 것이죠. 우리가 머물렀던 그 집도 북한을 들락거리는 조선족 여자가 마련해준 거처였어요.

우리는 기차를 타고 낯선 도시로 이동해 막내 삼촌이랑 합류했어요. 그와 함께라면 모든 문제가 쉽게 풀릴 줄 알았는데, 그게 아니었죠. 그 당시 중국과 북한 사이에 무슨 합의가 있었는지, 중국 공안들이 탈북자를 찾으러 다녔습니다. 우리는 중국의 여관에 투숙했는데, 엄마는 돈을 아끼자면서 방을 하나만 잡아 셋이서 한방에 잤습니다.

─삼촌, 잠이 안 옵네다. 무서워요.

막상 여관에 들어가자 이번엔 제가 두 사람이 엉겨 붙는 걸 방해했죠. 삼촌은 이미 오래전부터 내 남자였으니까요. 엄마에겐 북조선의 아버지가 있잖아요.

—무섭긴 뭐가 무섭다고 기래.

삼촌은 절 안심시켜 재우려고 꾀를 부렸습니다.

—무섭습네다. 정말로.

저는 말을 하고 삼촌의 품속으로 파고들었죠. 엄마는 한쪽 구석에 돌아누워 키득거렸습니다.

그 때문인지 아침에 눈을 뜨자 삼촌은 짜증을 냈어요. 다음 날, 기차를 타려다가 삼촌이 어디로 간 사이 엄마가 뱉은 조선말 때문에 공안에게 잡혔죠. 저는 영락없이 북한으로 끌려가 죽는 줄 알았어요. 그때를 생각하면 지금도 머리카락이 쭈뼛쭈뼛 솟아요. 왜, 제가 그런 생각을 했냐면, 한순간 무력해지는 삼촌을 봤기 때문이죠. 동굴 속에 숨어 있던 탈북 여자가 자신에게 구원의 손길을 뻗치자, 삼촌은 모른다고 했잖아요. 공안이 물었을 때, 너무나 태연하게 부정했잖아요. 삼촌이 우리를 그렇게 버릴 줄 알았죠. 그리고 그것은 자신의 탓도 아니잖아요. 그도 어쩔 수 없는 자기 능력 밖의 일이니…….

더구나 삼촌은 엄마를 만나자마자 하고 싶었을 텐데, 그녀는 딸년을 앞세워 관계까지 거부했어요. 어쩌면 그는 우리 모녀가 자신을 이용하려 하고 있다는 것을 눈치챘을 겁니다. 엄마는 그걸 알았는지 넋을 잃고 아버지 이름을 부르면서 당신 곁으로 간다고 중얼거렸죠. 또, 엄마는 자신이 너무 악게 놀았다고 구시렁거렸습니다.

—그게 뭔데, 그게 뭐라고, 괜히 그것 때문에 딸년까지……. 죽으면 죄다 썩어 문드러질 몸뚱아릴 뭐가 아깝다고……. 그냥 줘도 아까울

게 없는데…….

그렇게 중얼거리다가 훌쩍거렸죠.

—아들 잡아먹은 년이 그것도 모자라 딸년까지…….

이어 계속해 혼잣말로 말이죠. 옆에 딸이 앉아 있어도 별로 신경 쓰지 않았어요. 당신은 이제 모든 것이 끝났다고 생각한 겁니다.

—여보! 여보!!

그러다가 아버지를 불렀죠.

—여보, 석진이 아바이! 당신 뜻대로 남조선에 가질 못했습네다. 우린 당신 곁으로 갑네다.

저는 그때 비로소 이 모든 계획이 엄마의 의지가 아니라 아버지의 명령이란 걸 알았죠.

공안들에게 잡혀 수용소 같은 곳으로 끌려가 시간이 흐르고, 완전히 포기하니, 마음이 좀 안정되고…… 한편으로 속이 편하기도 했어요. 먼저 저세상에 가 있을 동생에게 그동안 정말 미안했거든요. 그의 곁으로 간다는 생각을 하니 차라리 잘됐다고…….그런데 수용소인지 구치소인지로 이동한 지 얼마나 지났을까요. 공안이 중국말로 엄마와 제 이름을 불렀어요. 밖으로 나오라고 하더라고요. 전 그즈음에 중국어를 듣고, 읽고 쓸 수 있었어요. 엄마는 자기 이름만 알아듣고, 그 외는 무슨 말인지 못 알아들어 절 쳐다봤어요. 전 그 순간 삼촌이 손을 썼다는 걸 알았죠. 어떻게 알았냐고요? 다른 공안, 직위가 높아 보이는 사람이 찾아와 이름을 부르는 경우 하나같이 석방이었어요. 제 추측은 정확했죠. 그 공안이 가방을 가지고 있으면 들고 나오라고 했어요. 제가 그 말을 엄마에게 통역하자 엄마는 눈물을 찔끔거렸어요.

전 간단한 옷가지를 챙기면서, 삼촌이 엄마를 진정으로 사랑하는 게 아닐까 생각했죠. 그것 때문에 석방된 것이, 혹은 죽음의 땅인 북한으로 돌아가지 않아도 된다는 것이, 마냥 좋기만 한 것은 아니었습니다. 자기가 사랑한 사람을 남도 아닌 엄마한테 빼앗긴다고 생각해봐요. 그럼 삼촌은 졸지에 제 아버지가 되는 거잖아요. 남편이 될 거라고 믿고 있던 남자를 어느 날부터 아빠라고 불러야 될지 모른다고 생각해보세요. 그동안은 두 사람의 이해관계가 맞아, 서로가 서로를 필요로 해서 도와주는 거라고 여겼죠. 그가 엄마를 사랑하고 있을지 모른다는 생각은 전혀 하지 않은 건 아니었지만 좀 막연했거든요. 삼촌이 엄마가 해주는 펠라티오에 혼이 빠졌다고 해도 두 사람이 사랑한다고 말할 순 없는 일이잖아요. 섹스와 사랑이 별개란 것은 저는 진작부터 알고 있었거든요. 그런데 삼촌이 우리를 구하기 위해 손을 쓴 거잖아요. 그가 한국에 가는 것 자체가 목적이었다면, 저와 엄마를 버리고 다른 탈북자 여자를 찾았을 거예요. 그게 어려운 일이 아니라는 것을 탈북자들과 함께 생활하면서 알았어요. 자신을 남조선으로 데려다만 준다면 펠라티오가 아니라 애널 섹스도 기꺼이 해줄 준비가 된 여자들이 널려 있다는 것을.

　엄청나게 보수적인 사회, 아직도 결혼 전까지 처녀성을 지키는 것을 미덕으로 아는 사회 속에서 살아온 탈북 여성들이 중국에서 자신과 가족을 지키기 위해 암퇘지가 되는 겁니다. 가랑이를 벌려야 하나, 말아야 하나, 하는 고민 자체가 너무 사치스러운 거죠. 제발 그것을 벌릴 수 있는 기회를 달라고 빌어야 할 판이죠. 오랫동안 한방에 함께 갇혀 있다 보니 자신의 깊숙한 속내까지 모두 까발리게 되더라고요.

사람들이 대부분 별 거리낌 없이 자신의 치부를 드러내는 것은, 아마 북한으로 가면 죽을 거라고 여겼기 때문일 겁니다.

지금이야 탈북이 만연해서 한번 강을 건넌다고 죽지 않는다는 걸 알고 있지만, 그때는 달랐어요. 요즘은 탈북이 식은 죽 먹기란 뜻은 아니에요. 당시엔 코를 뚫어 철사로 꿰어 북송한다는 소문이 돌 정도였으니……. 실은 소문이 아니라 실제로 있었던 일이지만. 말해 무엇하겠습니까. 이왕 죽을 몸인데 뭐가 무서워 숨기겠습니까. 할 말, 못 할 말 마구 쏟아내더라고요. 어떤 여자는 아주 자기 얘기가 하고 싶어, 입이 근질근질해 죽겠는지 남이 들어주지도 않는데, 그동안 겪은 일을 주절주절 쏟아내더라고요. 그것도 같은 얘기를 반복해서, 먹는 것도 시원찮아 배가 고플 텐데 지치지도 않고……. 그리고 말끝마다 이제 북한으로 가게 되면 죽을 거라면서 자기 신세타령이고, 그럼 옆에서 그 소리를 듣고 있던 여자가 이 중에서 당신만큼 고생 안 한 사람이 어디 있으며, 북쪽에 가면 살아날 사람이 어디 있느냐고 아가리 좀 닥치라고 소리를 지르고…… 얼마 후엔, 그 여자가 되레 신세타령을 시작으로 그동안 살아온 자신의 인생 스토리를 무당 넋두리처럼 리듬까지 맞춰가며 끝도 없이 늘어놓고…… 어떤 여자는 자기가 한족에게 겁탈당한 일을 자랑처럼 말하고, 그 얘기를 듣고, 다른 여자는 처음엔 목숨을 구하기 위해서, 나중엔 돈이 없어 한족이나 조선족 들에게 몸을 팔았다고 하고…… 어떤 여자는 자기 자식 죽은 얘기를 남의 일처럼 아무런 감정 없이 들려주고…… 엄마는 그 얘기를 들을 때는 눈물을 줄줄 흘리다가 그만하라고 소리를 지르고……. 어떻게 생각하면 생지옥이었어요. 모두에게 죽음 전의 공포가 엄습했던 겁니다.

왜 있잖아요. '임금님의 귀는 당나귀 귀'라는 얘기 말입니다. 임금님은 자기 비밀이 퍼지면 조롱거리가 될 것 같아 이야기의 누설을 막으려 하죠. 그런데도 비밀을 알고 있는 복두쟁이는 이야기를 하고 싶어 죽을 지경이고, 결국은 그 때문에 큰 병을 얻잖아요. 그는 대나무 숲에 가서 이야기를 하고서야 살아나죠. 아마 복두쟁이는 마음속으로 결심했을 겁니다. 이왕 죽을 바에야 속 시원하게 말이나 해야겠다고 말입니다.

소설가이신 당신에게 자신의 얘기를 들려주는 것도 실은 복두쟁이처럼 말하지 않고는 배길 재간이 없는 제 마음 때문인지 모르죠. 하여간 적지 않은 여자들이 인신매매를 당했고, 제가 당시까지 숫처녀로 남아 있었다는 게 이상할 정도였죠. 그걸 엄마나 엄마의 중국 남편, 그의 형제들에게 감사해야 할 판이었습니다. 그때 분명히 알았어요. 제가 잘생긴 얼굴은 아니라도 그런대로 반반해 노리는 사람이 많았을 거란 사실을.

탈북 과정에서 중국에 장기 체류한 여자 혹은 장기로 있지 않았다고 해도, 중국을 거쳐 들어온 여자들이 경제적인 어려움이 닥치거나 북쪽의 가족이 병에 걸려 죽게 생겼다는 연락이 오면, 돈을 마련할 방법이 없으니, 될 대로 되란 식으로 몸을 파는 일에 종사하는 것은, 아마도 중국에서의 경험 때문일 겁니다. 이런 여자들이 지천에 널렸으니 삼촌이 동굴 여자를 모른다고 했고, 찾지도 않았던 것은 당연한 일이죠. 오히려 그 여사의 한족 남편이나 형제들이, 굳이 도망간 여자를 왜 다시 구했는지? 그 돈은 한국 돈으로 치자면 한 목숨 구할 만큼 많지는 않을지 모르나 중국 농촌에서 구하긴 쉽지 않은 금액이었죠. 물론 석방 조건으로 제공되는 뇌물의 액수가 일정하지는 않았어요. 돈을 받는 사람의 마음이라 재수 좋으면 아주 싸게 공안으로부터 탈북자를 구해낼 수도 있고, 또 여러 선을 거쳐야 하기 때문에 액수가 엄청날 수도 있죠.

그런데 삼촌은 두 번이나 그런 일을 한 겁니다. 두 번째는 기차에서 엄마가 감정이 복받쳐 흐느끼는 바람에 공안에게 잡혔어요. 엄마가 가방에 몰래 넣어둔 아편을 삼촌이 우연히 발견해 일어난 소동이었죠. 엄마는 그것을 한국까지 들고 갈 생각을 한 모양이었어요. 실은 그때까지 저도 그게 불가능한 일이라고 믿지 않았어요. 북쪽의 변방에 살던 버러지 같은 인간들이 오죽하겠어요. 삼촌은 그것을 가방에서 보고 깜짝 놀랐어요. 엄마가 화장실에 갔을 때였죠.

—양귀비 즙이에요.

제가 말했죠.

—양귀비 즙이라니?

삼촌은 목소리를 낮추고 주위를 돌아보았어요. 그의 태도 때문에 저도 놀라 말을 하지 않았어요.

—아…… 아편?

저는 대답 대신 고개를 끄덕였죠. 그리고 가방 안을 들여다보았어요. 정제된 아편 덩어리가 한 둘이 아니었습니다.

—지난번에 잡혔을 때도 이걸 가지고 있었어?

삼촌이 물었죠.

저는 또 고개를 끄덕였어요. 그는 길게 한숨을 내쉬었습니다. 삼촌은 만약 이것을 가지고 있다가 공안한테 걸리면 한국은 물론 북한으로도 돌아갈 수 없다고 말하더니 엄마의 가방을 들고 나갔습니다. 그가 밖으로 나가자 엄마가 들어와 자리에 앉았어요. 잠시 후, 삼촌이 가방을 가지고 들어왔죠. 그는 말없이 가방을 한쪽에 놓았습니다. 순간 엄마는 가방을 뒤졌어요.

—아편…… 내…… 아편…….

그녀가 중얼거렸어요.

—내 아편 어쨌어?

그녀는 갑자기 삼촌을 쳐다보고 말했습니다.

—왜, 이래요?

삼촌은 주위를 둘러보면서 약간 짜증을 냈어요.

—내, 아편 어쨌어? 어디에 감췄어?

그녀는 삼촌의 멱살을 거머쥐고 소리를 질렀어요. 기차 안의 사람들이 우리를 쳐다보았죠. 다행히 저쪽 끝에 몇 명이 앉아 있을 뿐이었습니다.

—입 좀 다물어!

삼촌도 소리를 질렀어요.

—내 아편!

그녀는 목소리를 더 높였죠. 삼촌은 주변 사람들을 한번 둘러보고 바깥으로 나가버렸어요.

—흑……, 흑…….

그녀는 자리에 앉아 흐느끼기 시작했죠. 서쪽에서 공안 둘이 문을 열고 들어왔어요. 저는 발로 살짝 엄마를 찼습니다. 하지만 그녀의 울음은 그치지 않았습니다. 다행히 사람들의 시선은 우리한테서 떠났죠. 잘하면 공안이 그냥 지나갈 것 같았습니다. 그동안 그랬던 것처럼 말입니다. 저는 눈을 감고 자는 척했죠. 두 명의 공안이 옆으로 지나가는 것 같은 느낌이 들었어요. 그런데 한 사람이 다가와 중국어로 왜 우냐고 물었습니다. 저는 망설였어요. 눈을 뜨고 우리 엄마인데, 방금 아버지랑 싸웠다고 말해야 하나? 그러는 게 좋을 것 같았습니다. 엄마가 조선말을 뱉는 것은 아무래도 위험할 것 같았어요.

　—내 아편!

그녀는 공안을 향해 소리를 지르면서 벌떡 일어났죠.

　—이젠 뭘로 조선에 돈을 보내?

엄마는 정신 나간 사람처럼 중얼거렸어요.

　—이 여자 잡아! 가방도 챙겨!

공안도 조선말을 했죠. 아마 조선족 공안인 모양입니다. 저는 약간 짜증스러운 표정을 짓고 고개를 돌렸어요.

　—일어나!

공안이 저를 흔들었어요. 함께 가자고 하는 거였죠. 저는 계속 자는 척하고 일어나지 않았습니다.

　—일어나라니까네!

공안은 억센 조선말을 뱉었습니다. 저는 거짓 잠꼬대를 했어요. 중국어로……. 그래도 제 몸을 흔들더라고요.

　—몰라요, 저 아이.

엄마의 목소리가 들렸습니다. 그녀는 공안의 조선말에 정신을 차렸고, 제 잔꾀를 알아차린 겁니다. 어쩔까? 저는 머리를 굴렸습니다. 공안이 중국어로 일어나라고 하더라고요. 저는 눈을 뜨고 짜증스럽게 소리를 지르고, 빈자리를 쳐다보면서 능청스럽게 제 아버지 못 봤냐고 물었죠. 전 눈을 뜨면서 그렇게 연기하는 게 나을 것 같더라고요. 공안이 중국어로 너, 이 사람 딸 아니냐고 묻더라고요. 전, 아주 큰 소리로 무슨 뚱딴지같은 말씀이냐고 되물었죠. 상황에 맞게 같은 의미의 다른 문장을 골라 두 번이나 말했어요. 눈을 비비면서⋯⋯. 동굴에서 나온 북조선 여자가 한 행동으로부터 영감을 얻은 것입니다. 그제야 공안은 고개를 갸우뚱하고 엄마만 데리고 갔어요. 가방도 들고요. 아마 제 중국어 구사력에 속았을 겁니다.

그 당시, 저는 길거리에서 조금이라도 의심의 눈초리를 보내는 공안을 만나면 먼저 다가가 속사포처럼 중국말을 해댔죠. 틀림없는 네이티브 스피커로 믿도록 말이죠. 그러면 그들은 그냥 물러가죠. 공안들이 떠나자마자 일어나 삼촌을 찾으러 나갔습니다. 그런데 이미 늦었어요. 그동안 정차해 있던 기차가 움직이기 시작했고, 엄마와 공안은 기차에서 내렸거든요. 삼촌과 저는 다음 역에서 내려 다시 그곳으로 돌아갔죠. 그리고 공안에게 돈을 써서 엄마를 꺼냈죠. 그가 엄마를 사랑하고 있지 않았다면 할 수 없는 일이었어요. 저는 졸지에 사랑하던 남자를 아빠로 모셔야 할 판이 된 겁니다.

이후에도 우여곡절이 있긴 했지만, 우리는 그의 헌신적인 노력 덕분에 큰 어려움 없이 한국으로 들어올 수 있었죠. 그리고 엄마는 한국으로 오는 내내 버린 아편 때문에 우울했고, 한국에 와서 아편을 심어볼 생각이었지만, 여기가 어니 북조선처럼 호락호락한 동네입니까. 그래서 베란다에다 양귀비를 심었죠. 관상용이 아니라 우윳빛 즙을 받을 수 있는 아편 나무 말입니다. 그걸 어디서 구했는지 모르겠어요.

사실 한국의 시골에서도 양귀비를 재배합니다. 물론 불법이지요. 양귀비를 키우다가 경찰 단속에 걸렸다는 뉴스가 심심하면 한 번씩 나오잖아요. 심지어 북한처럼 그걸로 아편을 만들어 사람들에게 판매한 사건도 있었어요. 양귀비는 남이나 북이나 귀한 식물이죠.

처음에 엄마는 어떻게 해서라도 아편 장사를 해보려고 발버둥 쳤는데, 다른 탈북자들이 그걸 팔고 다니다가 경찰한테 걸리면 당신이 감옥 가는 것은 차치하고 탈북자들 얼굴에 똥물을 끼얹은 일이 될 거라고 해서 그만두었습니다. 당신이 자신 있게 할 수 있는 일은 아편 정제였는데……. 저는 그런 엄마가 너무 안쓰러워 아파트 베란다에 심어둔 양귀비를 그대로 두었습니다. 그뿐이 아니라 가끔은 양귀비 잎사귀를 따다가 쌈을 싸 먹기도 했어요. 북한에서처럼, 중국에서처럼, 밥상 위에다 그걸 올려놓으면 엄마는 쳐다보지도 않았습니다. 그래서 저는 남은 잎사귀를 말려 베란다 구석에 가지런히 놓아두었습니다. 그녀를 우울하게 만든 건 아편이 아니라 돈이었습니다. 북한에 보낼 돈 말입니다. 아편쟁이도 아닌 엄마가 아편에 무슨 미련이 있었겠습니까. 그녀는 복통이나 설사가 나도 비싼 거라고 아편을 잘 먹지 않았습니다.

엄마는 한국으로 들어오자 삼촌을 잊어버렸어요. 하나원 교육도 그렇고, 사회주의 국가에서만 살다가 자본주의 사회에서 생활한다는 게 말처럼 쉽지 않았어요. 그것은 핑계였고, 솔직히 말하면 마음이 변한 거죠. 뒷간 갈 때 마음과 볼일 보고 나올 때 마음이랑은 다른 거잖아요. 제가 처음 중국으로 편지를 쓴 것은 그 때문이었습니다. 너무 미안해서 말입니다. 그리고 두세 번 편지를 보낸 후 내 마음을 고백했습니다. 나는 당신을 아빠가 아니라 남편으로 맞이하고 싶다고 말했죠. 비록 그 편지가 삼촌의 손에 들어가지 못하고 의붓아버지 손에서 갈기갈기 찢겨지긴 했어도 제 뜻을 분명히 적어 보냈죠.

체육학과 선배에게 빠져든 것도 실은 그에게서 풍기는 삼촌의 이미지 때문이었죠. 어디서 본 듯한 첫인상은 삼촌을 닮은 얼굴이었습니다. 삼촌은 내 사랑의 전부였습니다. 그런 말 있잖아요. 사내의 정은 들물 같아 여러 갈래로 흘러 품을 때마다 사랑이고, 여편네 정은 폭포수 같아 외곬으로 쏟아져 한 품만 찾아든다고. 삼촌을 향한 제 마음은 곧고 정한 폭포수였어요.

한국에 와서 전 그야말로 혼신의 힘을 다했습니다. 그리고 제 지능이 남다르다는 걸 알았던 선생님들이, 너는 열심히만 하면 금방 남조선의 우등생들을 따라잡을 수 있다고 하더라고요. 제가 IQ만 놓고 보자면 특별한 소수라고 했죠. 물론 그들 말만 믿고 공부를 한 건 아니었죠. 하여간 그럭저럭 몇 년의 시간이 흘렀는데, 어느 날인가 갑자기 삼촌이 저희 아파트로 찾아왔어요.

마치 그는 자기 집 마당에 들어서듯 억지웃음을 흘리면서 문을 열고 현관으로 들어와 거실 소파에 앉아 주위를 두리번거렸죠. 저희 모녀는 처음엔 놀라 어리둥절했으나 이내 태도를 바꿔 반갑게 그를 맞이했죠. 엄마는 입에 발린 소리였지만 중국에 연락할 길이 없어 못 했다고 변명을 늘어놓았죠. 그 말에 삼촌은 환하게 웃으면서 알았다고 말하고 좋아했어요. 그는 우리가 완전히 변심해 전혀 엉뚱한 소리를 할 줄 알고 걱정했던 모양입니다.

엄마는, 말은 그렇게 했지만 내심 삼촌이 어떻게 여기를 찾았는지 궁금했던지 조심스럽게 이것저것 물었죠. 탈북자들이 많다고 하지만 사실 마음먹고 찾으려 들면 쉽게 찾을 수 있죠. 아무 연락도 없이 정부가 정해준 거처를 이탈해 사는 사람들이라면 모를까, 저희처럼 영구 임대 아파트에 사는 사람들을 찾기란 식은 죽 먹기죠. 탈북자 단체에 연락만 하면 말입니다. 삼촌을 보자 전 무척 반가웠어요. 엄마는 한동안 반가운 표정을 짓더니 불쑥 먹을 것을 사 와야겠다고 말하고 바깥으로 나갔죠. 보자마자 미소를 띠고 환영해준 것은 잠시 난감한 상황을 모면하기 위한 쇼였죠. 먼 길을 찾아온 손님, 그것도 엄청난 은혜를 입은 사람에 대한 최소한의 배려였다고나 할까? 곧바로 엄마는 본색을 드러냈죠.

그날 밤, 엄마는 집에 들어오질 않았어요. 전, 그녀가 곧바로 일을 하러 간 줄 알았어요. 그 당시 엄마는 돈을 많이 준다고, 이십사시로 운영하는 음식점에서 밤에 주방 일을 한다고 했어요. 제가 삼촌의 밥이며 속옷까지 챙겨주었죠. 남자 내의가 여자들끼리 사는 집에 왜 있었냐고요. 엄마는 아버지가 한국에 올 때를 대비해 할인마트나 저가 제품을 판매하는 백화점 등에 들렀다가, 오래돼 거저나 다름없는 가격으로 파는 물건이 나오면 사다가 장롱 속에 차곡차곡 쌓아두었습니다. 좁은 장롱 속은 아버지의 물건들로 가득 찼죠. 아편 판 돈을 아버지에게 전해주겠다고 받아 간 조선족에게선 도통 연락이 없었나봐요. 엄마가 연변으로 전화를 걸어도 잘 받지 않았습니다.

다음 날도 엄마는 집으로 들어오지 않았어요. 이런 일은 처음이었죠. 저녁에 나가면 입에서 술 냄새를 풍겨도 다음 날에는 꼭 들어와 집에서 잠을 잤거든요. 그녀는 삼촌에게 말하지 않고, 자신의 뜻을 전

하려는 의도였죠. 무언의 압력, 일종의 침묵 시위였습니다. 이틀 뒤, 삼촌은 엄마에게 전화를 좀 해달라고 하더라고요. 전 전화를 걸었죠. 그녀의 핸드폰은 꺼져 있어서 연결이 되지 않았어요. 그제야 엄마의 진심을 깨달은 삼촌이 허름한 가방을 챙겨 들고 나갈 준비를 마쳤을 때, 초인종이 울렸습니다. 엄마가 돌아왔죠. 당신은 집 밖에서 이틀을 지내다가 딸이 걱정됐는지 모르죠. 삼촌에 대한 제 감정을 당신이 알고 있으니 말입니다. 두 사람이 한 공간에 있으면 무슨 일이 일어날지 모르잖아요. 실제로 거실로 들어선 그녀는 저를 아래위로 훑어봤어요. 혹시 둘이 무슨 일이나 있지 않았나 싶어. 그러다가 엄마가 제게 눈짓을 하더라고요. 방으로 들어가라는 사인 같았어요. 저는 어쩔까 망설이다가 방 안으로 들어가 문에다 귀를 갖다 댔죠.

　―전 이미 남편이 있는 몸이라 우리가 함께 사는 건 곤란하갔습네다.

　두 사람은 소파에 앉아 말을 하는 모양이었어요. 엄마는 자신도 삼촌을 무척 사랑하지만 상황이 이렇게 돼 유감이란 뜻도 덧붙였죠. 그건 거짓말이었어요. 엄마는 아버지의 뜻에 따라 남조선으로 가기 위해 삼촌에게 접근했습니다.

　―남편이라면……?

　그는 한동안 말이 없다가 되물었죠.

　―중국으로 건너오다가 보위부에 끌려갔던 남편이 죽은 줄 알았는데, 멀쩡하게 살아 있디 않습네까.

　엄마는 목멘 소리로 말했습니다. 그것은 의도적인 음성이었습니다. 근데 가성 때문에 내용이 훨씬 설득력 있게 들렸습니다. 그녀는 남한으로 오자마자 북한 억양을 버리려고 무지하게 노력했습니다. 특히 문장의 종결어미 처리를 남한식으로 하려고 했죠. 저도 그녀의 선택은 옳다고 여겼습니다. 남한에 왔으면 여기 식대로 살려고 노력해야죠. 그런데 그녀는 삼촌과 얘기를 할 때는 말투가 어정쩡한 북한식이었습니다.

—기래요? 그럼 혼인신고도 못…….

그는 다시 물었죠. 말을 매듭짓지 못하고. 삼촌은 그것도 힘들겠다고 짐작한 겁니다.

—그건 걱정할 것 없슴네다.

그녀는 자신 있게 말했죠.

—삼촌은 인물이 좋으니 남조선 처자를 구하든지, 여긴 골빈 처자들 천지야요. 남조선 에미나이들은 꽃미남이라면 깜박 죽디요.

목소리가 차츰 원래 자기 투로 바뀌어가고 있었죠.

—…….

삼촌은 말이 없었습니다. 엄마의 목소리만 높아갔죠.

—정말이라니기니……. 남조선 갈치들이 더러워 찜찜하면 젊은 탈북자 여자를 꼬시라요. 아직 때 묻지 않은 삼삼한 아가씨들도 더러 있슴네다. 그 에미나이들도 남조선 트렌드 땜에 잘생긴 남자라면 사족을 못 쓰지요. 자기들 처지에 삼촌 같은 꽃미남, 어림도 없슴네다. 죽었다 깨어나도. 내레, 자신 있게 말씀드릴 수 있슴네다. 삼촌이야 중국 영화배우 못지않은 마스크라, 에미나이들이 오빠 오빠 하면서 덤빌 기라요.

그동안 그녀가 무슨 일을 하고 다니는지 궁금했어요. 엄마는 밤에

나가 식당에서 허드렛일을 한다고 했는데, 아닌 것 같았어요. 전, 그
녀가 유흥업소에 다닐 거라고 짐작만 하고 있었죠. 그런데 엄마의 말
투를 들어보니 제 추측이 틀린 것 같지 않았습니다. 삼촌은 말을 하지
않는지, 그의 소리는 들리지 않았죠.

—왜 말이 없습네까.

—…….

—자신 없어 그럽네까? 돈이면 문제 없습네다. 돈 몇 푼에 팬티까
지 벗어젖히는 세상인데. 남조선이 요지경 속이라 덩달아 탈북자들도
제정신이 아닙네다. 북조선 에미나이들 여기 오면 할 일이라곤 없습
네다. 남조선 정부에서 좋은 자리 줘도 안 됩네다. 못 합네다. 왜 그런
줄 모르지요? 여긴 무슨 일이든 북한처럼 대충대충 했다간 그 자리에
붙어 있을 수가 없습네다. 북한이야 뭐든 지 마음대로잖아요. 적당 적
당 눈치껏 하고, 잘못해도 그냥 넘어가고, 그렇게 살았으니 빡빡한 여
기 사회, 돈벌이가 아주 죽을 맛입네다. 이것도 안 되고, 저것도 안 되
고. 또, 북에서 혼자 내려온 처자들은 남자들이 오죽 그립겠습네까!
그러니 삼촌이 돈 좀 찔러주면서 접근하면…….

그녀는 유흥업소에 다녀서 그런지 저보다 빨리 남조선 사회의 본
질을 깨닫고 있더군요.

—삼촌, 용기를 가지시라요. 제가 에미나이들을 소개시켜드릴 수
있습네다.

—…….

꽤 오랫동안 말이 없던 삼촌은 갑자기 울먹이기 시작했습니다. 그
냥 우는 것이 아니라 마음속 깊은 곳에서 올라오는 흐느낌이었죠.

―울 것 없어요. 안심하라요. 제가 책임지고 원하는 여자를 구해줄
테니…….

엄마는 거의 표준 발음에 가까운 억양으로 말했어요. 이번엔 그를
안심시키는 데 서울말이 낫다고 판단한 모양입니다. 그녀는 삼촌이
자신의 말을 쉽게 수용할 줄 알았는데, 엉뚱한 반응을 보이니 다르게
대처한 것이죠. 엄마는 순간순간 참으로 노련한 선택을 하더라고요.
저도 그녀의 수완에 놀랐습니다. 그러나 삼촌의 눈물은 그치지 않고,
더 깊어졌습니다. 삼촌은 그녀를 사랑한 것입니다, 진정으로. 얼마 뒤,
그가 집을 나갔는지 현관문 열리는 소리가 들렸죠.

텅 트레이닝 키스

당신의 혀를 줘요!
―여자들의 합창

　우리는 그대들의 혀를 원해요.
　절대로 자지가 아니라

　우리는 그대들의 혀를 원해요.
　절대로 '불 꺼놓고 숏골인'이 아니라

　우리는 그대들의 혀를 원해요
　절대로 '힘으로 눌러대기'가 아니라

　우리는 그대들의 혀를 원해요

뱀처럼 꾸불꾸불 환상적으로 기어들어오는

실크처럼 시폰처럼 살풋한 터치로 기어들어오는

—마광수

　재미있잖아요. 여기는 그림 대신 시를 걸어두어 분위기가 다르죠. 아마, 시인은 대단한 페미니스트인가 봐요. 아니면 페미니스트이고 싶거나. 무슨 말이냐고요? 그냥 그런 느낌을 받았어요. 시인은 흔히 하는 삽입 성교를 남성 중심의 공격적인 섹스로 믿고 피하고 싶은가 봐요. 그것을 '불 꺼놓고' 남자가 위에 올라타서 '힘으로 눌러대'고 헐떡거리면서 '숫골인' 한다고 표현했어요. 전 시인의 말처럼 힘으로 눌러대는 성교가 가지는 폭력성에 대한 지적을 충분히 공감해요. 우리는 보통 아무런 문제의식을 가지지 않고, 여자는 눕고 남자는 기어올라 피스톤 운동을 하잖아요. 태곳적부터 그래왔던 것처럼…….

　근데, 작품은 어떤 키스를 염두에 두었을까요? 시인이 꿈꾼 키스의 종류 말입니다. 저는 그게 너무 궁금해요. 그래서 시를 이리저리 뜯어보았죠. '혀를 원해요'라고 반복하잖아요. '우리는 그대들의'. 더구나 '여자들의 합창'이라고 했으니, 시적 화자인 여성이 남자의 혀를 원한다는 뜻인데, 제가 아는 지식으로는 이팅 키스(eating kiss)죠. 시적 화자의 진술대로 따져 키스의 종류를 찾는다면 그렇다는 뜻입니다. 프렌치 키스나 텅 트레이닝 키스(tongue training kiss)를 생각해보지 않은 것은 아니지만, 둘 다 여자의 입속으로 남자의 혀가 들어가는, 여자가 혀를 원하는 형태가 아니라 서로 핥고 빨고 깨무는 키스거든요. 교환이죠.

그런데, 화자는 혀를 원한다고 지속적으로 반복하고 있잖아요. 그것은 이팅 키스예요. 그래서 전, 이 방에 들어오면 이팅 키스를 많이 하죠. 그게 어떤 거냐고요. 여성이 남성에게 하는, 해주는 키스라고요. 여자의 입속으로 들어온 남자의 혓바닥을 핥아주고, 당겨주고, 자극해주는 그런 키스예요. 자극이 상당히 강하긴 해도 여성스러운 키스죠. 성교가 연상된다고요? 그래요. 뱀 같은 물건이 질 속으로……. 그래서, 전 시인이 여성 화자를 내세워 여성 중심의 사랑을 꿈꾸지만, 막상 키스는 자신이 그토록 부정하는 남성 중심의 삽입 성교 형태를 취하고 있단 겁니다.

또한 시인은 '실크처럼' '시폰처럼' '살풋한 터치' 등의 표현으로 부드러움을 열망하지만 다른 한편으론 '뱀처럼 꾸불꾸불 환상적'이란 표현을 사용해 무의식적으로 남근 중심의 문화에 작품이 그대로 젖어 있어요. 그리고 부드러움이 여성의 중요한 특징이긴 해도, 그것을 여성의 전유물로 본 것도 남성적인 시각이에요. 그래서 시인은 남근의 상징인 뱀을 꾸불꾸불한 여성성으로 변화시킨 거죠. 문화라는 게 이렇게 무서운 거죠. 자신에게 가해지는 무형 유형의 억압을 뚫고 시대 양심을 지키려는 시인의 의식 밑바닥에 흐르고 있는 것은 결국 그가 사는 사회의 지배 이념이니까요.

그래서 전, 엄마를 이해해요. 진짜 불쌍한 사람이에요. 불쌍한 우리 엄마, 당신은 괜찮은 남자를 보면 자신도 모르게 눈웃음을 쳐대죠. 마음이 아니라 몸이 먼저 반응하는 거죠. 또한 당신은 눈에 띄는 색골로 태어났지만 맷돌거리로 해대는 요분질이 겁났던가 봐요. 잘록하고 유연한 허리 밑에 달린 넓적한 엉덩이를 남조선 남자 위에 올려놓고 돌렸으면 그들은 거의 졸도했을 텐데. 남한에 와서 우연히 들었어요. 노래방에서 술을 엉망으로 마시고 들어와 혼자 중얼거리더라고요.

—남조선 에미나이들이 맷돌거리로 서방 위에 올라타 구르더라고.

소파에 벌렁 누워서 말입니다. 포르노를 봤는지. 아님, 노래방에서 엉겨 붙은 사람들을 봤는지도 모르죠. 아마 서방이란 단어는 남자를 뜻하는 걸 겁니다. 엄마에게 성관계가 가능한 사람은 서방뿐이죠. 전, 그때 엄마가 이십사 시간 운용하는 식당에서 일하는 게 아닐 거라고 짐작했어요. 엄마의 옷을 벗겨주다가 호기심이 발동했습니다. 우선, 엄마가 맷돌거리란 단어를 알고 있다는 데, 약간 놀랐습니다. 그래서 더욱 궁금했죠. 알고 있으면 실천할 수 있는 거 아닙니까.

—엄마…….

제가 뜸을 들여봤습니다.

—왜, 이년아!

제정신이 아니었죠. 인사불성이 돼 있더라고요.

—중국의 새아버지한테 맷돌거리 해본 적 없어? 그때 밤에 시끄러웠잖아.

전 잠시 망설이다가 슬쩍 물었죠. 그랬더니 뭐란 줄 알아요.

—그러다가 그게 부러지면?

제가 웃음을 참느라 얼마나 힘들었는지.

—그럼 요란한 소린?

다시 물었죠.

—아, 그 수캐 같은 놈이 소리 질러달라고 해서.

엄마는 돌아누우면서 대답했어요. 전 그 대답에 약간 우울해졌죠.

왜냐면 그 요란한 소리는 엄마의 감정 표현이 아니란 거잖아요.

─그럼, 엄마 전혀 감정이 없었어?

전 따지듯이 물었습니다.

─꼭 그런 건 아니지만······.

그녀가 중얼거렸습니다. 전 약간 마음이 괜찮아졌어요. 분명히 당신은 호색인데, 얼굴이, 몸이, 그렇게 외치고 있는데, 순전히 남자의 요구를 들어주기 위해 교성을 질러댔겠습니까.

─정말, 정말로, 새아버지 위에 올라앉아보지 않았어?

내친김에 다시 물었어요.

─······.

엄마는 대답이 없었습니다.

─맷돌거리 몰라? 맷돌처럼 걸어봤지?

제가 다그쳤습니다.

─하늘 같은 서방한테 어케? 난 무서워······.

엄마는 약간 짜증스럽게 말했죠. 당신한테 수캐도 분명히 서방이었던 모양입니다. 하긴 결혼식까지 올리고 함께 산 사람인데. 그리고 코를 가늘게 골았어요. 전 지쳐 자는 엄마를 쳐다보다가 자신도 모르게 울컥했죠. 그만 눈물이 핑 돌았습니다.

맷돌거리나 요분질이란 게 여성 중심의 성행위잖아요. 전 그렇게 믿어요. 행위의 주도권을 여성이 쥐고 있다는 측면에서도 그렇고, 남성의 공격성을 여성 특유의 유연성으로 제입한나는 점에서도 그랬죠. 실제로 여성 억압이 절정이었던 조선시대에조차 여자들은 자신들에게 가해지는 사회적 억압을 여성이 위에 올라앉아 암맷돌처럼 돌려대는 요분질로 풀었나 봐요. 어떻게 알 수 있느냐고요? 속담 사전을 꼼꼼히 한번 뒤져보세요. 의외로 요분질과 관련된 속담이 적지 않아요. 맷돌거리란 단어도 있어요. '맷돌 뭐'란 좀 민망한 말도 있고, 여기서 파생된 '맷돌 잘못 돌면 자주 빠진다'란 속담도 있잖아요. 그런데, 그런 사회에서도 가능했던 체위가, 북한에는 남성 상위밖에 없을 거예요. 여자가 올라타겠다고 덤비면 뺨을 맞을지 몰라요. 남자가 속담을 들먹이면서 예전에 그런 발칙한 에미나이도 있었던 모양이라면서…….

혹시, 선교사 체위 알아요? 무슨 말이냐고요. 남성 상위를 그렇게 불러요. 아프리카에서 선교 활동을 하던 부부가 밤에 그렇게 성교를 하니까, 원주민들이 선교사들은 남자가 올라앉고 사랑을 하는구나라고 해서 붙여진 이름이래요. 그러니, 원주민들은 다르게 성교를 했겠죠. 그러니까, 따로 이름이 필요했던 거죠. 그들은 여성 상위였대요. 중국 고대 벽화에도 여성 상위 성교가 많아요. 남성 상위 체위는 가부장제가 확립되면서 만들어진 게 아닐까? 제 생각입니다. 그럴듯하다고요. 제가 대학원 세미나 시간에 이 얘기를 하고, 며칠 뒤에 친구들을 만났더니 뭐란 줄 알아요. 암맷돌처럼 올라앉아 요분질로 굴러대는 게 그렇게 좋을 줄은 미처 몰랐대요. 애인은 거의 기절하고, 자기는 자기대로 환상 속을 헤매 다니고……. 남자는 자긴 힘도 안 들고, 재미 봤다면서 앞으로 번갈아 위로 올라가기로 했대요. 그러면서 저더러 고맙대요. 하하하.

그런데, 엇저녁에 누가 제 몸 위에 올라타 숨이 넘어갈 것처럼 요란하게 방정을 떨다 전화벨 소리를 듣고 일어나 도망갔어요. 겁탈 미수였죠. 겁탈은 당연히 남성 상위밖에 될 수 없잖아요. 어제는 몸이 좋지 않아 일찍 퇴근했거든요. 악몽을 꾸었어요. 당신한테 고백했나요? 저의 꿈속 사랑은, 늘 강간이에요. 맷돌거리가 아니라 강간을 당해요. 그것도 매번 미수죠. 맷돌거리로 강간을 당할 수 없잖아요. 만약 맷돌거리였다면 제가 강간을 한 거죠. 그런데, 그런 강간이, 불쾌할 수 있는 그 꿈이, 그렇게 기분 나쁘지도, 불편하지도 않아요. 왜 그렇냐고요. 아직까지도 그 이유를 잘 모르겠어요. 항상 미수로 끝나기 때문인지 <u>모르죠.</u>

전 이상 심리 취향 같은 건 없는 사람이에요. 하긴 모르죠. 지옥에 살다 왔으니 제 심층 심리 속에 뭔가, 나도 모르는 무엇이 숨어 있는지. 그건 알 수 없는 일이죠. 괴물이 살고 있을 수도……. 하지만 저는 천국에 대한 꿈이 너무 강렬한 사람이라, 다른 사람들보다 상흔을 덜 가진 것 같아요. 남한 사회에서 대접 못 받아, 키스방이나 전전하면서 당신 같은 소설가의 호기심이나 자극하지만, 저는 자신을 이만큼 끌어올렸다는 사실이 약간은 대견스러울 때도 있어요. 제가 명문대생이 되는 바람에 엄마는 졸지에 수재 딸 엄마가 돼버렸고, 탈북자들 사이에서 존경의 대상이 되었죠. 그 학교를 졸업하면 남한의 주류 사회로 들어가는 건 시간문제라고, 참 기가 막혀, 저도 그렇지만 그들은 너무 현실을 몰라요. 그 때문에 집에서 저와 엄마의 지위가 바뀌어버렸어요. 엄마는 제가 조만간 남조선 당간부가 되는 줄 알고 있어요. 죽어라고 뛴 도서관 근로 장학생 아르바이트로 집에 돈을 좀 들려준 것도 대단한 일이었죠. 공부도 하고 돈도 벌고……. 전 개인적으로 그런 힘이 자신의 천국에 대한 욕망 때문에 가능한 일이라고 믿어요. 심리학에서 트라우마는 그 개인의 심리적 지향과 관계가 있어요. 그래서 어떤 사람에겐 죽을 고통이 어떤 사람에겐 아무런 상처가 아닐 수 있는 거예요.

아무튼 엊저녁의 남자는 좀 괜찮은 편이에요. 어떤 때는 칼까지 들고 들어와 위협했고, 절 강탈하려 들죠. 채찍을 휘두르면서 나타나는 사람도 있고요. 도구는 가지가지로 등장하는 편이죠. 하지만 늘 헛물만 켜다가 달아나죠. 당신이랑 얘기를 시작하고부터 이들이 나타나지 않아 밤이 좀 편했는데, 하지만 엊저녁에 놈이 또 나타났어요. 누구냐고요? 그게 좀 이상해요. 특별히 누가 정해져 있는 건 아니에요. 키스방의 손님인 경우도 있고, 전혀 모르는 사람인 경우도 있어요. 모르는 사람이 많은 편이지만……. 당신도 등장했느냐고요. 아직 당신은 절 겁탈하려 덤비진 않았어요.

예전에 한번은 하도 남자가 끈덕지게 달라붙어, 논의 찰거머리처럼 떨어지지 않아서 놀라 눈을 번쩍 떴어요. 눈을 뜨자 천장이 두 눈에 확 들어왔는데, 몸을 움직일 수가 없는 거예요. 그 남자가 일어나지 않았어요. 얼마나 놀랐던지, 비명을 지르고 몸을 일으켰죠. 그랬더니, 남자가 정액이 떨어지는 성기를 추스르면서 바지를 입고 제 방문을 밀고 나갔어요. 놀라 뛰어나갔죠. 거실엔 남자가 보이지 않았어요. 전 부엌으로 가서 식칼을 집어 들었죠. 보이면 바로 찔러버릴 생각이었어요. 그동안 강간이나 겁탈 미수가 불쾌하지 않았다고 해도, 이젠 끝내고 싶었거든요. 또, 이번은 미수도 아닌 것 같았어요. 전 눈을 뜨고 남자가 제 방문을 열고 나가는 걸 보았고, 더구나 전 브래지어는 물론 팬티도 입지 않은 상황이었어요. 누가 여자 혼자 산다고, 엄마는 밤일을 나가는 걸 알고 집으로 들어왔다고 믿었죠.

그런데, 아무리 방을 구석구석 뒤지고 장롱까지 뒤져도 남자는 보이지 않았어요. 놈은 거실로 나오자마자 바로 도망간 거라고 여겼죠. 그리고 현관문을 열어보려는데, 초인종이 울렸어요. 전 놈이라고 믿고 나신인 채로 다급하게 문을 따고 칼을 들이밀었죠. 그때 얼마나 놀랐던지, 하마터면 엄마를 찌를 뻔했어요. 그날 엄마가 말짱한 정신으로 들어와 천만다행이었죠. 당신까지 정신이 없었다면 정말 큰 사고를 칠 뻔했죠. 잠긴 문을 제가 열었으니 나간 사람은 없었던 거죠. 그 일이 악몽의 절정이었고, 한동안, 아니 꽤 오랫동안 꿈이 없었어요. 그렇지 않았다면 정신과 치료를 받아볼 생각이었어요. 설익은 제 심리학 지식으로 판단하고 덮을 문제가 아닌 것 같았거든요. 그런데, 병원은 약간 흐지부지……. 그러다가 또, 얼마 전부터 강간 미수의 악몽을 조금씩……. 아마 이제 그런 소란은 없을 거예요.

제가 허깨비를 찾아 칼을 들고 집 안을 돌아다닐 당시 제 심리 상태는 너무 불안했어요. 왜냐고요? 그때, 그 당시, 그 대학 선배 있잖아요. 잘생기고, 박식하고, 무슨 운동이든 프로급인 체육학과 선배가 미국으로 떠났거든요. 솔직히 중국의 막내 삼촌보다 못한 얼굴이 아니었죠. 무엇보다도 키스, 텅 트레이닝 키스를 기가 막히게 잘하는 남자였죠. 선배는 코가 양키처럼 근사하게 높아, 제가 그걸 빨고 있으면 그가 자기 손으로 제 턱을 비틀고 텅 트레이닝 키스를 시작하죠. 그것은 입술로 시로를 애무하고 혀토 빨고, 서로 빌고 당기고, 중요한 것은 타액을 교환해 서로를 흥분시키는 겁니다. 섹스에 가까운 키스라고 할 수 있죠. 선배는 제가 흥분해 주체를 못 하면 넥 키스(neck kiss)로 제 목을 애무하다가, 다시 서로의 혀를 이로 깨물었다가 숨 쉬기 곤란하면 롱 키스를 하곤 했죠. 끝은 항상 자신의 입으로 제 입술 전체를 덮어버리는 와이드 스페이스 키스였죠. 물론 그와 키스 놀음을 하고 있을 때, 선배가 이런 다양한 종류의 키스를 구사하는 사람인 줄 몰랐고, 그가 떠나고 여기 키스방에서 일을 하면서 키스에 관해 이런저런 자료를 찾고, 매니저들한테 귀동냥으로 듣고 나서야 알았어요.

섹스까지 했을 것 같은데, 왜 나를 두고 미국으로 떠났냐고요? 우린 섹스를 하지 않았어요. 또, 절 버리고 아무 말도 없이 도망친 건 아니에요. 떠나기 전에 여러 번 말했어요. 함께 떠날 의향이 있는지 물어본 거나 마찬가지였죠. 그가 자기 아버지와 뉴욕으로 떠나기 전날, 저는 그와 정말로 근사한 섹스를 할 생각이었는데……. 암맷돌처럼 위에서 누르고 앉아, 요분질을 해줄 마음이었죠. 근데 왜 그러지 않았는지 모르겠어요. 정들면 부처도 암군다는데, 선배와 저는 그럴 만큼 정들지 않았나 봐요.

탈북자는 한국에서 살기 힘들어요. 그는 한국에 정착하려고 무지하게 몸부림쳤어요. 선배 아버지 있잖아요. 북한에서 엔지니어였다는 그 사람이 미국으로 갈 수 없다고 해서 설득하느라 시간을 끌었어요. 선배는 또 북조선 출신의 남자라 자신의 간이라도 내줄 만큼 애틋한 효자였죠. 그에게 전 첫 번째 여자가 아니었고, 세 번째 여자였을 거예요. 정확한 건 모르겠지만, 그게 중요한 건 아니잖아요. 그렇게 근사한 남자를 여자들이 그냥 두었겠어요? 고등학교 때부터 공부에, 운동까지 잘하고, 허우대도 괜찮아 여자들이 줄줄이 따랐대요. 그도 저처럼 공부 잘하고, 자신의 능력을 키우면 한국의 상류층이 될 수 있다고 믿었던 모양이에요. 그런데, 선배는 저보다 영리한 사람이라 상황을 빨리 눈치챈 겁니다. 체육학과를 일등으로 졸업한 그의 선배가 취업을 못 하더래요. 탈북자였냐고요? 아니요. 수석 졸업생은 고아였나 봐요. 명석한 고아 있잖아요. 선배의 말로 체육대학이라도 일등 졸업생이면 괜찮은 데 취직이 된대요. 더욱이 그 사람은 복수전공으로 경영학 학위까지 받았다는군요. 그 정도면, 좋은 기업을 자신이 골라 갈 수 있다고 했어요. 그동안의 관례를 보면. 그런데 취직을 못 했으니……. 그걸 보고 선배는 알았던 겁니다. 자신이 이 사회의 주류에 편입될 수 없다는 것을…….

그래서 선배는 여자 덕을, 처덕을, 좀 볼 생각을 했대요. 저한테, 솔직히 말해주었어요. 접근해오는 여자들 중에서 집안 좋은 여자, 자신의 배경이 될 수 있는 여자인지 눈치채지 않게 조사를 해보고 사귀었대요. 전 그가 절대로 나쁘다고 생각하지 않아요. 선배가 능력이 없는 무능자도 아니잖아요. 몸뚱어리 하나를, 잘생긴 꽃미남 허우대 하나를 처가에 들이밀자는 게 아니라 한국의 인텔리들이 가진 능력을 다 움켜쥐고 있잖아요. 오히려 그들보다 더 성실하고 근면한 사람이에요. 저와 함께 대학원에서 공부한 남자들과 비교해볼 때, 그렇다는 말입니다. 당시, 선배는 체육학 말고도, 경영학, 영문학까지 선택해 공부하고 있었죠. 단지, 처가에서 자신을 보증만 좀 해달라는 거잖아요. 탈북자 중에 한국에서 잘 풀리는 사람들 있잖아요. 그들 중에는 여기 연고가, 스폰서기 있는 경우가 많아요.

—풍요의 땅이라는 남조선 서울이, 그 아름다운 서울이 내 눈엔 왜 늘 사막으로, 항상 모래 먼지 휘날리는 중국의 사막보다 더 건조한 땅

으로 보이는지…….

언젠가 그는 술을 마시고 중얼거렸습니다.

—…….

전, 무슨 말인지 몰라 잠시 어리둥절했어요.

—요즘 우리 아버지가 술만 마시면 뭐라는 줄 알아?

그는 다시 술을 들이켰죠.

—뭐라는데?

—힘들더라도 그곳에 있을 건데, 괜히 왔대.

—굶진 않은 모양이군.

제가 그 말이 약간 역겹게 들려 비꼬았죠.

—오히려 북쪽이 훨씬 자유가 있었던 것 같단 말까지 했어.

—그래서 뭐랬어요?

—노망들었느냐고 말하긴 했어. 아마, 아버진 여기가 너무 정이 메마른 동네라 그런 소리를 한 걸 거야. 북한은 아파트에 살아도 문을 열어놓고, 한 아파트 사람들이 모두 가족 같잖아.

—가족?

전 자신도 모르게 되뇌었죠.

—그쪽 사람들한테 중요한 것은 패밀리잖아.

그는 다시 술을 마셨죠.

—…….

전 아무 말 하지 않았죠. 선배의 아버지가 왜 그런 말을 하는지 충분히 이해가 됐어요. 그곳은 가족 중심의 사회라 개인에 대한 생각이 존재하지 않아요. 자아에 대한 인식이 없어요. 그러니 그들은 남한 사회 사람들이 말하는 자유가 뭔지 몰라요. 왜일까요? 그들은, 그것을 한 번도 경험해본 적이 없으니까. 음식도 먹어봐야 맛을 아는 것처럼…… 자유도 마찬가지죠. 그들에게 진정한 자유란 공동체 속에서 느끼는 아늑함이죠. 왜 있잖아요. 열렬한 기독교 신자에게 자유란 하나님 안에서 느끼는 자유이고, 평화 역시 하나님 속에서 만끽할 수 있는 거잖아요. 사실 종교적 믿음 속에서 느끼는 아늑함이나 공동체 울타리 안에서 느끼는 아늑함이란, 하나님도 공동체의 울타리도 없는 허허벌판에서 느껴야 하는 현대인의 자유와는 비할 바가 아니죠. 제가 살았던 집단농장 마을도 그 아사가 덮치기 전에 그런 아늑함이 있었어요. 온 동네가 한 가족 같은 마을이었습니다. 큰아버지는 대가정의 아버지, 촌장이었죠.

　―내가 그 소리 듣고 열을 내니까 아버지가 다시 뭐란 줄 알아.

　―…….

　―그냥 중국에서 살 걸 잘못했다고 하더라고. 우리는 가까운 조선족 친척 덕분에 중국에서 호구도 구해 그런대로 살 만했거든. 내 공부 때문에 한국에 왔어.

　그는 말을 하고 다시 잔을 비웠죠.

　―실은, 아버지가 말하기 전에 나도 그런 생각을 했어. 그 흙먼지 휘날리는 모래언덕이 차라리 서울보다 따뜻한 동네라고.

　―…….

　그날, 선배는 소주 다섯 병을 비웠습니다. 평소에 술을 잘 마시지 않는 사람인데 말입니다. 며칠 뒤 제 친구한테 좀 알아봤죠. 실은 제가 집안 좋은 여자를 골라 선배한테 다리를 놓아주었거든요. 쟤 정도

면 탈북자란 사실을 신경 쓰지 않고 남자만 보고 사귈 거란 믿음이 가
는 후배였거든요. 또한, 선배가 원하는 딱 그런 집안의 딸이었죠. 그렇
다고 어마어마한 부잣집 딸은 아니고요. 사위 한 사람 정도는 보증해
줄 수 있을 거라고 여겼어요. 전 공모의 혐의를 피하기 위해 친한 남
한 친구를 앞세워 두 사람을 연결했어요. 남한 여자 후배는 선배가 너
무 마음에 든다고, 이런 남자를 만나 행복하다고 했다고 합니다. 제가
전해 듣기로 두 사람은 금방 진도가 나가 캠퍼스 커플이 됐다더라고
요. 둘이 학교 앞에서 동거한다는 소문도 돌았죠. 하도 붙어 다니니까
난 헛소문이었지만요. 근데 후배가 졸업할 때가 가까워오고, 여자 집
에서 탈북자는 절대로 안 된다고 하는 바람에 헤어졌다는 겁니다.

　제가 착각을 했던 모양입니다. 남조선이나 북조선이나 가정이란
게 얼마나 견고한 벽인지. 저도, 그때 깨달았죠. 선배가 남쪽에서 자신
의 울타리가 될 배경을 가진 여자를 만나기란 쉽지 않다는 것을……
남이나 북이나 신분의 벽이란 게 얼마나 견고한 것인지……. 제 후배
때문에 선배는 더 이상 여자를 찾아 나서지도 않고, 자신의 허우대에
반해 달려드는 여자들을 모두 정리해버렸습니다. 그리고 예전처럼 죽
어라고 공부하지도 않았죠. 복수전공 중 하나를 버렸다는 말도 했습
니다. 마음에 상처를 받은 모양이었어요. 아마, 제 후배를 무지하게 사
랑했고, 그 때문에 충격을 받았나 봐요. 그때부터 미국 얘기가 나왔죠.

　그날을 잊을 수 없어요.
　―혜진아, 난, 꼭 남조선이 싫어서 떠나는 게 아니야.
　선배가 말했죠. 아마, 미국으로 떠나기 일주일 전쯤일 겁니다. 그

전부터 미국에 간다는 얘기를 입에 달고 다녔어요. 이미 학기는 마친 상태였습니다. 그건 저한테 함께 떠날 의사가 있으면 빨리 결정을 해달라는 말이었죠.

　―그럼?

　제가 물었어요.

　―난 여기가 조국이란 생각이 들지 않아, 누가 내게 네 고향은 어디냐고 물으면 평양이라고 말할 거고, 조국이 어디냐고 물으면 북조선이라고 말할 거야. 강을 건널 땐, 그 지옥은 영원히 내 머릿속에서 지운다! 한국에 들어올 땐, 여기가 내 조국이다! 그렇게 맹세했는데…….

　그가 말을 끝내지도 않고 머뭇거렸습니다.

　―선배, 남조선은 우리한테 특별한 은혜를, 복을 준 거야. 특히 선배와 나는, 다른 탈북자들과는 또 달라.

　내가 말했죠. 저도 선배가 제 곁에서 살기를 바랐습니다.

　―그건, 잘 알아. 나도 아버지도, 그 점을 너무 고맙게 생각하고 있어. 동포애란 바로 이런 걸 거야! 그래서 더더욱 떠나겠다고 마음을 굳혔어.

　―무슨 말이야?

　―만약 북쪽과 전쟁이라도 일어난다면, 난 남조선 병사로 인민군대와 싸울 자신이 없어. 그들을 향해 방아쇠를 당길 자신이 없다고. 세상에 조국을 향해, 동포를 향해 총을 쏘는 사람은 없으니까.

　―선배, 꼭 가야 돼?

　―아마, 이제 한국에 들어오는 일은 없을 거야.

그가 말했죠. 그것이 선배가 한 마지막 말이었습니다. 그는 끝내 함께 가자는 말은 꺼내지 않았고, 저 역시 데려가달라고 말하지 않았어요.

　만약 그때 삼촌이 한국에 들어와 있지 않았다면 전 선배에게 사랑한다, 당신을 너무 사랑하니까, 나도 미국으로 데려가달라고 했겠죠.

　선배한테 미안한 일이지만 그는 닭이었어요. 꿈에 맞은 서방인 셈이죠. 무슨 말이냐고요? 제 성에, 욕심에 차지 않는다는 말이죠. 꿩을 먹고 싶은데, 없으니 닭이라도⋯⋯. 물론 삼촌을 한국에서 본 후, 알게 된 사실이고, 의도적으로 닭이라도 먹자고 달려든 건 아니었어요. 제가 아무리 남자를 밝혀도 그 정도 양체는 아닙니다. 만약 진짜로 그럴 의도였다면 심혈을 기울여 후배를 찾고, 그 여자를 선배의 결혼상대로 소개해주지는 않았겠죠. 그가 받은 상처를 감싸주려고 시작한 일이 사랑으로 발전했고, 어느 순간 이 남자다 싶더라고요. 그리고 분명히 꿩이라고 믿었는데, 삼촌을 보자, 제가 그에게 끌린 진짜 이유를 알았죠. 만약 그가 나타나기 전에 선배가 미국으로 떠난다고 했다면 분명히 함께 가자고 졸라, 아니 바짓가랑이라도 붙잡고 따라갔을 거예요. 엄마를 버리고 간다는 자책감이야 들었겠지만, 여기는 북한이 아니니까, 이제 당신도 혼자 살 수 있잖아요. 전 자신의 행복을 찾아가야죠. 그런데 꿩이, 현실의 서방이 그걸 방해했죠. 내 심층을 들여다보니, 뒤집어보니 그렇더란 겁니다. 그래도 그가 떠나고 난 후, 불안했던 제 심리를 보면 선배를 좀 많이 좋아했던 모양입니다. 꿈에서 맞은 서방도 서방이잖아요.

오늘은 꼭 이팅 키스를 해보고 싶다고요? 왜요, 제가 선배와 함께 즐긴 텅 트레이닝 키스가 어때요? 그건 자신이 없다고요? 하긴 그 키스는 숙련이 필요해요. 북한 출신의 선배가 어떻게 그런 키스를 알고 있었는지 궁금하다고요. 그 선배는 자신에게 달려드는 여자들과 키스를 엄청나게 많이 했대요. 섹스를 밝히는 남자가 아니었어요. 그는 트렌드에도 무지 민감한 사람이었어요. 저보다 훨씬 더……. 자신이 탈북자라고 말하지 않으면 사람들이 몰라볼 정도로 남한 사람이 되었죠. 선배는 특히 영어 공부에 매달렸는데, 이유를 물었더니 영어를 네이티브 수준으로 구사하면 어느 놈이 날 탈북자라고 그러겠냐는 겁니다. 결국 그는 자신이 탈북자란 사실을 숨길 수 없어, 숨기고 살 수 없어 미국으로 떠났죠.

그가 미국에선 어떻게 됐냐고요? 그냥 잘 있다는 메일만 몇 통 받았어요. 제가 답장을 하지 않으니까, 그도 시들해졌는지 요즘은 연락이 없어요. 벌써 몇 년 전의 일이잖아요. 다시 연락하려면 못 할 것도 없지만 그러고 싶지 않아요. 그 선배도 빨리 좋은 여자 만나 정착해야죠. 이미 여자가 붙었을 거예요. 여자들이 그런 남자를 그냥 두었겠어요. 사실 탈북자들이 갈 곳은 미국이 아니라 고향이에요. 그들은 한국에서 뿌리내리고 살 수 없어요. 말이 같다고, 말이 통한다고, 전 그것은 부차적인 문제라고 봐요. 북한과 남한은 하늘과 땅만큼 이질적인 사회예요. 완전히 극과 극이죠. 그런데, 어떻게 살아요. 실은 탈북자뿐만 아니라 그 넓은 중국 대륙을 부유하는 북쪽의 인민들도 그런 사실을 잘 알아요. 그래서 그들은 남한에 잘 오지 않으려고 해요. 상황에 급박하게 몰리지 않는다면.

그 때문에, 그런 땅이 세상에 없는 천국이라고, 큰아버지는 온몸을 다해 그곳을 지키려 했는지도 모르죠. 그는 마을의 촌장이었죠. 큰아버지는 대가족의 가장답게 군당인지 도당인지 몰라도 집단농장 트럭을 몰고 나가 쌀을 싣고 왔어요. 함께 갔던 간부들 말로는 그쪽 사람들과 난투극을 벌이다시피 해서 빼앗아 왔다고 했어요. 그는 사람들에게 쌀을 나누어주면서 이번엔 아껴 먹으라는 말도 하지 않았습니다. 공정하게 분배하는 데만 신경을 썼습니다. 그리고 농장 간부들 중에 양식이 있을 것으로 짐작되는 가정이나 아직 자식들의 얼굴에 살이 붙어 있는 가정엔 쌀을 나누어주지 않았죠. 또한, 당신 역시 한 톨의 쌀도 가져가지 않았습니다. 그래서 사람들은 아사가 덮친 죽음의 시절 한가운데서 보통 때도 먹기 힘든 이밥을, 양귀비꽃같이 하얀 쌀밥을 먹을 수 있었습니다. 며칠간이라도 말입니다.

—저놈, 얼굴 좀 봐. 일주일을 넘기기 힘들 것 같아.

동네 어른들은 부모를 잃고 누더기를 걸치고 다니는 아이를 보면서 수군거렸습니다. 전 그런 친구들을 만나는 게 너무나 고통스러웠습니다. 혼자 살아 있는 것 같아……. 큰아버지가 아침마다 미숫가루를 타 들고 부모를 잃은 가정을 돌아다녔지만 어쩔 수 없었죠.

—성미, 죽었대.

친구 하나가 중얼거렸습니다. 그녀는 아직 얼굴에 손목에 살이 붙어 있었습니다. 아사는 마을의 모든 사람들한테 공평하게 덮친 게 아닙니다. 가난하고 못사는 집부터 쓰러졌죠.

—어…… 언제……?

제가 물었어요. 전, 산속의 고구마를 뒤져 먹고 내려오는 길이었죠.

멧돼지처럼 말입니다.

—어제 아침에…….

친구는 대답을 하고 달려갔습니다. 그 친구는 집단농장 간부의 딸이었어요. 동네 사람들은 중국에 친척이 있어 도와준다는 말을 했었죠. 그것은 순 거짓말이라고 말하는 사람들도 있었고요. 그 죽음의 골짜기에서 자기들만 멀쩡하니 동네 사람들한테 미안해 지어낸 말이란 거죠. 마을에 그런 집들이 있었어요.

—그럼, 성미는 묻었어?

제가 다시 물었죠.

—…….

저는 대답이 없어 주위를 두리번거렸어요. 친구는 보이지 않았습니다. 저는 성미의 집으로 가봐야 할 것 같았습니다. 먼저 죽은 그의 엄마는, 우리 엄마한테 장사 밑천을 가장 많이 대준 사람입니다. 우리 집에서 빚을 갚아주었다면 친구의 부모는 굶어 죽지 않을 수도 있었을 겁니다.

—어디 갔지…….

저는 혼잣말로 중얼거렸죠. 역시 친구는 보이지 않았습니다. 저는 제가 헛소리를 들었을지 모른다는 생각이 들었어요. 성미의 집으로 가봐야 할 것 같았습니다. 왜냐면 엊저녁에 성미와 산에서 고구마를 파서 맛있게 나누어 먹는 꿈을 꾸었거든요. 저는 천천히 걸었습니다. 지난번처럼 길바닥에 넘어져 산에서 먹은 고구마를 토하면 안 될 것 같았죠. 그러다가 풀숲에서 뒹굴고 있는 시체를 둘이나 발견했어요. 저는 눈을 감고 걸어가려는데, 시체가 두 눈을 부릅뜨고 절 쳐다보았

어요. 그 눈동자가 제 가슴속에 들어와 박혔어요. 다행히 시체의 손상
이 심해 그가 누군지 알 수 없었죠. 차츰, 시체를 보는 게 익숙해져가
고 있었습니다.

　—성미야, 성미야…….

　저는, 그의 집 앞에서 이름을 불렀습니다. 하지만 대답이 없었어요.

　—성미야!

　이번엔 좀 큰 소리로 불렀습니다. 역시 대답이 없었어요.

　—혜진아…….

　큰아버지였어요. 그가 옆집에서 나왔어요.

　—…….

　저는 당신을 부르려다가 놀랐습니다. 그사이에 얼굴이 너무 말라
못 알아볼 정도로 변해 있었습니다. 큰아버지도 굶은 것이었어요. 막
상 당신의 손엔 미숫가루를 담았던 통이 들려 있었는데 말입니다. 동
네 사람들은 큰아버지가 가져온 쌀을 나누어 받고, 리당비서 집에 쌀
한 톨 없다는 사실을 알고 쌀을 얼마씩 거두어 가져갔지만 당신은 쌀
을 받지 않았습니다.

　—조심해 가라이.

　큰아버지가 대문을 밀고 나오는 남자 둘에게 말했어요. 그들은 보
따리를 하나씩 어깨에 메고 있었죠. 둘은 형제가 아니라 고아가 된 동
네 오빠들이었어요.

　—리당비서 아재요. 정말 고맙슴네다.

　키가 큰 오빠가 고개를 숙였어요.

　—통행증과 아편 잘 간수하라요.

큰아버지가 말했습니다.

─내년 이맘때나 강 건너 오갔슴메다.

그는 오빠들의 손을 꼭 잡았어요. 중국으로 가는 길이었습니다. 그들은 인사를 하고 떠났죠. 오빠들은 내게 손을 흔들었어요.

─큰아바지, 성미는요?

제가 물었습니다.

─…….

큰아버지는 대답을 하지 않았어요. 그리고 고개를 돌렸습니다. 성미는 죽은 모양이었어요. 그때 저쪽에서 트럭이 왔습니다.

─비서 동지.

자동차에서 농장 간부가 내렸습니다.

─양정사업소에 식량이 남아 있갔슴메까.

그가 큰아버지에게 다가오면서 말했습니다.

─가보자요.

큰아버지는 트럭에 올라타려다가 무릎이 꺾였습니다. 그는 굶어 제대로 걷지도 못했어요.

─비서 동지, 군당 인민위원회에서 동지에 대한 문책 얘기가 나온 모양임메다. 그런데 양정사업소 가서 또 난리를 치면…….

다른 농장 간부가 그를 부축하면서 말했습니다. 큰아버지는 아무런 대꾸도 않고 저를 한번 쳐다보고 트럭에 올랐습니다.

키스의 진미

전, 전생에 창을 하는 소리꾼이었거나, 장소를 옮겨가면서 『숙향전』이나 『임경업전』을 읽어주는 전기수였나 봐요. 제가 엄마처럼 노래로 남의 귀를 즐겁게 하지 못하는 걸로 봐서는, 전자는 아니었을 것이고, 아마도 후자였을 것 같습니다. 원래 전기수라는 직업이 그랬다더군요. 저잣거리에서 물건을 사느라 여기저기를 기웃거리던 사람들이, 그의 주위로 모여들면 목소리를 가다듬고 이야기보따리를 푼답니다. 이때 그의 가장 중요한 능력은 사람들의 관심을 모아 그들을 붙잡을 수 있는 화술일 겁니다. 사람들이 맛깔스러운 전기수의 입담에 하나둘 장바닥에 퍼질러 앉고, 그는 내심 사람들의 수를 헤아려가면서 청중이 좀 더 모여들길 기다리는 것이죠. 그리고 탁월한 언변으로 이야기를 풀어갑니다. 판소리 장단으로 치자면 아주 느린 장단인 진양조에서 시작하겠죠. 주위를 두리번거리면서 말입니다. 장바닥을 어슬렁거리던 사람들이 하나둘 자신에게 곁눈질을 하면 중모리로 이어가고 사람이 주변으로 모이면 중중모리로 사람들의 시선을 집중시켰다가 금방 자진모리로 갈아탑니다. 그리고 사람들이 더 많이 모여, 기회가 왔다! 싶으면 흥을 돋우기 위해 자리에서 벌떡 일어나, 양손을 높이 쳐들고서 스토리를 마른하늘의 소나기처럼 바다의 폭풍처럼 휘몰이로 몰아칩니다.

그에게는 청중을 자신의 노래 속으로 빨아들이는 소리꾼의 기질에, 이야기 속에 등장하는 인물들의 캐릭터를 구별해 청중에게 전할 수 있는 테크닉이 필수겠죠. 1인 3역, 5역이 필요한 겁니다. 그리고 사람들이 자신의 얘기에 몰입됐다는 확신이 들면, 아까와는 반대로 얘기를 되레 굼뜨게 진행하다가 어느 순간 입을 다물어버립니다. 그리고 딴청을 피우죠. 돈을 내놓으란 말입니다. 그럼 사람들이 하나둘씩 전대를 풀어 헤쳐 엽전을 앞으로 던질 수밖에……. 전기수가 사람의 전대를 풀게 만드는 것은 뭐라 뭐라 해도 노련한 그 입, 그놈의 주둥이, 주둥아리 때문이죠. 전기수 벌이는 청중을 엎었다, 뒤집었다, 잡았다, 놓았다 할 수 있는 현란한 주둥이의 놀림이 결정합니다. 평안도나 함경도에서는 주둥아리를 '악지가리'라고 부른다는군요. 제가 그 방언을 기억하고 있었던 건 아니고, 대학을 다닐 때, 교양 국어 시간에 우연히 강사님께 들었습니다. 그것이 아직까지 머릿속에 남아 있다가 금방 떠올랐죠. 인간이 유인원에 머무르지 않고, 숲 속에서 기어 나와 위대한 존재가 될 수 있었던 것도, 아마 입 때문일 겁니다. 고도의 정신 활동인 말을 생각해보면 금방 알 수 있는 일이죠. 진화의 과정에서 직립 못지않게 중요한 기능을 담당하는 것은 입과 그 속에서 쏟아져 나온 말이죠.

모든 생물체의 입은 전혀 상반된 기능인 입 맞추기와 깨물기를 동시에 담당합니다. 인간의 입도 마찬가집니다. 인간 역시 다른 동물들이 할 수 없는 말만 하는 것은 아닙니다. 인간도 아직 동물인지라, 입으로 관능적인 키스 즉 사랑을 꿈꾸고, 상대방을 잡아먹는 환상인 범죄의 욕망을 동시에 가지고 있습니다. 좀 전에 이북의 변방에서 입을 악지가리라고 부른다고 했죠. 아마 그건 입이 지닌 부정적인 측면 때문에 생긴 말일 겁니다. '악지'란 어휘가 긍정적인 뜻이 아니잖아요. '악지를 부린다'는 말은 무리하게 고집을 부린단 의미죠. 또 '악지를 뺀다'는 것은 체벌을 가하여 악지스러운 마음을 뽑아버린다는 말이죠. 서로 욕하고 싸우거나 혹은 버티고 겨룬다는 '악다구니'란 단어를 떠올려봐도, 악지가리의 의미는 분명하죠.

입의 두 기능은 동전의 양면과 같은 성격이 있죠. 고도의 물질적, 정신적 문명을 향유하고 있는 인간의 경우, 입의 주요한 역할은 상대를 물어뜯고 공격하기가 아니라 말로 자기 생각을 전하고, 설득하는 일일 겁니다. 또한 핥고, 빨고, 사랑하기죠. 그렇다고 입이 지닌 야수성, 깨무는 기능이 완전히 사라진 것은 아닙니다. 실제로 그런 경험을 키스방에서 한 적이 있어요. 제가 남자의 혓바닥을 깨물었다는 말은 아니고, 제가 당한 일이죠. 깨물렸다는 말이냐고요? 네, 그런 셈이죠.

이제 막 미성년자 딱지를 뗀 어린 친구가 호기심으로 키스방에 찾아왔어요. 대학교에 입학해 신입생 환영회에 다녀오는 길이라고 하더라고요. 저를 지명해 온 것은 아니고, 랜덤으로 선택한 것에 제가 걸린 겁니다. 그날은 월요일이라 에이스도 파리 날리고 있었죠. 그래서 좀 여유를 가지고 룸으로 들어갔어요. 실은 저도 내심 완전히 영계를 만났다고 약간 흥분된 상태였죠. 카운터에서 실장이랑 얘기하는 것을 들었거든요. 키스란 게 그래요. 매니저들 입장에선 돈을 벌기 위해 남자들을 핥고 빨지만, 시간이 지나면 입맛이랄까? 키스의 진미라고나 할까? 뭐, 뭐라고 부르든…… 그런 걸 알게 되고, 어느 정도 쾌락을 느끼는 것도 사실이죠. 언젠가 어느 창녀의 수기를 읽은 적이 있어요. 그 중에 인상적이었던 기록 하나가 잊히지 않았는데, 그것은 그녀가 손님들과 할 때마다 쾌락을 느낀다는 겁니다. 키스방 일을 오래 하다 보면, 그녀의 말뜻이 어느 정도 이해가 됩니다. 키스는 즐거운 쾌락이며, 희열이죠. 물론 마음에 드는 상대를 만났을 때, 그렇단 말이죠.

제가 그 프레시맨에게 키스 좀 해봤냐고 물었죠. 입맞춤은 고등학교 때, 좀 해봤고, 딥 키스는 아직까지……. 그래서 혹시 자위를 하려고 왔냐고 되물었죠. 종종 키스보단 여자가 지켜보는 앞에서 자위를 하기 위해 여길 찾는 사람이 있다고 했죠. 남자들은 일정한 시간이 되면 자기 속에 찬 양귀비 즙을 빼내야 하잖아요. 그걸 혼자서 하면 도통 흥미가 일어나지 않는 남자들이 있죠. 그들을 변태라고 부르기도 하지만 그것은 일종의 성적인 취향이죠. 세상에 변태란 없습니다. 단지 성적인 취향이 다를 뿐이죠.

어린 친구는 당돌하게 프렌치 키스, 롱 키스, 캔디 키스, 깊은 키스의 맛을 보러 왔대요. 제가 나이가 몇 살이냐고 물었죠. 실장도 나이가 의심스러웠는지 물었고, 저도 대기실에서 들었거든요, 그래도 믿어지지 않았어요. 꽃미남으로 예쁘게 생겼는데, 아무래도 고1 정도로 보였어요. 놈은 주민증까지 까면서 대뜸 미성년자 딱지를 뗀 지 몇 달밖에 안 됐으니, 잘 부탁드린다는 거예요. 저한테 누나같이 수수한 스타일을 좋아한다고 강조해 말하면서 자기는 연상이 아니면 여자로 보이지 않는대요. 고등학교 때도 항상 아이가 둘이나 되는 미술 선생만 생각하면서 자위를 했다고 하더라고요. 동갑이나 자기보다 어린 계집 애들은 괜히 젖비린내가 나는 것 같아 입맞춤이든, 키스든, 심지어 섹스도 잘 안 된다더군요. 고1 때부터 자기 얼굴을 보고 달려든 껄떡녀들이—그놈이 분명히 껄떡녀라고 했어요—그 여자들이 훨씬 좋았대요. 가정교사 대학생, 친구 누나, 이모 친구. 친구의 엄마도 자기에게 추파를 던졌는데, 친구 때문에 차마 못 했다고 하더라고요. 주위 여자들이 미소년을 가지고 논 건지, 아니면 어린놈이 즐긴 건지……. 그러면서 쥐방울만 한 놈이 뭐란 줄 알아요. '방아확은 새것이 좋고, 여자확은 닳은 게 좋다'는 속담이 있지 않으냐는 거예요. 기가 막혀……. 그래서 제가 능청을 좀 떨었죠. 처음 듣는 속담인데 그게 무슨 말이냐고 그랬더니, 입은 밑이랑 꼭 같이 생겼고, 그것들은 많이 써본 사람이 잘 다룰 수 있지 않겠냐고 그러더라고요. 두 손 들었죠, 뭐. 저 못지않은 입담이더라고요. 그냥 두면 수다만 떨다가 시간이 다 갈 것 같아, 시작했죠. 실은 저도 그 애에게 확 끌렸거든요. 이 친구를 보고 침을 흘리면서 달려들었다는 여자들처럼 말입니다. 그만큼 확 당기는 미소년이었죠. 처음에 제 혀를 놈의 입술에 밀어 넣었죠. 부드럽게, 아주 부드럽게……. 그런데 놈이 흥분했는지 그냥 제 혀를 당기면서 삼키듯이 빨아댄 겁니다. 진짜 키스를 못 해본 놈이었어요. 제대로 된 키스 말입니다.

처음에는 색다른 맛이다 싶어 좋았고, 제가 신선한 상대를 만났다는 마음에 흥분했죠. 하지만 그런 생각은 잠시였죠. 아주 잠시……. 놈이 정말로 혀를, 진짜로 삼킬 것 같더라고요. 제 혀가 놈의 입속으로

206

밀려들어갔는데, 놈이 자기 이로 혀뿌리를 물고 놓아주질 않아 꼼짝을 못 하겠더라고요. 얼마나 놀랐던지…… 며칠 동안 혀가 빠질 듯한 고통 때문에 키스를 못 했어요. 접붙이고 난 뒤, 소의 불알처럼 한동안 늘어져 살았습니다. 영락없이 의금부 낭청의 쇠불알매 꼴이었다니까요. 삼복더위 땡볕에 앉아 숨을 헐떡거리는 강아지 혓바닥 말입니다. 한동안 남자의 입이 두려웠죠. 저도 그런 경험은 처음이라 대처 방법을 몰라, 제 주둥이를 그 어린놈의 주둥이에 붙이고 끌려 다녔죠. 왜 있잖아요. 시골에서 개 흘레하는 거 말이에요.

그때 문득 어릴 때, 북한에서 봤던 개 상붙는 장면이 불쑥 떠올랐어요. 잊고 있었던 일이었는데…… 진짜 까마득히 잊고 있던 어릴 적 기억이었는데, 말입니다. 농촌 마을이라 들이나 밭에서 개들이 흘레를 하는 것을 심심찮게 보았거든요. 한번은 황량한 겨울 들판에서 두 놈이 주둥이에 침을 질질 흘리면서 일을 벌인 겁니다. 추위도 잊은 채 말입니다. 저는 그때 흘레가 찬바람 속에서도 해야 할 만큼 중요하고, 좋은 일이라는 것을 알았죠. 그 광경이 신기해 아이들이 주위에 둘러섰어요. 아이들은 손을 호호 불면서 어렵게 주워 온 돌멩이를 던졌어요. 하지만 두 놈은 꼼짝 않고 그대로 헐떡거리면서 자기들의 청춘사업에 열중이었죠. 그런데 뒤쪽에서 좀 큰 동네 오빠들이 몽둥이를 들고 달려왔습니다. 북쪽이나 남쪽이나 짓궂은 아이들은 항상 있는 법이죠. 제법 큰 남자애들이 몽둥이를 들고 쫓아갔는데도 두 놈의 엉덩이는 끝내 떨어지지 않았고, 이상하게 옆으로 걸으면서 산기슭으로 달아났죠. 전 그때 두 놈이 평생 고생스럽게 붙어 살아야 할지 모른다고 걱정을 했던 기억이 납니다.

당시 어린놈과의 상황이, 떨어지지 않는 동네 개들의 흘레, 딱 그 짝이었습니다. 지금 생각하면 우스운 경험이죠. 그 일 때문에 정신분석학자들이 말하는 '음경을 삼키는 질'이란 이론을 이해하겠더라고요. 당시 제 혀가 그 친구 입 속 깊숙이 들어가 남근의 역할을 한 것이 잖아요. 성교 도중에 자신의 음경이 여성의 음문과 질에 의해 손상을 입을지 모른다는 환상 말이냐고요? 네, 맞아요, 당신도 정신분석학자의 글을 읽은 모양이군요. 화가 피카소가 그런 광적인 결합에 관한 작품을 더러 남겼어요. 그의 명화 〈키스〉는, 피카소 역시 뭉크처럼 '키스'를 한 장만 그리지 않았죠. 어쨌든 그의 작품 〈키스〉는 눈, 혀가 구분할 수 없게 돼 있어요. 코와 입도 찌그러지고 한데 얽혀 있어요. 자신의 성기가 상대에게 먹힐지 모른다는 공포가 꼭 남성에게만 있는 것은 아닌가 봐요. 어린 친구에게 혼이 난 후, 키스는 사랑의 묘약이고 때로 독약이 된다는 것을 알았죠. 그러니 당신도 부드럽게, 조심해 핥아야 해요.

사실, 키스 혹은 입맞춤이 양면적인 측면이 있긴 해도 그 욕망이 채워질 수 있다면 그나마 다행이죠. 문제는 입의 욕망인 핥기 빨기 깨물기가 좌절되었을 때, 오히려 심각한 양상이 일어나죠. 제가 한국에 와서 가장 흥미진진하게 본 영화는 '한니발 렉터'란 엽기적인 식인 정신과 의사가 나오는 〈양들의 침묵〉입니다. 심리학 리포트를 제출하기 위해 그것을 인터넷에서 다운을 받아 봤죠. 영화 속의 인물, 한니발을 프로이트 식으로 분석하자면, 어린 시절 그의 어머니는 아이가 스스로 독립적인 존재라고 느끼기 시작할 즘에 마음껏 씹고 깨물 만한 물건을 주지 않았습니다. 어머니의 젖가슴이나 우윳병 꼭지를 깨물거나 씹어서 분노를 표현할 수 없었던 그는 자신의 만족감을 얻기 위해 어른이 되자, 다른 사람을 물어뜯고 씹어서 먹었죠. 입의 욕망이 채워지지 않을 때 무서운 일이 일어나는 겁니다.

큰아버지도 비슷한 심리적 상황이 아니었을까요? 리당비서가 된 후, 잦은 주먹질을 하고 지나친 원칙주의를 고수한 것은, 당신의 어린 시절에 경험한 좌절 때문에 생긴 분노의 표현일 겁니다. 아버지 말로는 큰아버지가 진짜 머리 좋은 사람이었는데, 지주 출신이란 신분 때문에 꿈을 펼칠 수 없게 되자, 젊은 시절을 허투루 보내다가 나이 들어 엉뚱하게 기회를 만나 엄청난 성취를 이루었다고 합니다. 하지만 좌절의 기억이 무의식 속에 숨어 그를 약간 비정상으로 만든 거죠. 아사가 찾아왔을 때, 다른 리당비서들처럼 기회주의적인 처신을 하지 않은 것도, 저는 좌절의 기억 때문이라고 생각합니다. 하지만 그에게 있어 좌절은, 콤플렉스는, 정말 괜찮은 인간으로 자신을 밀어 올리는 힘이 되었죠.

실은 한니발 렉터나 큰아버지란 인물을 말하고 싶은 것이 아니라 제 자신의 얘기를 하려고 먼저 그들의 얘기를 꺼냈어요. 제가 특별히 키스방을 찾은 것은 아마도 아주 어린 시절의 좌절 때문일 겁니다. 엄마의 아들에 대한 끝도 없는 편애는, 그 지독한 아사가 오기 전부터, 아니 제가 딸로 태어나고부터 시작된 거예요. 아들이 아니라 딸로 태어났다는 것이 천형이었죠. 그리고 제가 채 성장하기도 전에 아들이 태어난 겁니다. 그녀의 편애로 인해 지는 구순기 욕망이 제대로 해소되지 않았죠. 남자의 혀, 그것은 엄마의 젖꼭지보다 훨씬 매력적인 도구죠. 핥거나 깨물 수 있는……. 제게 키스방은 유아기 때 채울 수 없어 무의식 속으로 들어가버렸던 그 갈급증을, 어느 정도 해결할 수 있는 공간이죠. 제 무의식이 돈벌이란 핑계로 제 발길을 여기다 옮겨놓은 거죠. 절, 여기로 데려다 놓은 것은 제 속에서 잠자고 있던 욕망입니다.

전 어쩔 수 없는 수다쟁인가 봅니다. 어떻게 보면 완전히 구라일 수도 있는 프로이트 이론을 말하려고 입, 주둥아리 얘기를 꺼낸 것은 아닙니다. 키스에서 사운드의 역할에 관해 말을 좀 하려고, 전기수 얘기를 시작한 것이죠. 앞에서 향수에 대해 말한 적이 있었죠. 제 얘기를 듣고 이성 친구를 만날 때마다 콧구멍을 벌렁거리면서 그들이 무슨 향수를 뿌리고 나왔는지 살폈다고요? 그랬더니…… 적잖은 여자들이 향수를, 남자들이 잘 느낄 수 없는 향수를 사용하고 있더라고요? 실제로 어떤 여자에 대한 호감과 비호감이 향수 때문인 경우가 더러 있었다고요? 그것은 일상생활에서의 일이죠. 키스방에서는 향수만으로는 곤란합니다.

지난번에도 말씀드린 것처럼 향수가 무의식을 향해 뻗치는 유혹이라면 사운드는 의식에 작용하는 기제인 셈이죠. 전기수가 청중을 끌어당기기 위해 능란한 화술이 필요한 것처럼 매니저는 적절한 순간 양념으로 들어가는 효과음이 필수적이죠. 보들레르는 음악이 바다처럼 자신을 사로잡는다고 했는데, 그것은 사실입니다. 시인이 말한 음악이 뭔지, 굳이 따져본다면 그것이 특정한 음악은 아닐 겁니다. 인간의 마음속에서 일어나는 동적인 움직임, 생명이 가진 속성 같은 것을 두고 한 말이겠죠. 무릇 소리는 생명체의 존재 방식입니다. 그러니까 고등동물인 인간은 소리에 민감하게 반응할 수밖에 없죠. 그것은 TV

드라마나 영화의 효과음을 생각하면 알 수 있죠. 그뿐이 아니에요. 코미디 프로나 오락 프로를 볼 때, 눈을 감고, 귀를 기울여보세요. 프로가 진행되는 동안 밑에 깔리는 웃음소리가 장난 아닐 정도로 많다는 것을 금방 눈치챌 수 있습니다. 눈을 뜨고 있을 때는 들리지 않던 소리가 귀청을 때리죠. 이것은 웃음이 가진 강한 전염성을 이용한 고도의 시청률 올리기 전략이지만, 본질적으로 이런 설정이 가능한 이유는 사운드에 반응하는 인간의 속성 때문이죠.

제가 키스를 하는 중에 토하는 사운드는 손님의 흥을 일으키기 위한 일종의 서비스냐고요? 그 말은 맞는 말이기도 하고, 틀린 말이기도 합니다. 무슨 말인지 잘 모르겠다고요? 사실 저희 매니저들은 남자들로부터 팁을 원하죠. 하지만 팁은 쉬운 게 아닙니다. 팁은 그냥 아무한테나 주는 건 아니더라고요. 우선 그것을 얻으려면 손님의 주머니 사정을 봐야죠. 그걸 어떻게 아느냐고요? 다 아는 수가 있어요. 키스방은 보통 삼십 분 단위를 1타임으로 삼아요. 1타임 동안 매니저를 만나는 비용은 저희 가게 기준으로는 사만 원이죠. 그런데 2타임, 즉 한 시간을 끊고 들어오는 손님이 있어요. 그럼 그 사람은 육십 분 동안 매니저와 키스를 하든 마스터베이션을 하든 가게에서 제시하는 서비스를 받을 수 있는 거죠. 그럴 경우 일단은 주머니 사정이 괜찮은 손님으로 판단합니다. 그리고 설사 1타임을 끊고 들어온 손님이라고 해서 모두 가난한 건 아니죠. 또 비록 손님이 주머니 사정이 좋지 않다고 하더라도 일이만 원 팁을 매니저에게 지불하는 것이 힘들겠어요? 마음이 문제죠. 매니저가 그 마음을 열 수 있다면 덩달아 주머니도 열리는 법이죠. 그러니 분위기를 만드는 게 중요한 일이죠.

어린 매니저들은, 뭣도 모르고 뜬금없는 소리를 합니다. 유학 가려고 돈을 모으고 있는데, 돈이 잘 모이지 않는다. 뭐 이런 식이죠. 제가 볼 때, 그건 좋은 방법이 아니에요. 만약 그런 씨알도 안 먹힐 구라에 지갑을 열 손님이라면 그는 유학 말을 꺼내지 않았어도 팁을 주고 나갈 사람입니다. 무엇보다도 손님은 남자잖아요. 수놈이란 뜻이죠. 인간이 아무리 진화를 했다고 해도 동물적인 본성을 절대로 버릴 수 없는 일이죠. 그렇잖아요. 그런 동물적 욕구 때문에 여기를 찾아왔잖아요. 그런데 떡을 치러 방앗간을 안 가고 키스방에 온 것은, 그가 그냥 수컷이 아니라 문화를 향유할 수 있는 인간이기 때문이죠.

소설가이신 당신은 이제 제 말을 이해하겠다고요? 다행이군요. 그래서 저는 인간의 속성을 십분 이용해 팁을 요구하죠. 인간의 생물학적인 특징을 말하는 거냐고요? 네, 그런 셈이죠. 보들레르가 말한 것처럼 음악, 떨림, 사운드는 존재의 본질입니다. 전 향수로 당신 말처럼 호감을 만들고, 사운드로 그의 촉수를 자극하죠. 일종의 성감대 자극이라고 할 수 있겠다고요? 그래요. 당신 말이 맞는 것 같기도 하고……. 왜냐면 사운드가 존재의 본질과 관련이 있는 떨림이라면, 성은 그것과 밀접한 관련이 있을 수밖에……. 말을 뱉고 나니, 정말 틀린 말은 아닌 것도 같네요. 그렇다고 해도, 시인들은 세상 만물에 지나치게 의미를 부여하는 사람들이니 그들의 노래에 너무 집착하는 것은 곤란한 일이죠. 또한 시를 행동의 지침으로 삼을 수는 없죠.

우선 저는 키스를 하면서 적당한 사운드를 넣습니다. 입을 사용할 수 없을 때, 콧소리를 사용하죠. 매니저 중에 키스 행위 자체를 싫어하는 친구도 있어요. 여기 일하러 왔는지 투정하러 왔는지 구별이 안 될 정도로 대기실에서 손님들을 짐승이라는 둥, 노인이라는 둥, 세상에 그리 큰 물건은 처음 봤다는 둥, 그게 어떻게 사람 몸에 들어가겠느냐는 둥 온갖 쌍소리를 해대죠. 그러다가 진상 손님이라도 만나면 대기실은 일대 소란이 나고 말죠. 한마디로 프로 정신이 결여된 애들입니다. 그런 친구들이 키스를 즐길 수 있겠습니까? 전, 다르죠. 손님이 마음에 들든, 들지 않든 친절을 베풉니다. 코를 동원하고, 때로는 입술이 떨어질 때마다, 거친 숨소리를 토하고, 급하게 다시 핥겠다고 달려들면 손님을 살짝 밀어내고, 가쁜 숨을 몰아쉽니다. 그가 보기엔 긴장을 풀려는 것처럼 보이겠지만, 숨이 가빠 그런 것이 아니라 달아오른 상대방의 흥분을 이용하려는 거죠. 그럼, 손님은 자신도 물러서서 물이나 음료수를 마시면서 숨 고르기를 합니다. 제가 다시 준비됐다고 판단되면, 남자들은 다가오는 그 시간에 자신도 미안하고 하니 팁을 준답니다. 제가 상대에게 팁 타임을 만들어준 거죠. 물론 그때도 저음으로 가식적이지 않게 사운드를 깔아주어야 하죠. 긴장을 놓치면 안 됩니다. 전부는 아니지만 적잖은 사람들이 호주머니를 열죠. 전기수들이 청중의 전대를 풀 수 있도록 타이밍을 효과적으로 조절하는 것처럼, 저도 적절한 순간을 노리고 있죠.

만약 소리가 팁으로 실현되지 않는다고 해도, 손님은 저와의 키스를 통해 만족할 것이고, 그러면 최소한 또 오는 단골이 될 수 있으니, 전혀 무의미한 봉사는 아니겠죠. 또한 소리는 자신을 위한 배려이기도 합니다. 사람은 자신이 하는 일에 만속감을 느껴야만 짜증을 내지 않고, 그 일을 오래 할 수 있지 않겠습니까? 소리는 실제로 그런 역할을 합니다. 음악이 인간에게 바다에 대한 열망, 즉 삶에 대한 무한한 생명력을 불어넣어주는 것처럼 키스를 할 때 소리는 저를 흥분시키고, 제가 이 일을 계속하도록 하는 동력을 제공합니다. 실제로 사운드 없이 손님과 깊은 키스를 하고 나면 몸도 마음도 피곤해집니다.

혼자서 그런 진리를 터득했다니 놀랍다고요? 아닙니다. 저 혼자 익힌 솜씨는 아니고, 실은 엄마한테 배웠습니다. 그녀가 키스를 그렇게 거친 숨소리를 내면서 했느냐고요? 그런 건 아니었죠. 아마 엄마는 키스를 그냥 입맞춤 정도로 알고 있을 겁니다.

하지만 엄마는 자신의 기질 때문인지 섹스를 무척 요란하게 했죠. 교성을 누가 부탁한다고 해서, 아무리 부탁이라고 해도 자신의 몸이 떨리지 않으면 그 소리가 그토록 아름답게 터져 나왔겠습니까? 북쪽 아버지와의 밤일도 몇 조각 기억이 나고, 막내 삼촌의 큰형님 있잖아요, 엄마의 둘째 남편. 엄마는 북쪽의 아버지가 살아 있다는 소식을 들은 후, 그 사람을 거의 기억 속에서 지워버렸어요. 그렇다고 해도 꽤 오랫동안 그 사람과 살았으니 남편이었죠. 그 남편의 동생들, 제게 의붓삼촌들이죠. 삼촌들이 밤에 부부의 방 앞을 지나다닐 수 없을 정도로 그들의 소리는 요란했고, 전 절대로 당시의 교성이 의붓아버지의 부탁 때문에 질러댄 소리라고 믿지 않습니다. 또한, 삼촌을 유혹할 때도 콧소리를 요란하게 냈어요. 제가 처음 삼촌 방에서 들리는 엄마의 숨소리 때문에 그들의 불륜을 알았으니까요. 그 소리에 대해 엄마한테 물으면, 분명히 그것은 남자를 흥분시키기 위한 일종의 가성이라고 말할 거예요, 당신은……. 그러나, 그 소리는 섹스 때문에, 그 흥분 때문에, 자신의 몸이 떨려 일어나는 움직임, 생명의 힘 같은 겁니다. 그것은 제가 확신할 수 있어요.

각설하고, 저는 천한 기질을 물려받은 타고난 전기수, 소리꾼입니다. 한번 입을 열었다 하면 끝도 없이 마구 쏟아내는 수다를 봐도 그렇고, 엄마한테서 배운 교성을 봐도 그렇죠. 맞아요, 그것은 누가 뭐래도 교성이에요. 만일 제가 키스를 할 때 의도적으로 뱉어내는 것이 교성이라면, 교성이 맞는다면, 그것은 배운 것이 아니라 유전적으로 물려받은 선물일 겁니다. 왜, 선물이라고 말하느냐고요? 전 그 기질을 천하게 보고 있지 않기 때문이죠. 성에 민감하게 반응하는 것은 결코 부끄러운 일은 아닙니다. 그것이 진짜로 타고난 어쩔 수 없는 색기였다면 엄마도 남조선에 와서 참기 무척 힘들었을 거예요. 하지만, 엄마는 자제력이 워낙 강해…… 실은 자제력이 아니죠. 남편에 대한, 변치 않는 사랑이죠. 엄마는 분명히 그렇게 생각하고 있을 겁니다.

또 모르죠. 노래방 도우미를 하면서 달려드는 남자를 매번 거절하기가 쉽지 않았을 테니. 근데, 분명한 사실은 그 일로 엄마가 별로 재미를 못 봤다는 겁니다. 몸을 팔았다면 그렇게 힘들진 않았을 거예요.

엄마는 여느 탈북자들처럼 항상 돈이 없어 쩔쩔매고 오히려 제가 학교에서 아르바이트로 번 돈을 기다리는 궁상스러운 생활의 연속이었죠. 그 때문에 딸한테 기죽어 살았고요.

전 엄마 몰래 삼촌의 연락처를 알아내 그를 종종 만났어요. 삼촌은 한국에서 다른 불법체류자들처럼 일당을 받는 노무자, 노가다를 한 것이 아니라 안마시술소에서 침을 놓는 일을 했어요. 먼저 한국에 들어와 그런 일에 종사하는 조선족의 소개를 받았다고 해요. 그의 피로 회복 침술은 소문이 났는지 돈을 좀 모았는데 다른 업소에서 어떻게 삼촌의 신분을 알고 경찰에 찌른 모양입니다. 그는 업소 방에서 잠을

자다가 엄마가 쪼그리고 앉아 우는 꿈을 꾸었다고 했어요. 놀라 눈을
뜬 삼촌은 뭔가 이상한 느낌이 들어 옷가지와 숨겨둔 돈을 들고 업소
를 나왔대요. 그는 안마시술소가 있는 빌딩을 나오다가 자신을 밀치
고 건물 안으로 들어가는 경찰 단속반을 만났대요. 그곳에서 챙겨 나
온 돈으로 중고 빵틀을 마련해 장사를 했다고 하더라고요. 붕어빵 장
사를 시작할 때는 좀 고생을 했지만, 금방 적잖은 돈을 만질 수 있었
대요.

뭐라고요? 막내 삼촌이란 사람이 수완이 대단하다고요? 네, 정말
수완가, 꾀보, 꾀바리였습니다. 어떻게 돈을 벌었느냐고 물었더니, 대
수롭지 않게 방법을 알려주었어요. 맛을 연구했대요. 동네 붕어빵 장
수들은 고민 없이 빵을 굽더랍니다. 자기는 맛을 다르게 하기 위해 빵
속에 들어가는 팥앙금을 다르게 만들었대요. 처음엔 아편을 넣어볼까
생각했는데, 남한에서는 그걸 구할 수 없잖아요. 또, 그것을 잘못 만졌
다가 걸리면 감옥에 갈 수도 있고……. 사실 미량의 아편은 사람에게
해롭지도 않아요. 오히려 식욕을 돋워주죠. 실제로 중국에서 엄마는
여름에 삼촌들이 힘이 없어, 집 앞 개울가에 있던 수양버들처럼 늘어
지면 미량의 아편을 음식에 섞었어요. 제가 그걸 봤어요. 여름 내내 개
를 잡아먹을 순 없잖아요. 아편을 섞은 음식에 양귀비 씨앗을 볶아 뿌
리고, 그 잎사귀를 나물처럼 무치거나 쌈을 싸 먹으면 삼촌들은 기운
이 솟아서 더 열심히 일했어요. 북쪽의 여름 식단도 비슷했죠. 하여간
삼촌이 만든 특제 팥앙금을 터질 듯하게 많이 넣어서 팔자, 처음에는
손해가 났으나 금세 이익이 되었다는군요. 특히나 여고 정문 앞에서
장사를 했더니 쉬는 시간마다 아이들이 나와서 붕어빵이 구워지기가

무섭게 팔려 나갔대요. 맛난 팥앙금으로 돈을 벌자 동네 붕어빵 장수들이 너도나도 자기와 비슷한 방식으로 붕어빵을 구워 팔더래요.

　삼촌은 불법체류자라는 자기 신분 때문인지 저를 피하는 듯했어요. 저는 그렇게 느꼈죠. 그래도 저는 끈덕지게 따라다녔습니다. 그 때문에 우리는 차츰 가까워졌죠. 그도 저를 예전처럼 어린아이로 보지 않는 듯했습니다. 중국에서 삼촌이 절 자신의 상대로 보지 않았던 것은 제 나이 때문이 아니라 엄마 때문이었을 겁니다. 아무튼 제가 삼촌을 탈북자들이 함께 놀러 가는 모임에 초대했죠. 저는 삼촌이 내 파트너란 자신감이 생겼습니다. 더구나 삼촌은 그 모임에 기꺼이 참가하겠다고 했거든요. 엄마에게 삼촌과 저의 관계를 알려야겠다고 마음먹었습니다. 그 모임은 탈북자 가족 동반으로 가는 야유회였거든요. 그 자리에서 엄마뿐만 아니라 다른 탈북 동료들에게도 제 애인이라고 소개할 생각이었죠. 혹시 엄마가 안 된다고 할지 몰라 제가 미리 선수를 칠 계획이었어요. 삼촌이 야유회에 온다고는 했지만 정말 올지 어떨지 마음을 졸이고 있는데, 진짜로 그가 나타났습니다. 저는 탈북 동료들에게 보란 듯이 삼촌의 손을 잡고 산행을 했죠. 그들은 역시 공부 잘하는 년이라 근사한 남자를 꿰찼다는 표정들이었습니다. 엄마도 삼촌의 출현에 놀란 표정을 짓더니 이내 어쩔 수 없다는 듯이 고개를 숙였죠. 어차피 두 사람 사이는 불륜이었고, 서로의 필요에 의해 엮인 관계입니다. 서로에게 얻을 것이 없으니 끝내는 것은 당연한 일이죠. 제게 삼촌은 그런 존재가 아니었죠. 애초에 엄마는 삼촌에게 감정이 없었고, 삼촌 역시 엄마에 대한 감정이 정리된 듯했습니다.

　만약 삼촌이 아직도 엄마에게 남은 감정이 있다면 이번 야유회를 통해 말끔히 정리하라는 의도이기도 했습니다. 전 야유회 말미에 사람들이 모두 모이는 자리에서 삼촌은 단순히 애인이 아니라 결혼할 사이라고 공표해버릴 마음이었어요. 그런데 점심 식사가 끝난 후, 모두들 흩어져 휴식을 취하고 있는데 삼촌이 보이지 않았습니다. 한참만에 개울가에서 삼촌을 찾았습니다. 제가 반가워 다가가려는데, 바위 뒤쪽에 엄마가 보였습니다. 저는 그쪽으로 가려다가 주춤했죠.

—오랜만임네다.

엄마의 목소리였죠. 그녀의 입에서 사라졌던 북한식 말투가 튀어나왔습니다. 그녀는 점심 식사 후 남은 그릇들을 정리해 개울가에서 씻고 있었습니다. 그러니까 엄마가 삼촌을 부른 것이 아니라 삼촌이 그곳으로 찾아간 모양입니다.

—반갑슴네다.

삼촌이 대답했죠. 저는 두 사람 앞으로 나갈까 하다가 얘기를 들어보기로 마음을 바꿔 먹었습니다.

—그렇게 떠나버리면 어떡함네까?

—저는 형수의 태도가…….

삼촌은 엄마를 형수라고 불렀죠. 그 말에 저는 가슴을 쓸어내렸죠. 이제 삼촌에게 엄마는 정부가 아니라 형수입니다. 앞으로는 형수가 아니라 딸의 남편, 장모님이 되겠지만.

—혜진이가 방에서 엿듣고 있는데, 뭐라고 그래야 함네까?

엄마가 말했죠.

—그럼, 제가 오늘 저녁에라도 한번 찾아갈까요?

삼촌의 이 말에 엄마는 주위를 두리번거렸습니다. 저는 나무 뒤로 몸을 숨겼고요.

　—오늘은 곤란하고 내일 저녁 여기로 한번 와요.

　엄마는 삼촌에게 가게 명함을 내밀고 씻은 그릇을 챙겼죠.

　—정말임네까?

　삼촌은 말을 하고 엄마에게 다가가서 명함을 받아 들었습니다. 저는 곧바로 뛰어나갔죠. 만약 제가 지금 두 사람을 막지 않으면 또 무슨 일이 생길지 모른다는 생각이 들었습니다. 솔직히 말하면 중국에서의 일이 떠올랐죠.

　—엄마, 이게 뭐야? 삼촌을 만나 뭐하게!

　저는 삼촌이 쥐고 있는 명함을 낚아채고, 그것을 엄마에게 집어 던지면서 소리를 쳤습니다.

　—삼촌이 달라고 해서 준 거야.

　엄마는 그릇을 챙기다가 말고 변명을 했습니다.

　—거짓말! 제가 다 봤어요. 거짓말! 거짓말, 그만 좀 해요! 입만 열었다면 거짓말!!

　저는 계속 소리를 지르면서 엄마에게 달려들었죠.

　—내가 무슨 거짓말을 했다고…….

　—제가 엄마의 속셈을 모를 줄 알아요.

　—계집애도 참, 속셈이라니.

　엄마는 말을 하고 삼촌을 올려다보았죠.

　—엄만 삼촌을 이용만 했잖아요.

　—내…… 내가 언제?

　엄마는 말을 더듬었어요.

—…….

저는 엄마를 더 몰아붙이려고 눈에 독기를 품고 엄마를 쳐다봤죠. 더구나 우리가 다투는 소리를 들었는지 사람들이 다가왔죠. 하지만 저는 그런 것은 아랑곳하지 않았습니다. 오히려 잘된 일이라고 여겼죠. 이런 식으로 터지면 엄마와 삼촌의 관계가 완전히 정리될 것 같았습니다. 어차피 저는 야유회를 통해 삼촌을 제 남자로 만들 생각이었으니까요. 엄마는 무척 난감한 표정을 지었죠. 그런데 그때였습니다.

—명함은 내가 달라고 한 거야.

삼촌이 땅바닥에 떨어진 명함을 주우면서 말했어요. 순간 저는 힘이 빠졌습니다. 삼촌은 제 편이 아니라 엄마를 두둔하고 나선 겁니다.

—형수님, 죄송합니다.

그는 엄마에게 다가가 용서까지 구하더라고요. 기가 막혀!

—죄송할 짓을 왜 해요.

엄마는 말을 하고 그릇을 들고 자리에서 일어났죠. 그리고 다가서는 삼촌을 밀어내고 걸어갔습니다. 엄마는 모여든 사람들에게 미안한지 얼굴을 제대로 들지도 못했죠. 하지만 저는 그들이 눈에 들어오지도 않았습니다.

삼촌은 엄마와의 감정을 정리하지 못한 겁니다. 제가 그동안 삼촌의 내심이 두려워 그에게 그것을 물어보지 못한 거죠. 저는 곧바로 그 자리를 피해 산을 내려왔습니다. 제 짐작이 맞았습니다. 이후 삼촌에게서 전혀 연락이 없었죠. 야유회에 가기 전에는 전화도 종종 오고 그랬는데 말입니다.

하긴 엄마도 오죽했으면 다시 삼촌을 유혹했겠습니까? 그날 야유회에서는 그런 엄마의 의도를 몰랐습니다. 왜 그런 표정을……. 당신도 놀란 모양이군요. 그 일을 생각하면 지금도 가슴이 아파요. 엄마와 삼촌의 관계는 남조선에서 딱 한 번의 만남, 삼촌이 저희 아파트로 찾아왔을 때의 그 만남으로 끝났어야 했어요. 그랬다면 그 불행은 없었겠죠. 불쌍한 삼촌……. 무슨 불행한 일이 있었느냐고요? 그 일을 말하려니 제 가슴이 답답합니다.

삼촌은 정말 엄마를 사랑했어요. 엄마는 다급하게 돈이 필요했나 봐요. 제게 말은 하지 않았지만, 말해봐야 학생인 제가 목돈을 만들 수도 없잖아요. 아마 북쪽에서 연락이 왔을 겁니다. 그렇지 않았다면 그런 무리를 하지 않았겠죠. 엄마는 거짓말쟁이였지만 삼촌에게 그렇게 하면 안 된다는 것 정도는, 그녀도 알고 있었을 겁니다. 평생을 갚아도 다 못 갚을 큰 은혜를 입었는데…… 그런데도 삼촌은…… 불법 입국해서 남조선에서 힘들게 살 때도 우리에게 전혀 손을 벌리지 않았거든요. 한동안은 밥을 못 먹을 정도로 힘들었다고 했습니다. 엄마와 결혼해 한국 국민으로 살아보려고 밀항선을 타고 황해를 건너, 우리 아파트까지 찾아왔잖아요. 엄마가 오리발을 내밀었고, 그런데도 행패 한 번 부리지 않고 순순히 물러나주었잖아요.

엄마는 삼촌한테 결혼해 주민등록증을 받도록 해주겠다고 접근했죠. 이번에는 위장 결혼을 제의했다고 합니다. 북쪽의 아버지에게서 연락이 끊어졌다고, 아마 살아 있는 것 같지 않다고 말한 모양이에요. 영리한 삼촌이 그녀의 제의를 받아들인 것은 위장 결혼을 위해서가 아니었죠. 그런 용도로만 여자가 필요했다면 남조선에 널려 있으니까요. 탈북 여자들만 해도 돈 좀 집어준다면 당장 하겠다고 달려들 겁니다. 돈이 없으니 문제죠. 돈만 있으면 굳이 탈북자를 찾을 필요도 없겠죠. 남한 여자들 중에는 그보다 더한 일, 가령 자기 카드 빚만 갚아주면 시집도 와줄 수 있다는 사람이 있는 세상인데, 그 정도는 일도 아니겠죠. 돈, 돈, 돈, 이것이 있으면 남조선에서 뭘 못 하겠어요. 삼촌은 엄마의 위장 결혼 제의가 아니라 결혼 제의에 혹해 다시 넘어온 것이죠. 요즘 유행하는 말로 낚인 셈이죠. 사랑하면 누구나 상대의 낚싯바늘이 달콤한 초콜릿으로 보이는가 봐요. 사랑은 사람을 눈멀게 하고, 멍청이로 만들어버리죠. 당신도 비슷한 경험을 했다고요? 그래서 그런 심정을 이해한다고요?

삼촌은 붕어빵 장사를 정리하고, 그동안 모은 돈을 가지고 다른 동네로 갈 생각을 하고 있었는데, 엄마에게서 연락이 왔다고 했어요. 그녀는 만난 지 열흘 만에 삼촌의 돈을 챙겨 도망가버렸죠.

전, 지금도 기억하고 있어요. 그날 엄마는 허겁지겁 아파트로 들어와 중국에 가서 아버지를 만나야겠다고 짐을 챙겼어요. 가방을 들고 거실로 나온 엄마한테 아버지가 중국으로 넘어왔느냐고 물었죠. 그랬더니 강을 건넌 모양이라고 약간 애매하게 말하더라고요. 그리고 현관으로 나서며 쫓기는 사람처럼 서둘러 신발을 신었어요.

—죄책감 느낄 필요 없다. 나는 널 용서했다. 아바이도 널 용서하셨다. 아편은 네가 모르고 숨겼잖아. 그게 있었다 해도 동생은 힘들었을 거야. 그러니 그 일로 너무 힘들어할 것 없다.

엄마는 현관에 앉아 신발을 신으면서 뜬금없는 소리를 했습니다. 서울 억양이었죠.

—아바이까지 알고……

전 얼마나 놀랐던지⋯⋯ 말을 끝맺지 못했죠. 그녀는 제 말에 별 관심을 보이지도 않고 현관을 나가버렸습니다. 그녀는 자기 딸이 굶어 죽지 않기 위해 양식을 숨겼다는 것을 어떻게 알았을까요. 아편, 아마 아편 덩어리 때문일 거예요. 전 가족이 탈북해야 할 상황이 되자 산으로 올라가 아편을 꺼냈죠. 그동안 산을 찾지 않아 남은 고구마는 썩어 있었습니다. 아편 두 뭉치, 그중 하나는 큰아버지 집으로 가서 큰어머니한테 주고, 나머지 하나는 돌에 문지르고 찍어 주머니에 챙겨 넣었죠. 모양을 변형시킨 겁니다. 제가 강을 건너자마자 아버지를 잃고, 울고 있는 엄마한테 아편을 내밀었어요. 큰어머니가 주더라면서⋯⋯. 엄마는, 아편을 내밀자 잠시 울음을 그쳤어요. 그러다가 큰아버지를 부르면서 통곡을 했죠. 하지만 그것은 제 짐작입니다. 그들은 처음부터, 고구마가 없어지고, 엄마가 동네 빚쟁이들한테 난리를 친 후에 이미 알고 있었는지⋯⋯. 엄마가 황급히 뱉은 말로는 정확한 진실을 알 수 없었습니다.

어제, 새벽에 집으로 들어가 모처럼 곤하게 자다가 코끼리 꿈을 꾸었습니다. 살던 서식지가 황폐해져 촌장 할머니와 부모를 따라 걸어가던 새끼 코끼리가 지쳐 쓰러졌죠. 촌장 할머니는 주춤거렸지만 금방 다른 가족을 이끌고 길을 떠났습니다. 하지만 새끼 코끼리의 가족들은 그 자리를 떠나지 못했죠. 그러다가 아빠 코끼리는 멀어져가는 코끼리 무리를 쳐다보았습니다. 그는 촌장 할머니보다 더 망설이긴 했지만 아프지 않은 다른 새끼 코끼리 한 마리를 데리고 길을 떠났어요. 엄마 코끼리는 꽤 오래 그 자리에 서서 걸어가는 남편과 새끼를 번갈아 쳐다보더니 결국 남편의 뒤를 따라갔죠. 쓰러진 새끼 코끼리는 눈물을 흘리면서 걸어가는 가족을 바라보았습니다. 엄마 코끼리는 걸어가다가 몇 번이나 뒤돌아봤지요.

저는 자다가 눈을 번쩍 떴죠. 베개가 흥건히 젖어 있었어요. 놀라 호흡을 가다듬는데, 어둠 속에서 요란한 총성이 울렸어요. 전 숨을 몰아쉬었죠. 중국에서 전화가 왔는지 벨소리도 요란하게 울렸습니다. 또 한 방의 총성이 고막을 찢었어요. 머리가 멍해지고, 시간이 멈췄어요. 정말 시간이 정지된 것 같았습니다. 또다시 총소리가 울렸죠. 전 제 가슴을 내려다보았죠. 옷이 피로 물들었어요. 저는 뻥 뚫린 가슴을 만지면서 기침을 했죠. 입에서 피가 튀어나왔어요. 손바닥에 핏자국이 흥건하고…… 입에서 뿜어져 나온 피가 사방으로 흩어지고…….귓가로 비명 소리가 들렸죠. 다음 순간 눈앞에서 작은 덩치의 남자가 뒷걸음질 치다가 품에 안겼어요. 그는 놀라 몸을 돌리더니 저를 쳐다보고 도망가는 것이 아니라 제 가슴에 얼굴을 파묻었죠. 제 사촌 동생이었어요. 북한에서 한동네에 살고 있었던 사촌들 중, 그때까지 살아 있던 동생이었죠. 당시 벌써 몇 명의 사촌 오빠, 동생이 굶어 죽었습니다. 촌장인 큰아버지 자식 셋 중 둘도 희생됐죠. 그것이 기억났습니다. 제게는 적잖은 사촌들이 있었어요. 코끼리 꿈을 꾸고 나서 머릿속에서 잠자고 있던 북한의 일이 하나둘 생각난 겁니다. 저는 제 가슴에서 흘러내리는 피가 동생의 옷에 묻을 것 같아 피 묻은 손을 벌렸죠. 사촌 동생의 가슴이 심하게 방망이질 쳤습니다. 그 느낌이, 그대로 전해져 제 가슴도 쿵쿵거렸죠. 놈의 흐느낌이 이어졌어요. 그의 다리가 풀렸어요. 그를 부축했죠.

그러다가 저도 놀라 자리에서 벌떡 일어났습니다. 한순간 총성이 사라졌죠. 제가 잠에서 완전히 깬 겁니다. 빛바랜 영상 하나가 의식의 표면 위로 떠오른 것입니다. 북한에서의 악몽이었죠. 오랫동안 제 의식의 밑바닥에 숨어 있다가 시도 때도 없이 들려오던 흐느낌, 비명 소리, 고함 소리의 정체가 확연히 드러났어요. 전 침을 삼켰죠. 그것은 북한에서 있었던 공개 처형 장면이었습니다. 큰아버지가 가슴에서 피를 쏟고 고개를 떨어뜨렸습니다. 여기저기에서 처형을 지켜보던 사람들이 '리당비서 동지'라고 소리를 질렀고, 그 소리는 울먹임으로 바뀌고 있었습니다. 사람들의, 굶주린 사람들의 흐느낌, 통곡 소리가 하늘을 찔렀습니다. 군당인지, 도당인지, 양정사업소인지, 어디에선지 몰라도 쌀을 트럭에 싣고 온 큰아버지는 반당분자로 몰렸습니다.

큰아버지가 뭘 잘못했는지 모르겠습니다. 쓰러져가는 붉은기를 지키려다가 결국 저 꼴을 당한다고 아버지도 울먹였습니다. 그게 사람들 앞에서 총알을 가슴에 맞고 죽어야 할 만큼 큰 잘못이냐는 그의 푸념이 떠오릅니다. 큰아버지의 공개 처형 결정이 내려졌을 때, 당신이 뱉은 말이었습니다. 엄마는 자신의 죄 때문에 큰아버지가 죽었다고 자신도 굶어 죽겠다고 했습니다. 저는 엄마가 안전원한테 잡혔을 때, 큰아버지의 이름을 팔았던 기억이 떠올랐어요. 리당비서 동지의 죄는 셀 수 없이 많았습니다. 국가 재산인 아편을 빼돌려 일가친척까지 동원해 장마당에서 팔고, 동네 사람들의 돈도 친척을 통해 갈취하고, 인민들에게 공화국은 살 수 없는 땅이니, 중국에 가서 살라고 탈북을 종용한 반당분자입니다. 그뿐만 아니라 국가 재산인 쌀을 자기 마음대로 가져가 인민들에게 나눠주고, 자신도 배불리 먹었다고 합니다.

하지만 재판장의 이런 말을 동네 사람들은 믿지 않았습니다. 리당 비서 동지의 가장 큰 죄는 국가 재산인 쌀로, 당신이 붉은기라고 믿는 인민을, 아이들을 지키려 했던 겁니다. 동네 사람들이 수군거린 말이었습니다. 제 가슴이 갑자기 방망이질 쳤습니다. 제 품속에 안겼던 사촌 동생의 흐느낌이 다시 되살아났습니다. 지난번에 〈소녀와 죽음〉이란 뭉크 그림 속에서 얼굴이 고개를 내밀었다고 했잖아요. 누군지 몰라도 아는 얼굴이라고 했던…… 그 해골 말이에요. 그는 공개 처형된 큰아버지였어요. 그가 해골로 변해 절 쳐다본 겁니다. 당신의 마지막 얼굴이 그랬던 것 같아요.

우리 가족한테는 엄청난 사건이었죠. 그것 때문에 우리는 부랴부랴 북한을 탈출해 나온 겁니다. 더구나 큰아버지가 뒤집어쓴 죄의 일부는 당신과 무관한 엄마의 잘못이었습니다. 원래 아버지는 수령에 대한 충성심이 강해 굶어 죽더라도 북한에 있을 사람이었죠. 제가 아는 아버지는 그랬습니다. 그런데 큰아버지의 총살에 심한 충격을 받은 모양입니다. 아픈 동생을 북한에 두고 떠나던 날, 꿈을 꾼 이후 그날이 분명히 떠올랐습니다. 아마 그 기억을 제가 머릿속에서 지워버린 모양입니다. 사실은 지운 것이 아니라 묻어둔 것일 겁니다. 그것을, 그날의 일을, 무의식에 묻지 않고는 살아갈 수 없었을 겁니다. 그래서 엄마도, 그 일에 대해 한 번도, 입을 열지 않았던 겁니다. 중국에서나 한국에서나. 어떻게 그날을 잊을 수 있겠습니까. 세상의 모든 것을 잊는다고 해도, 그날이 머릿속에서 사라질 순 없습니다. 그러니 처형 장면과 함께 불쑥 의식의 표면 위로 솟아올라버린 것이죠.

아버지는 그날, 꼭 그날 떠나지 않으면 안 된다고 했습니다. 그날이 아니면 영원히 북조선을 떠날 수 없을지도 모른다고 했던 것 같습니다. 그렇지 않았다면, 최소한 동생을 땅에 묻고 나왔을 겁니다. 모셔온 간호사가 혼잣말로 중얼거렸죠.

—지금 멀쩡한 아이도 굶어 죽어가는데, 이런 애를 살리자고 바쁜 사람을 여기까지 데려와요!

—살려주시라요. 이놈은 우리 집안의 대들보임네다.

엄마가 소리 내어 울면서 매달렸죠.

—가망 없는 애 살리겠다고 식량 축내지 말라요. 지금 쌀 한 톨 구하기 힘든 세상에 약을 어디서……. 약이 있어도 힘듭네다.

간호사는 더 매정하게 말하고 일어났죠. 동생의 병이 깊어 약으로도 회복될 상황이 아닌 모양이었습니다. 아버지는 그 사실을 진작 알고 있었는지 옆에서 아무 말 없이 고개를 떨구고 있었죠. 가족은 아직 살아 있는 동생을 집에 두고 강을 건넜죠. 이미 일부 친척이 북한을 빠져나갔다고 했습니다. 그런 말을 들은 기억이 나는군요.

죄송해요. 당신이 아무리 저랑 인터뷰를 목적으로 룸에 들어왔다고 하지만 엄연히 돈을 지불하고 키스하러 온 손님인데, 그런 당신 앞에서 이렇게 눈물을 많이 흘려……. 고마워요. 마치 제가 눈물을 흘릴 줄 알고 있었던 것 같네요. 이렇게 깨끗한 손수건을 꺼내시는 걸 보니……. 그건 아니라고요? 좀비들의 정체도 알았어요. 그들이 누군지 알았어요. 흑 흑, 죄송합니다. 더는 ……. 오늘은 그만하죠.

자위하는 남자의 자화상

저 그림 아름답죠? 아름다운 그림이잖아요! 제가 키스방에 걸린 작품들 중에서 가장 좋아하는 명화입니다. 그렇다고 클림트의 그림을 제일 좋아한다는 뜻은 아닙니다. 전, 개인적으로 클림트보단 그 밑에 고정해둔 액자 속의 작품을 그린 작가, 에곤 실레를 훨씬 사랑합니다. 그는 클림트의 제자로 알려져 있죠. 그의 그림은 독특한 개성 때문에 오히려 자기 나라에서 미움을 받았다고 합니다. 클림트의 그림을 수용할 수 없었던 문화라면—클림트는 야한 화가로 낙인찍혀 조국에서 냉대를 받았다고 하잖아요—에곤 실레의 그림은 도저히 용납될 수 없었겠죠. 그의 저 그림 〈자위하는 남자의 자화상〉은 감동 그 자체입니다. 제가 저 작품을 보고 얼마나 감동을 받았는지……. 스승인 클림트가 그리고 싶었어도 자신을 억압하는 사회적인 관습 때문에 감히 그릴 엄두를 내지 못한 작품들이죠.

에곤 실레에 비하면 클림트의 〈키스〉는 좀 더 격조를 지닌, 뭐라고 할까, 내숭을 떨 줄 아는 작가의 작품입니다. 실은 그것이 고급 예술의 기준이기도 하죠. 은근한 맛, 그게 고급 예술의 조건인가 봅니다.

저 시원한 그림을 보세요. 꽃이 만발한 들판 위, 금빛으로 뿌려진 신비로운 공간을 배경으로 부둥켜안고 있는 한 쌍의 연인. 넓은 어깨의 남자가 도포를 걸치고, 고개를 숙인 여자를 으스러질 듯 껴안고 키스를 하려는 찰납니다. 여자는 남자의 목뒤로 매달리듯 팔을 돌리고, 눈을 감은 채 힘껏 고개를 뒤로 젖혀 그의 뜨거운 입맞춤을 기다리고 있죠. 남자의 망토와 비슷한 옷을 입어, 구분이 힘든 여자의 몸이 남자에게 빨려들 것 같습니다. 또한 그녀의 맨발은 절벽처럼 들판의 끝, 낭떠러지에 아슬아슬하게 닿아 있죠. 키스를 거부하려고 남자로부터 몸을 돌리면, 남자의 입을 받아들이지 않으면 천 길 나락으로 처박힐 겁니다. 하지만, 제가 보기엔 두 사람이 뜨겁게 끌어안아도 그녀의 몸은 환희로 자신의 발이 닿아 있는 밑으로 추락할 것 같습니다. 깊은 키스의 희열은 바로 그런 것이죠.

처음 당신과 만나 얘기하던 날, 쳐다만 봐도 부자가 될 것 같은 클림트의 저 황금빛 그림 밑에서만 키스를 한다던 남자 얘기를 했었죠. 클림트를 보면 가슴속이 금물로 젖어 들어 흥분이 훨씬 잘 된다고 했던 남자 말이에요. 기억난다고요? 실은 그분은 아랫도리가 부실해 웬만한 자극에도 발기가 안 되는 사십대 초반의 남자죠. 그는 키스보다도 자위에 훨씬 관심이 많은 손님이에요. 그 남자에게 저는 자위 매니저였죠. 물론 자위를 시작하기 전에 진한 키스로 남자를 흥분시켜 발기를 유도하죠. 그게 제 일이니까요. 대딸방처럼 제가 직접 남사의 성기를 움켜쥐고 흔들어대는 핸플을 하지는 않지만……. 그 당시 제가 왜 흰 곰팡이라고 했는지 알겠다고요? 그럼 그건 굳이 설명 안 해도 되겠네요.

전 클림트의 〈키스〉를 보면 막내 삼촌이 생각나요. 저 그림과 삼촌이 무슨 관계가 있는 것도 아닌데…… 사실 아무런 관계가 없는 거죠. 그 관계란 제 머릿속에서 주관적으로 만들어졌죠. 무슨 말이냐고요? 소설가이신 당신이 상상력을 한번 발휘해보세요. 클림트의 〈키스〉가 무엇처럼 생겼는지……. 네, 맞아요. 남근을 닮았죠. 당신의 상상력도 어지간하군요. 아니라고요? 클림트가 그것을 염두에 두고 〈키스〉를 그렸다는 글을 읽은 적이 있다고요? 그래요. 굳이 그런 글에 도움을 받지 않더라고 저건 분명히 남근의 모양이죠. 아마 사십대 자위 마니아, 그 손님도 저 그림에서 성기의 영상을 봤을 겁니다. 제가 저 〈키스〉를 볼 때마다 엄마가 삼촌에게 해준 서비스를 연상한 건 어쩌면 당연한 일이죠. 꽤 오래전, 어린 시절 일인데 몇 번 본 그 장면이 제게는 대단히 충격이었나 봅니다.

당신과 얘기를 하면서, 클림트의 〈키스〉는 제 심층 속에 숨어 있었던, 또 다른 영상과 겹친다는 걸 알았어요. 그게 뭐냐고요? 오르간 위의 노즈, 코도 실은 성기였어요. 꿈에서도 보고, 눈을 뜨고도 봤던, 팔뚝도 마찬가집니다. 그것은 아마도 제가 북한에서 겪은 일 때문일 겁니다.

저와 아버지는 삶은 고구마를 가지고 감옥으로 큰아버지를 면회 갔습니다. 공개 처형 당하기 전이었죠. 왜, 엄마가 가지 않고 제가 따라갔는지 기억나진 않아요. 당신은 자신의 죄를 뒤집어쓴 큰아버지 얼굴을 뵙기가 힘들었을 겁니다. 하지만, 그것 때문에 엄마가 가지 않았는지 모르겠어요. 오히려 찾아가 죽기 전에 용서를 구하는 게 도리 같기도 한데……. 당시의 모든 상황은 애매해요.

그래도 머릿속에 분명히 각인된 영상 하나가 있습니다. 아버지는 간수랑 얘기를 하고 전 큰아버지에게 먹을 것을 내밀었죠. 그는 군인들에게 맞았는지 입이 심하게 터져 있었고, 하도 굶어 여윈 얼굴은 해골처럼 변했고, 찢어진 윗도리 사이로 뼈만 남은 앙상한 몸뚱어리가 보였습니다. 그리고 바지도 거의 벗겨져 있었습니다. 리당비서의 당당한 모습, 호랑이를 연상시키는 그 큰 덩치가 너무나 초라하게 변해 있었죠. 큰아버지는 얼마나 배가 고팠는지 고구마를 허겁지겁 먹느라 자신의 누추한 모습을 조카가 보고 있다는 사실도 잊은 모양이었습니다. 그런데 그의 밑에는, 쪼그라져 말라붙은 것이 아니라 그런 상황에서도 굵고 튼실한 성기가 붙어 있었죠. 제가 얼마나 놀랐던지……. 그러다가 조카가 자신의 아래를 내려다보고 있다는 것을 알았는지 큰아버지는 몸을 돌려 고구마를 먹었습니다. 꿈속에서 나타난 사촌들, 좀비들의 빈약한 남근과는 비교도 안 되는 거였죠. 당신의 성기에는 그 호방한 기개가 그대로 남아 있었어요.

좀비들은 사촌이었냐고요? 네…… 굶어 죽은 사촌들이었죠. 그동안 꿈속에서 저를 강간하려던 사람들도 대부분 그들이었죠. 그들이 마트나 중국집에 불쑥불쑥 나타난 것은 굶주림 때문이었죠. 그때 마트에서 카트에 가득 실은 것도, 중국집에서 제 앞에 내려놓은 자장면도, 먹을 거잖아요. 공개 처형 장면이 떠오른 후에 모든 것이 분명해졌습니다.

막내 삼촌은 어떻게 됐느냐고요? 지난번에 불행한 일이 생겼다고 했죠. 삼촌은 실종됐어요. 무슨 말인지 잘 모르겠다고요? 엄마가 떠난

다음 날, 삼촌이 저희 집으로 왔어요.

—혜진아, 엄만 어디 계시니? 전화도 안 받고!

삼촌은 이미 엄마가 어디로 사라졌다는 걸 눈치챈 모양이었습니다. 말을 하는 그의 입술이 떨렸습니다.

—중국으로 간다고 했는데요.

—중국 어디로?

—연변이란 것만 알지 그 외에는 저도…….

—내 돈! 내 돈! 그 많은 돈! 어떻게 모은 돈인데!

그는 혼잣말로 중얼거렸습니다. 그렇게 허둥대는 삼촌은 처음이었죠. 엄마는 그가 힘들게 모은 돈, 전부를 들고 사라졌습니다. 그럴 순 없는데, 정말 그럴 순 없는 법이죠. 바보 같은 삼촌. 그는 정말 바보 멍청이였죠! 삼촌이 아파트로 찾아왔을 때, 전 엄마가 아직 중국으로 떠나지 못했을 거란 생각이 들었어요. 그래서 엄마를 찾아다녔죠. 한 달도 넘게…….그동안 삼촌과 저는 함께 살았어요. 아파트에서…….

혹시 무슨 일이 일어나지 않았냐고요? 당신이 상상하는 그런 일은 없었습니다. 시간이 지나면서 내심 그런 상황을 꿈꾼 적도 있기는 했지만…….우리는 열심히 엄마를 찾아다녔죠. 그러다가 우연히 노래방에서 같이 일했다는 엄마의 친구를 만났어요. 저희와 함께 탈북한 평양 출신의 미인이었죠. 남조선 남자들이 좋아할 만한 얼굴…….그녀가 그러더군요. 엄마는 아버지를 만나러 중국으로 떠났다고…….조선족이 탈북한 아버지를 감금해 돈을 요구했다고 하더군요. 돈을 가져오지 않으면 남편을 북으로 넘기고, 가족이 남한으로 간 사실까지 보위부에 일러바치겠다고…….

그때, 그 평양 여자한테서 엄마 얘기도 좀 들었어요. 그녀는 제가 남한에 와서 명문대에 입학한 걸 알고 있더라고요. 엄마가 자랑한 모양이었어요. 그녀는 살기가 너무 힘들어 매춘으로 생활한다고 했어요. 북한으로 돈을 보내느냐고 물었더니 그것도 아니래요. 솔직한 여자였죠. 보통 탈북자들은 난처하면 북한의 가족 핑계를 대거든요. 그러면서 제 엄마는 여기 와서도 북한식으로 살았다고 했어요. 생긴 건 남조선 타입인데. 무슨 말씀인지 물었더니 엄마도 자기처럼 남조선 남자들이 좋아하는 얼굴이라 노래방에서 인기가 꽤 있었는데도, 북에 남편이 있다면서 몸을 팔지 않았다는 말이었죠. 제 추측대로…….

—제가 한국 국적을 얻을 수 있도록 혼인신고를 해드릴게요.

엄마가 중국으로 떠났다는 걸 확인한 저녁 아파트에서 제가 삼촌에게 그렇게 말했습니다. 그래야 할 것 같았어요. 그때 삼촌은 술이 약간 취해 있었습니다. 그는 돈을 찾을 수 없다는 사실을 확인하자 술을 마셨습니다. 저도 마셨죠.

—나랑 결혼해요. 저하고 같이 살아요.

전 제 진심을 말했습니다. 삼촌은 아무런 대꾸를 하지 않았습니다.

—엄마는 떠났어요. 엄마는 삼촌을 사랑한 적도 없어요. 당신을 이용만 했어요.

내가 매달렸죠.

—난 달라요. 삼촌을 사랑해요. 저랑 결혼해요.

탈북자들과 함께 간 야유회에서 엄마가 끼어들지 않았다면 했을 말들입니다.

—…….

삼촌은 한참 동안 말이 없었습니다. 저는 테이블 위에 놓인 캔 맥주를 따 한꺼번에 다 마시고, 소파에 약간 비스듬히 앉아 있는 삼촌 옆으로 다가갔죠.

—삼촌은 이게 필요해요?

저는 말을 하고 삼촌의 허리띠를 풀었죠. 그는 저를 밀어내지 않았습니다.

—나도 엄마만큼 할 수 있어요. 더 잘할 수 있어요.

나는 말을 하고 삼촌의 남자를 손으로 만졌습니다. 여전히 삼촌은 그대로 있었습니다. 저는 그의 태도 때문에 더욱 자신이 생겨 엄마처럼 펠라티오를 시작했죠. 삼촌의 남근은 흥분해 일어서는가 싶더니 이내 주저앉았습니다. 저는 열심히 만지고 핥고 빨았죠. 그러나 삼촌의 그것은 잠시 일어섰다가 도로 죽었습니다. 나중에는 영영 서지 않았죠.

그것은 술 때문이 아니었습니다. 삼촌은 이미 정신을 차렸습니다. 저는 필사적으로 매달렸으나 소용이 없는 일이었죠. 저도 모르게 눈물이 흘러내렸습니다. 그가 꿈꾼 여자는 단 한 사람 엄마뿐이었죠. 삼촌은 허리띠를 채우고 자리에서 일어났습니다.

—나가! 나가서 다시는 오지 마!

저는 울먹이면서 소리를 질렀죠.

—…….

—나는 엄마도, 삼촌도 필요 없어. 다 꺼져!

저는 고함을 쳤습니다. 삼촌은 짐을 챙겨 현관문을 열고 나갔습니다. 저는 가랑이 사이에 머리를 처박고 소리 내어 울었죠. 그러다가 삼촌이 빈털터리라는 걸 알고 돈을 들고 뛰어나갔습니다.

　—삼촌, 삼촌! 삼촌!!

　저는 그를 불렀습니다. 하지만 삼촌은 이미 보이지 않았습니다. 이후 오랫동안 소식이 없었습니다.

　그런데 몇 달 전 중국에서 밀항선을 타고 한국으로 들어오다가 근해에서 배가 뒤집어져 사람들이 실종된 사건이 있었잖아요. 그 사람들의 명단에 삼촌이 끼어 있었죠. 처음엔 동명이인일 거라고 믿었는데, 아니었어요. 그는 사업 자금을 마련하기 위해 안마시술소에서 피로 회복 침을 놓다가 단속에 걸려 중국으로 쫓겨났고, 밀항선을 타고 다시 들어오다가 변을 당한 겁니다. 당시 사건을 취재했던 기자가 공교롭게 제 대학 선배였어요. 그에게 직접 들은 말이죠. 이제 삼촌은 제 인생 바깥으로 떠나버렸습니다.

좀비들

소설가이신 당신을 처음 만났던 룸이군요. 우리는 다시 돌아왔네요. 처음으로……. 전 오늘, 당신에게 어지럼증을 선사할 생각입니다. 어떤 어지럼증인지 기대된다고요?

후——

담배부터 피우고 시작하죠.

저 〈7년 만의 외출〉이란 영화의 광고 사진. 저 사진 속의 옷, '지하철 드레스'가 로스앤젤레스 경매소에서 오십억에 팔렸대요. 그런 기사를 봤던 기억이 난다고요? 근데, 당신은 소설가 맞아요? 문득 그런 생각이 들었어요. 당신이 소설가가 아니라면 뭘 원하고 여기로 찾아왔을까요? 한번 알아맞혀보라고요? 뻔하죠. 당신이 소설가이든 아니든 당신은 저와 관계를 원하는 거잖아요. 키스 말고 섹스 말이죠. 당신처럼 이런 데 와서 섹스를 바라는 사람이 적지 않아요. 다만 당신처럼 매니저에게 공을 들이는 사람은 드물죠. 무슨 공이냐고요? 당신처럼 지치지도 않고 계속해서 한 매니저만 찾기는 쉽지 않은 일이죠. 어떤 남자들은 매니저에게 노골적으로 말하죠. 얼마면 되겠냐고? 얼마면 할 수 있겠냐고……. 그럼, 뭐라고 대답하느냐고요? 제 친구 전화번호를 알려줍니다. 괜찮은 여자니 조심해 다뤄달라는 부탁도 잊지 않죠.

후——

정말 좋은 담배예요. 제가 만든 담배라 칭찬하는 게 아니에요. 이놈을 피우면 정신이 맑아져요.

하지만 당신은 아직까지 제게 한 번도 같이 자자는 말을 하지 않았잖아요. 그만큼 당신은 업소 여자들에게 염증을 느꼈는지도 모르죠. 그렇게 말하면 되레 거부반응만 산다는 것도 알고 있는 것 같고요. 제 말이 틀렸나요? 맞다고요. 다행이군요. 만약 당신이 진짜 소설가라면 당신은 꿩 먹고 알 먹는 거죠. 재미난 소재감에, 때 묻지 않은 여자……. 당신 같은 사람들이 쓰는 표현으로 '민간인 필' 말이에요. 쉽게 말해 남자관계를 별로 하지 않은 여자, 그런 여자를 원하는 거잖아요.

대딸방, 키스방, 페티시방, 애인대행 혹은 조건 만남 등에서 공통적으로 사용하는 통에 아예 하나의 용어로 굳어진 '민간인 필'이란 말을 생각해봐요. 그 용어를 당신도 아시잖아요. 이 단어의 의미는 만나는 여자가 선수 같지 않고, 민간인 느낌이 나면 좋겠다는 열망이죠. 평범한 얼굴, 약간 추녀에 가까운 여자에게서 오히려 성적인 매력을 느끼고 안정을 찾는 모양이더라고요. 실제 이들 카페에 들어가 마니아들의 후기를 읽어보면, 카사노바들이 얼마나 민간인 필을 원하는지, 경험이 덜한 수수한 여자를 찾기 위해서 돈과 에너지를 투여하는지 눈물이 날 지경입니다. 이런 곳에서 그런 여자를 찾아다니면서 욕망을 채워야 하는 당신들의 처지를 생각하면 이해가 되지 않는 바도 아니에요. 타락한 자본주의를 살아가는 불쌍한 카사노바들이죠. 당신들이 진짜 좀비죠. 한때 제 영혼의 안식처였던 위대한 시인 보들레르도 마찬가지였죠. 하지만 전 지난번에 말씀드린 것처럼, 남자관계가 복잡한 여자예요. 그게 거짓말이란 걸 안다고요? 어……, 어떻게……? 제가 당신의 정체를 알아채고, 다시는 여길 찾지 않도록 뻥을 한번 쳤을 거라고요? 예리하시군요. 뻥친 것은 맞지만, 꼭 오지 말란 뜻은 아니었어요. 그런 말을 했다가 안 오면 어쩔 수 없다는 각오는 했지만…….

제 말처럼 당신은 카사노바라고요? 그렇군요. 당신은 정말 자신이 한번 찍은 여자는 먹고야 마는 카사노바로군요. 그럼 제가 당신을 어떻게 피하겠어요. 당신이 전업으로 창작을 하는진 몰라도 작가는 분명한 것 같군요. 당신처럼 집요한 사냥꾼이라면 예술가가 맞을 거예요. 그건 그렇게 중요한 게 아니라고요? 그건 저도 마찬가지예요. 당신이 아니었다면 저의 병적인 수다를 돈까지 내고 들어줄 사람이 있었겠어요.

전 어린 시절의 좌절 때문에, 말을 쏟아내지 않으면, 〈양들의 침묵〉에 나오는 미치광이 의사가 되든지, '임금님의 귀는 당나귀 귀'라고 외치지 못해 죽을병이 든 복두쟁이가 될 겁니다. 그리고 이제 엄마가 그 젖꼭지를 내민다고 해도 제 욕망은 해소되지 않아요. 왼손 식지를 빨 수도 없잖아요. 삼촌이, 제가 사랑한 단 한 명의 남자가 남긴 마지막 선물인데, 어떻게 다시 상처를 내겠어요. 구원은 오직 말뿐이죠. 수다만이 절 구원해줄 수 있는 유일한 길이죠. 그러니 당신이야말로 제게는 구원 같은 손님입니다. 고맙다고요? 그렇게 자신을 이해해줘서…… 아니에요. 고맙기는 제가 고맙죠.

뭐라고요? 뭐라고 했죠? 당신은 자신이 원하는 여자를 먹는 게 아니라 여자랑 함께 즐기고 싶다고요? 그래요! 그럼…… 당신이 원하는 게 펠라티오나 쿤닐링구스는 아니겠네요? 그 정도로 시작해도 무방하다고요? 실은 제가 오늘 당신뿐 아니라 그동안 저를 지명해 찾은 단골손님들에겐 펠라티오를 해줄 생각이었어요. 그게 어지럼증……. 네, 그래요. 그들 덕분에 키스방 생활이 그렇게 고달프지만은 않았거든요. 그 정도는 해줘야죠.

여기서, 정말 펠라티오를……. 네……. 위생적으로 봐도 키스보다는 블로잡이 훨씬 안전한 접촉이에요. 전 그렇게 생각해요. 이치를 따져보세요. 제가 당신에게 언젠가 말씀드렸죠. 키스를 통해 바이러스가 전염될 수 있다고……. 이에 비해 펠라티오는 입을 스트로에 갖다 대고 빠는 것에 불과하죠. 그것도 끈끈해 잘 나오지 않는 컵 속의 액체를 빠는 일이라고요. 그래도 놀랍다고요? 놀랄 건 없어요. 전 이미 준비됐어요.

후——

담배 향기가 독특하다고 했죠. 이 담배는 그냥 담배가 아니에요. 지난번에 말씀드린 것처럼 담배 잎사귀를 구해 만든 게 아니에요. 실은 엄마가 발코니에 심어둔 양귀비에서 얻은 거죠. 제가 엄마랑 함께 쌈으로 먹으려 땄지만 그녀가 입도 대지 않아 베란다에 말려눈 잎사귀가 있다고 했잖아요. 그놈을 담배에 섞어 만들었어요. 이걸 피워 물면 정신이 아주 맑아지고 무서운 게 없어져요. 제 닉네임이 왜 포피인지 알겠다고요? 맞아요. 그래서 제 별칭이 포피, 양귀비가 된 겁니다. 솔직히 말씀드리면 엄마가 베란다에다가 가꾼 양귀비가 없었다면, 그놈을 담배와 섞어 피우지 않았다면, 전 키스방 매니저로 나설 수도 없었을지 몰라요. 양귀비 잎사귀가 세상의 허물을 벗어던질 수 있도록 해준 약이죠. 그게 있으면 블로잡이 아니라 그보다 더한 것도 할 수 있어요. 사람들이 양귀비를, 이놈의 흰 유액을 찾는 데는 이유가 있어요.

지난번에 비슷한 말을 드렸던가요? 제가 여기서 서비스 수위를 높이고, 그것을 가게 홈피에, 손님들이 후기로 남기면 너도나도 모든 매니저들에게 그걸 요구하거든요. 그래서 제가 여기서 펠라티오를 시작하면 더 이상 키스방에 붙어 있을 수가 없죠. 물론 손님들이 후기를 남기거나 가게에 소문이 돌았을 때 말이지만…… 하지만 전 각오가 돼 있어요. 모두 당신 덕분이에요. 당신 덕에 지난 과거, 잊고 싶었던 북한의 악몽을, 파편 쪼가리를 이어 맞출 수 있었고, 그것이 떠오른 이상 전, 새로운 삶이 필요해요.

그걸 양귀비 향에 날려 보낼 순 없잖아요. 그렇게 날아갈 과거도 아니잖아요. 실은 엊저녁에 꿈속에서 남근을 얼마나 빨았던지 자리에서 일어났는데도 턱이 아파 한동안 밥도 못 먹을 정도였어요. 턱관절이 탈구된 줄 알았죠. 누구 걸 그렇게 빨았는지 궁금하다고요? 좀비들. 제가 말했잖아요. 좀비들은 굶어 죽은 제 사촌들이고, 그들은 하나같이 말라비틀어진 남근들을 달고 있었다고…… 괜히 절 강간하지 못한 게 아니었죠. 그것을 빨아주었어요. 공개 처형 당한 큰아버지의 그것처럼 튼실한 물건이 될 때까지 빨고 또 빨았죠. 아주 힘껏…… 그때문인지 좀비들은 어지럽다고 중얼거리더니 수도꼭지에서 물을 쏟아내듯이 사정을 하고 돌아갔어요.

저기를 보세요. 명화를 유달리 좋아하는 저희 키스방 인텔리 사장님이 저기다 메릴린 먼로의 펄럭이는 치마폭 사진을, 왜 걸어두었는지 이제야 알겠어요. 사실 주인은 손님들에게 알아서 재주껏 서비스를 하란 뜻이죠. 가게의 콘셉트, 키스방의 규칙, 그것을 벽에 저렇게 붙여두긴 했지만, 매니저들이 알아서 적당히 하란 말입니다. 그렇지 않다면 왜, 이 방에 메릴린 먼로의 몸을 걸어두었겠어요? 그것도 벌어진 다리와 치솟는 치마가 있는 사진을⋯⋯.

메릴린 먼로의 입술을 한번 보세요. 저 입술을 자세히 보세요. 약간 벌어진 두툼한 입술이 뭘 기다리고 있잖아요. 앤젤리나 졸리의 입술도, 줄리아 로버츠의 큰 입도 마찬가집니다. 그들이, 그들의 입술이, 왜 그렇게 많은 사람들의 사랑을 받을까요? 음순은 입술의 선조라고 하더군요. 속담에 여자는 입이 둘이란 말도 많다고 했잖아요. 음순은 아래에 붙은 입술이란 말은 틀린 표현이 아니에요. 여관이나 모텔, 싸구려 호텔 언저리를 돌아다니면서 여관바리 하는 친구들이랑 저랑 뭐가 다르겠어요. 저도 언제까지나 윗입술만 팔고 있겠어요? 그러니 준비를 해야죠. 자, 팬티를 내려요.

후——

담배를 끄고, 당신의 남자를 빨아드릴게요. 얼얼하게. 빨리 내려요. 뭘 망설이세요. 당신이 오늘 첫 손님이에요.

작가의 말

단상

살바도르 달리의 〈기억의 지속〉을 보았을 때의 충격을 지금도 잊을 수 없다. 그림을 처음 보았을 때는 아마도 독자가 이 그림을 처음 접했을 때와 거의 일치할 것이다. 사춘기였다. 그림의 의미는 알 수 없었지만 강렬한 자극을 받았다. 그것의 실체를 오랫동안 정확히 알지 못했다. 다만 견고한 것이 무너질 때 스멀스멀 피어오르는 편안함 같은 것이 있었다. 또 다른 감정 하나는 공포였다. 그런데 왜 무서움이 찾아왔는지 알 수 없었다.

\#

소설을 쓰기 시작하면서 내 기억의 저편에 잠자고 있는 공포의 실체를 한번 만나고 싶었다. 견고함이 허물어져 내릴 때, 왜 공포가 찾아오는지 그런 감정을 형상화해보고 싶었다. 그것이 비록 사춘기 때 잠시 느꼈던 감정이라고 하더라도. 그 당시는 정확히 알지 못했지만 나이를 먹어가면서 그 감정이 막연히 성적인 환상과 관련이 있는 것 같았다. 그것을 표현하기 위해 합법적인 공간이 필요했다. 그래서 찾아낸 장소가 키스방이었다. 사실 소설 속의 키스방은 작가가 취재했던 현실의 공간이기도 하지만 또한 내 환상의 세계이다.

문제는 키스방에서 내 생각을 말로 풀어줄 주인공이었다. 우선 내 속에 숨어 있는 그런 감정을 표현하기에 적합한 사람을 찾아야 했다. 그런 감정, 욕망을 거침없이 구술할 수 있는 사람은 누구일까? 당시 내가 느꼈던 감정은 여성적인 것이었다. 사실 나는 오래전부터 내 마음속에 사는 여성을 만날 때가 종종 있었다. 하지만 소설에서는 그런 감정을 조직적으로 느낄 수 있는 성격이 필요했다. 주인공은 뭔가 왜곡된 사회 속에서 살았던 사람이라면 그런 성격을 구축하는 데 용이할 것 같았다. 그래서 내가 가장 잘 알고 있다고 믿는 탈북 여성을 등장시켰다.

그곳에서 살았지만 자신의 감정을 사회적 편견에 저항하면서 막힘없이 토해낼 새로운 인물, 그녀가 포피였다. 그래서 포피라는 자유로운 영혼이 태어났다. 하지만 그녀는 내가 감당할 수 있는 존재가 아니었다. 포피는 자신이 원하는 대로 움직였고, 나는 그녀를 따라다녀야 했다. 작가는 그저 관찰자이자 기록자로 전락한 것이다.

포피는 이십대 중반의 지적으로 전능한 여자이다. 하지만 그녀는 어린 시절을 북한에서 보냈고, 중국에서 머물다가 남한에 정착해 지금은 대학원을 다니는 학생이다. 그녀는 여느 탈북자들과 마찬가지로 돈이 필요해 일자리를 찾지만 탈북자라는 신분 때문에 취업이 쉽지 않아 키스방에서 일하게 되었다. 포피의 삶의 과정은 적지 않은 탈북 여성들이 걸어온 길이다. 다만 포피에게 키스방은 단순한 돈 버는 장소가 아니라 세상을 떠돌면서 받은 마음의 깊은 상처를 치유하는 공간이기도 했다. 그녀는 자신 속에 있는 모든 욕망을 신랄하게 뱉어냄으로써 마음의 안정을 찾는다. 또한 소설은 지적으로 탁월한 한 여인이 자신의 모든 것을 걸고 사랑한 한 남자에 대한 순정이기도 하다.

포피를 독자들에게 소개하면서 약간은 무섭고 두려웠다. 나의 글쓰기 방식대로 탈북자들이 처한 현실을 보여주고 싶었지만 내 의도와 달리 독자에게 그들에 대한 편견을 고착시키는 것은 아닐까?

나는 남한에 있는 많은 포피들이 대한민국이라는 사회가 자신에게 덧씌운 탈북의 사슬, 편견의 올가미를 풀고 당찬 인간으로 거듭나길 진심으로 바란다.

참고문헌

『정본 백석 시집』(백석 지음, 고형진 엮음, 문학동네)

『모든 것은 슬프게 간다』(마광수 지음, 책읽는귀족)

『악의 꽃』(보들레르 지음, 윤영애 옮김, 문학과지성사)

「당(黨) 믿고 아편농사 짓다 마을주민 모두 떼죽음」(한순희 씀, 데일리NK)

포피

초판 1쇄 인쇄 2015년 6월 5일
초판 1쇄 발행 2015년 6월 10일

지은이 강희진
펴낸이 이수철
주　간 신승철
편　집 정사라, 최장욱
교　정 하지순
마케팅 정범용
관　리 전수연

펴낸곳 나무옆의자
출판등록 제396-2013-000037호
주소 서울시 용산구 한강대로 109 용성비즈텔 802호(140-750)
전화 02) 790-6630~2 팩스 02) 718-5752

페이스북 www.facebook.com/namubench9
카페 cafe.naver.com/namubench
인쇄 제본 현문자현 종이 월드페이퍼

ⓒ 강희진, 2015
ISBN 979-11-955006-2-8 03810

• 이 도서의 국립중앙도서관 출판예정도서목록(CIP)은 서지정보유통지원시스템
　홈페이지(http://seoji.nl.go.kr)와 국가자료공동목록시스템(http://www.nl.go.kr/kolisnet)에서
　이용하실 수 있습니다. (CIP제어번호 : CIP2015013863)